U0657234

中南天使

沧元图

9

我吃西红柿 著

沧元图

9

我吃西红柿 著

我孟川一生锄强扶弱，无愧

幻想大神 我吃西红柿

争宝盛会 济济一堂 明悟己心画道精进
巫古河域 境界提升 潜心苦修应劫成功

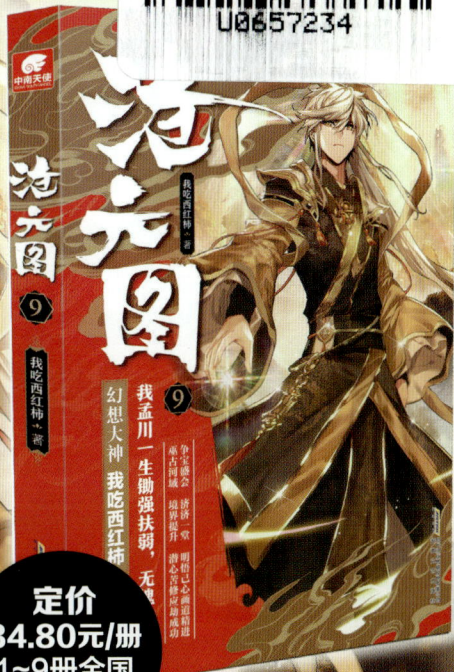

沧元图

9

我吃西红柿 著

幻/想/大/神 **我吃西红柿** 全/新/力/作

我孟川一生锄强扶弱，无愧于心。

朝阳终将升起 ☀ 谁也无法阻挡

争宝盛会 济济一堂 明悟己心画道精进 | 巫古河域 境界提升 潜心苦修应劫成功

我吃西红柿 著

飞剑问道 12

时代出版传媒股份有限公司
安徽文艺出版社

图书在版编目（CIP）数据

飞剑问道.12 / 我吃西红柿著. — 合肥：安徽文
艺出版社，2021.7
ISBN 978-7-5396-7226-7

Ⅰ.①飞… Ⅱ.①我… Ⅲ.①长篇小说－中国－当代
Ⅳ.①I247.5

中国版本图书馆CIP数据核字(2021)第120126号

FEIJIAN　WENDAO 12

飞剑问道12

我吃西红柿 著

出 版 人：段晓静
责任编辑：宋潇婧　卢嘉洋
装帧设计：张　浪　周艳芳

....

出版发行：时代出版传媒股份有限公司　www.press-mart.com
　　　　　安徽文艺出版社　www.awpub.com
地　　址：合肥市翡翠路1118号　邮政编码：230071
营 销 部：(0551)63533889
印　　制：湖南天闻新华印务有限公司　电话：(0731)88387856

....

开本：710 mm×1000 mm　1/16　印张：18　字数：245千字
版次：2021年7月第1版
印次：2021年7月第1次印刷
定价：32.00元

....

（如发现印装质量问题，影响阅读，请与出版社联系调换）

目 录

CONTENTS

目录

CONTENTS

第 314 章

明悟

秦云带着外孙女回到了雷啸山。

"外公，我需要闭关静修，从今天起就别让人来东玉院了。"秦玉罗说道。

"好。"秦云微微点头，"不会有谁打扰你修行。"

秦府占地很大。东玉院是秦玉罗平常居住、修行的地方，如今却关上院门，禁止任何人打扰。

"我真是一个笑话。"秦玉罗坐在走廊旁的青石台阶上，抱着膝盖傻傻发呆，这一发呆就坐了很久。

"你直接拉着玉罗去见蒙甫了？"伊萧吃惊地道。

"修行数千年，这点事都受不住，还修行什么？"秦云却不在意，他经历了那么多，在他看来，外孙女这事真的不算什么。

伊萧忍不住道："情之一字，可最是伤人。"

"我可不是拆散有情人，而是我们玉罗一头热。那蒙甫的心思都在他的凡人妻子身上，都成心头执念了。"秦云反驳道，"一头热，而且没希望，自然是迟断不如早断。"

"总该缓着来，你倒是干脆。"伊萧说道，"现在玉罗又闭门静修，也不知道她现在怎样了。"

"别小瞧玉罗，我看她很多地方和我很像。"秦云露出笑容，"就是经历的挫折少了些。"

秦云童年就遭受了大难。连踏上剑仙之路都没有得到传承，只是自己琢磨修行的。直至自创剑仙元神境法门，拜灵宝道祖为师。一路修行至今，他经历的确实比秦玉罗经历的要艰难得多。

宝剑锋从磨砺出，梅花香自苦寒来。秦玉罗的天赋很高，或许不亚于秦云，可她经历的磨砺太少，成就和秦云比起来就差远了。

星空中。

祝融神王和魔祖女儿身遥遥相见，在祝融神王身后便是一方大世界，此刻祝融神王所站的位置，是在一方大世界笼罩的边缘。魔祖真身是无法进入一方大世界的，只能站在这边缘之外。

"祝融，这是你要的薪火火种。"魔祖女儿身微笑道，扔出了一个木盒。

祝融眼睛一亮，接过木盒打开一看。

木盒内正是那散发着光芒的薪火火种，祝融一看就有些痴迷了，这是和他的神火截然不同的火焰，他喃喃道："这火焰一点都不霸道，甚至都没有可怕的炽热，只是有着一股奇特的力量，令这火焰比业火还难缠……"

祝融是生来掌控火焰的混沌神魔，此时这薪火火种的确震撼了他。

"祝融，你有的是时间慢慢参悟，现在还是将该做的事情做完吧。"魔祖女儿身开口道，"薪火火种给你了，我要的那颗莲子呢？"

"哈哈，放心，我不会贪你这颗薪火火种。"祝融神王笑道，他是有志于达到天道境的，怎么可能欠下如此大因果？

"你要的莲子。"

祝融神王从怀里拿出一个玉瓶，拔开瓶塞，便有一颗充满无尽生机的青色莲子飞出。单单以肉眼观看，都觉得这颗莲子拥有一道匪夷所思的力量，连三界天道在它面前都要退避，它仿佛是这天地间最尊贵之物。

魔祖女儿身眼中难掩激动之色，一伸手，便抓住了那颗飞来的青色莲子。

"造化莲子。"魔祖女儿身低语道，"终于得到了。"

"用一颗燧人氏炼化出的薪火火种，就换得这造化莲子，你可占大便宜了。"祝融神王笑道，"若是将这造化莲子拿去和燧人氏换，让燧人氏炼化三颗薪火火种他都会愿意。"

"哈哈，你我的因果，自此便了结了。"魔祖女儿身微笑道。

祝融神王微微点头。

这看似吃亏的交易，也是为了了结因果。更何况……

"在三界众多强者眼里，造化莲子比薪火火种贵重太多。可是对我而言，整个三界对我最重要的就是这颗薪火火种。"祝融看着木盒中的薪火火种，自语道，"我若是能悟出不灭薪火，再和我自身的火焰结合，说不定就能突破，一道生万道，达到天道境。"

魔祖和祝融，此刻都充满了期待。

天界，雷啸山秦府。

秦玉罗一个人在东玉院内，没有任何人打扰。

她先是发呆了许久。

"别人心中早有心上人，我还想什么呢？从今天起，便两不相扰吧。"秦玉罗起身便开始练剑，将一切情绪都发泄在剑术中。

她没日没夜地练剑。

一开始她练剑还带着一些情绪的发泄，可一年年过去，她就真的静下心来。仿佛这个世界上，只有她和手中剑。

直至她静修的五十多年后。

"嗯？"

正在和伊萧喝茶闲聊的秦云，忽然站起身，遥看东玉院方向。

"怎么了？"伊萧有些疑惑地道。

"好，好，好。"秦云满心喜悦地道。

"什么事这么开心？"伊萧询问道。

秦云笑道："是玉罗。玉罗一直在修行，就在刚才，她施展的剑阵威力已经媲美大拿了！"

"媲美大拿？"伊萧吃惊地道，"玉罗她突破了？"

"要成大道或许还有些阻碍，但她如今的实力的确媲美大拿了。"秦云惊叹道，"虽然三界当中，大道圆满的古老强者们认真教弟子的也有，但是整个三界媲美大拿的人并不多。玉罗她竟然这么快就突破了，我自己都没想到在最终渡劫前能看到这一幕。"

秦云是很欢喜的，开心于后继有人，开心于秦府以后有人支撑了。

"斩断情丝，闭关数十年便突破。即便算上所有修行时间，也才数千年罢了。"秦云哈哈笑道，"数千年就能媲美大拿，玉罗天资的确极高，相信积累深厚后也能成为大拿，今生说不定成为顶尖大拿都有希望！"

"难怪早早地，那玉虚宫的玉鼎真人就看中了玉罗，玉鼎真人的眼光真是毒辣。"秦云颇为自得。虽然他也认为玉罗天资高，可玉罗能这么快就媲美大拿，还是出乎了他的意料。

"看把你高兴的。"伊萧笑道，"你自己当时突破都没有这么高兴。"

"不一样，我散仙之劫重重，玉罗却是得以长生的。秦府以后说不定就要靠她了。"秦云笑道。

"说这些作甚，云哥你一定能渡过散仙之劫的。"伊萧道。

"哈哈，嗯嗯，一定渡过。"秦云笑道。

这一刻，秦云心中甚至有了些明悟。

都说薪火相传，看到玉罗站出来继续支撑秦家，秦云对薪火相传有了更深的认知。

我的责任，交给你。

我在意的一切，交给你保护。

我会将一切传给你，也拜托你了。

"人道精神吗？"秦云感觉到这一刻自己的明悟，也让自己离人之大道又近了一分。

可如此就想要悟出人之大道？显然还不够。不过，离人之大道近了一分，也让秦云知晓了自己接下来该如何修行。

"萧萧。"秦云开口道。

"嗯？"伊萧看着秦云。

"之前我去火云宫见三皇，三皇在人之大道上指点过我。这数十年，我都在静修参悟，不过，我觉得我还是得出去走走。我过去对人间了解太少了，现在我想更仔细地去看看。我能感觉到，在人间，在红尘里，就有我要找的人之大道。"秦云说道。

伊萧眼睛一亮，道："好，云哥你打算什么时候出发？要见见玉罗吗？"

"不用见，陪你喝完茶便出发。"秦云说道。

启兰国的疆域纵横数千里，可在昌玉大世界只能算是一个普通的人族小国。

启兰国的都城有居民百万，修行者也有不少，颇为繁华、热闹。

"这里新开了一家书铺？"

"看起来不错。"

有客人进入街边一家新开的书铺。书铺内有一个伙计、一个店铺老板，店铺老板穿得普普通通，正坐在书铺的一个角落看书，伙计则在接待着客人们。

店老板，就是秦云了！

"这次出来已经过了三百年了，我在人间寻找人道精神，虽有些积累感悟，但依旧不够。这一次，我在这启兰国都城以普通书铺老板身份待上数十年，希望有所收获，最好能一举悟出人之大道。"秦云颇为期待。

随即，他不再多想，悠然看书。

书，是人类智慧的结晶。人族遍布三界，书籍自然不计其数。这书铺内搜集的虽然只是启兰国内的一些书籍，但是很多书看起来也颇有意思。

"老板，你这伙计做不了主啊！"一个中年人喊道，"我买的书多，这十几本我都要了，给我便宜些，我说的价不算低了。"

"东家，他要打个六折。"伙计低声说道。

秦云笑吟吟地看着那个中年人，道："客官是懂行人，可我这店铺经营也要钱财啊，六折实在不行，七折是最低了。"

"你这老板会不会做生意？"中年人有些不满。

"实在做不来，做不来。"秦云摇头道，丝毫不恼。

中年人挑选了三本："行吧，就这三本，若是打六折，我买得更多。"

秦云笑吟吟地应付着。

一天下来，应付完各种各样的客人，书铺也就关门了。

书铺后面就是住处。

秦云住楼上，伙计住在楼下的偏房。

"启兰国。"秦云在屋内，目光透过空间，观看这座都城。

这么多年，在红尘中他习惯了观察，选择这种都城居住，也是因为这里三教九流的人足够多。

秦云看到，西城贫民窟的一间破屋内，有两名小乞丐。

"哥哥，你回来了，我饿。"

"看我给你带什么了？"个子略高的乞丐，从怀里拿出半个有些脏的馒头直接递到弟弟手里。

"馒头？"另一个小乞丐眼睛一亮，接过半个馒头就立即撕开，将一半递给了哥哥。

"我都吃过了，早就饱了。"哥哥说道。

"饱了？"弟弟有些疑惑。

"饱了。"哥哥摸摸自己肚子，肚子有些鼓。

弟弟点头，当即忍不住大口吃了起来。

哥哥笑看着："没人和你抢，吃慢点。"

"嗯。"弟弟点头。

很快，哥俩都入睡了，抱着破布杂草蜷缩在一起。

"咕咕。"哥哥饿醒了，看了看旁边的弟弟，用破布杂草将弟弟盖好，又继续睡了。

宁愿自己挨饿，也要给弟弟吃。只是这两个小乞丐，在这启兰国都城内又能挣扎到什么时候呢？秦云默默看着，冒出了这样一个念头。

"哗哗。"

两道流光飞入了两个小乞丐体内。

他们俩都做了一个梦，梦到了仙人给他们传授修行法门，待第二天醒来，他们俩就发现自己已经脱胎换骨，连力气都大增了。

他们俩的命运就此改变。

秦云观看人间百态，偶尔也会出手，对他来说，这只是一个念头的事，他也愿意去做这些。

在启兰国都城当书铺老板的一个夜里。

秦云烫了一壶酒，喝着酒，继续观看启兰国都城。

这一次，他看到了一处客栈的独院内。

独院中，一位布衣老者站在那儿，突然，一道流光降临，落在独院内化作了一名华袍男子。

"你还知道来见我。"布衣老者冷着脸道。

华袍男子连行大礼，笑道："弟子给师父行礼了！"

"你可还记得我和你说的话？"布衣老者看着自己的徒弟。

华袍男子微微有些尴尬，却还是笑道："师父，弟子都已经修炼成天仙了，在这启兰国当个国师，享受着逍遥之乐又有什么错？我也没为恶。"

"我宗派的大仇，你就给忘了？"布衣老者怒道，"不好好修行，只顾享乐。你可知道，你的众多同门此刻都在乱星海受苦！"

"我知道，我知道。"华袍男子无奈地道，"可那妖魔是天妖九重天，弟子只是一个天仙二重天，差距实在太大，弟子实在是有心无力啊！"

"你还有脸说？你如今翅膀硬了，实力不亚于为师了，知道我教训不了你，所以就一心逍遥享乐！"布衣老者怒道，"我认定你是个奇才，一心栽培你，只希望你能够修行到天仙九重天，有朝一日去报仇，救出众多受苦受难的同门，可你呢？"

"师父。"华袍男子脸色一沉，道，"你一直在逼我，我早就受够了。今日我好心来见你，你还在说我。"

"逼你？"布衣老者怒道，"三百年教导，就是逼你？我也没让你现在就去报仇，只是要你别忘了大仇，专心修行，早日达到天仙九重天。你如此纵情享乐，恐怕天仙四重天都无望了！你继续这样下去，永远都不可能救得出人。你可知道，你的师叔师伯们，你的师祖们如今过的都是什么日子？那都是乱星海的奴隶，生不如死！"

"好了，别说了。"华袍男子冷冷地道，"若是哪天我达到天仙九重天，我会去报仇救出同门的。至于现在，我就先回去了。"

说完，华袍男子便化作流光离去了。

布衣老者看着这一幕，冷笑起来："哈哈哈，西门沙，你苦心教导三百年，就教出来这等白眼狼，真是瞎了眼，瞎了眼！

"也罢，我再去找弟子，找新的弟子。

"不管怎样，即便是万年，十万年，我西门沙终有一天要杀了那妖魔，救出师兄师弟，救出师父他们。

"师父，师兄，师弟……我不会放弃的。"

布衣老者拳头紧握，便化作一阵风离开了。

而秦云遥遥看着这一切。

"乱星海？"秦云有些惊讶，掐指一算。

"乱星海的大妖有六个，他们说的应该是毒云洞主。"秦云何等境界，七星大道又擅长推演，一推演，便知晓了一切。

论推演天机，怕是大道圆满的强者中，都有一部分不及秦云。在秦云这等擅长推演天机的强者面前，隐藏秘密都是很困难的事。

"不算不知道，一算，还真吓得我一跳。这毒云洞主虽是一个普通的天妖九重天，在三界名声不显，颇为低调，但手段真是够恶毒的，该杀！"秦云一念起，便做了决定，除掉这个魔头。

那个辛苦数万年的天仙西门沙，不知道他和弟子的一番对话被秦云注意到了。令他梦寐以求的事，即将发生。

乱星海，在星空当中。

这里有大量的陨石，陨石不断地旋转飘浮着，令这一片广阔的区域犹如迷宫。

这里的天地元气非常浓郁，因此吸引了不少强者在这里建造洞府，像毒云洞主就是乱星海中排在前三的一位强者。天妖九重天，一般而言也是一方大佬了。

"嗯？"

毒云洞主懒懒地倚靠在宝座上，轻轻蹙着眉头，此刻颇为疑惑。

"乱星海的天地元气，怎么这几日开始变得混乱了？"毒云洞主遥遥看着一个方向，"混乱的源头，隐约就在那个方向。那可是乱星海最深处，便是我进去了都有可能迷失，要不要去看一看？"

对此，她有些犹豫。

在乱星海的最深处，在一块巨大的陨石内部，藏着一块直径丈许的椭圆形大石。

"咔咔。"

此刻，这椭圆形大石，表面正在缓缓地出现裂痕。

第 315 章

石室内的父子

　　毒云洞主独自在乱星海中前进，她每一步都跨过数万里的距离，虽然犹豫再三，但她还是决定去探寻这次乱星海天地元气暴动的原因。

　　因为她透过因果发现，她的老对手摩图妖王已经先一步去探察了。

　　"天地元气的暴动，源头在乱星海的深处，有可能是危险，也有可能是机缘。"毒云洞主眼中有着期待，"小心些便是了。"

　　她不懂大挪移之术，因而赶路就耗费了半个时辰，但终于来到乱星海深处。

　　"轰隆隆——"周围的空间变得扭曲，一条条彩光在其中游走，还有陨石悬浮着。

　　"乱星海深处的迷失区域变大了？"毒云洞主停下脚步，她前方就是大片扭曲的空间。

　　"哈哈，毒云妹妹，你也来了？"一位黑袍老者朗声笑道。

　　毒云洞主一眼看到了远处的黑袍老者，当即道："摩图，你都来了，我怎能不来？你探察得怎么样了？"

　　"你不是看到了吗？迷失区域变大了。"摩图说道，"比过去可是扩大了数倍，而且还在不断地蔓延。"

毒云洞主也注意到了，那扭曲的空间逐渐地朝四周蔓延着，令其范围越来越大。

"以这种蔓延速度，怕是一个时辰就可以蔓延万里了。"毒云洞主吃惊地道，"当初我因为乱星海的矿藏，在这里建造洞府，发现了乱星海核心区域的空间扭曲，无法进行空间穿梭，只能慢慢飞行，且很容易迷失。我一直以为，这迷失区域是自然形成的，没想到如今却扩大了数倍，且还在扩大，连天地元气都暴动了。"

"这乱星海深处到底发生了什么事？"毒云洞主越发疑惑。

一定是发生了什么。

"让化身进去瞧瞧。"毒云洞主立即分化出两个法力凝聚的化身，"嗖嗖"便飞入了那片扭曲的空间区域。

这片迷失区域，她可不敢让真身进去。

"毒云也来了，估计来的神仙妖魔会越来越多，我得尽快找到这次暴动的源头，说不定就是大机缘。"摩图瞥了一眼毒云洞主，便不再理会，他的两个化身也在迷失区域内探索着，已经探索大半天了。

夜。

秦云悄无声息地离开了自己的屋子，离开了启兰国国都，离开了昌玉大世界，直接跨过遥远的距离，来到了乱星海。

"乱星海。"

秦云站在星空中，看着乱星海区域。

虽然乱星海浩瀚无比，但是在秦云这等顶尖大拿的眼里，一念就能探察清楚。

"这乱星海应该是当初共工神王撞断不周山，导致天界碎裂而形成的。当初古老天界的大碎片形成大世界，许多小碎片形成了小世界，可更细小的碎片无法形成小世界，就成为一块块或大或小的陨石了。"秦云暗暗猜测，"无数陨石便形成了这片乱星海。"

"奇怪，乱星海的天地元气竟然暴动了？"秦云遥遥看向乱星海的深处，"乱星海深处有三千万里的范围，空间扭曲，大拿以下都很可能在其中迷失。"

"按照情报，乱星海的迷失区域也就千万里的范围，怎么变成三千万里了？"秦云有些吃惊。

他仔细查看，发现乱星海的深处有无形力量遮掩，连他都难以看清。

"有点意思，和情报中的记载有些不同。而且这天地元气暴动，源头就在最深处。"秦云起了兴趣，"嗯，等救了那些可怜的修行者，再去这乱星海深处瞧瞧。"

迷失区域对大多数神仙妖魔来说都很危险，可对大拿而言就不算什么了，更别提秦云这等实力都能和大道圆满的强者斗一斗的人了。

秦云再一迈步，就来到了毒云洞主的地盘。

这次来乱星海，秦云一是要拯救那些被毒云洞主奴役的可怜修行者，二是要斩杀那毒云洞主。

"毒云洞主去了乱星海深处？她不懂大挪移之术，逃都逃不掉，等会儿再去除掉她。"秦云也不急，先降落在一块庞大的陨石上，这陨石内有珍贵的矿藏，如今正有大批被奴役的修行者在里面当矿工。

"这陨石光秃秃的，寸草不生，这些修行者都居住在这儿？"秦云一迈步，就进入了陨石内部。

陨石内部，有一条条挖出的矿道，其中有些是早被挖过的区域，然后被挖出一间间丈许大的小石室，一个个修行者就待在里面。

"每一百名修行者，都有一名看守看着。

"每个修行者，就住这么大点的地方？勉强只能放下一张床。"

秦云行走在矿道内，看着那一间间石室。

石室内，那些修行者有的躺着，有的盘膝而坐，大多数都有些颓丧。

他们被奴役了太久。

"奴役修行者真是方便，不用管吃喝，只管让他们挖矿即可。"秦云眼中有些寒意，"一个妖怪，奴役如此多的人族修行者。天道也是无情，对凡俗生灵肆意奴役是大罪孽，可对修行者奴役，罪孽却轻微得很。"

这时，数十名修行者挖矿归来，麻木地飞行着，分别进入各自的石室。

在其中一间石室内。

"爹！"一个三四岁的孩童，欢快地迎接那名飞进来的修行者。

那名修行者是中年男子的模样，脸上满是疲惫，可看到孩童，他还是露出了笑容："骞儿。"

"爹给你带了些好吃的。"中年男子从怀里取出一个包裹，包裹里面是三个干硬的包子。他略一施展法术，汲取空气中的水分融入这包子中并提升温度，包子就变得又软又热。

"是包子。"这个三四岁的孩童兴奋地接过包子，大口吃起来，边吃还边问，"娘呢，娘什么时候回来？"

"估计也快了吧。"中年男子回道，他虽然疲惫得很，但是看到孩子，心中便依旧充满希望。

待儿子吃完。

"我教你的刀法练得怎么样了？练一遍给我瞧瞧。"中年男子吩咐道。

"是，爹。"这孩童立即拿出一柄木刀开始练起来，呼呼生风。

待得一遍练完，孩童期待地看着父亲："爹，我练得怎么样？"

"来，一遍遍地跟我学。"中年男子有些恼怒，开始教起来。

旁边其他一些石室内的修行者们也听到了那对父子的声音。

"王老哥夫妻俩真是自找苦吃，作为修行者根本无须吃喝，可为了养他们那个儿子，他们每天都得去换吃的，就得挖出翻倍的矿！洞主定下的要求本来就高，他们夫妻俩还要多挖一倍，这几年他们夫妻俩都快拼疯了，我经常看到他们夫妻俩累得法力耗尽，躺在那儿动弹不得。"

"这等日子，他们夫妻生什么孩子，要我说，就不该生。"

"他们夫妻俩太固执。"

其他地方的修行者也有议论的，但很快就不再聊了，都歇息了。

他们都太累了。

秦云在矿道中，看着这幽暗封闭的石室内，那中年男子和孩童，一个教，一个学。

永无天日。

永远是幽暗的石室。

这样的日子，父子俩一个教，一个学，都很认真。

"即便永远身处黑暗中，心中也有着希望。"秦云低语道，他看得出来，那父亲眼中有着期待，那懵懂的孩童眼中也有着期待，比如期待着看到父亲，看到母亲。

永远充满希望。

永远心向天空。

即便再卑微，再弱小。

秦云这三百多年在人间行走，一次次感受着人间的力量，今天，他又感受到了。他心中的人道精神也在逐渐壮大。

"我以生而为人而骄傲。"

"这些永不放弃希望的人们，应该看到希望实现。"

秦云念头一动。

整个矿藏都在震颤，一个个被奴役的修行者都被无形的力量挪移着迅速飞出，个个瞠目结舌，还在教孩子刀法的父亲紧紧抱着自己的儿子，在高速飞行下惶恐地看着周围的扭曲异象。

"怎么回事？"

"我们怎么都飞起来了，难道那毒云洞主又要让我们去挖新的矿藏？"

这些修行者被奴役太久了，他们在毒云洞主面前毫无还手之力，只能任由其压榨，此刻被挪移出来，他们还以为是毒云洞主做的。

很快，他们都飞到了陨石表面。

数千名修行者被挪移到了这里，还有少量的凡人。

王姓中年男子抱着自己的儿子，小心翼翼的。他儿子却看到了人群中的一道身影，便大声喊道："娘，娘！"

"小声点。"王姓中年男子有些不安，不过也立即向妻子靠拢。

"我们还在挖矿，就被挪移过来了。"妻子低声说道，"你知道发生什么事了吗？怎么将我们都挪移到了这儿？"

"不知道。"男子摇头道，瞥了一眼远处同样有些发蒙的看守，"而且似乎那些看守都不清楚来龙去脉。"

就在他们一家三口小心翼翼观望的时候。

"呼！"

又一大群密密麻麻的身影直接穿梭而来，同样是一群惊恐不安的修行者。

"呼！呼！呼！呼！呼！"

又接连出现了一群群密密麻麻的身影。

"是寒铁矿藏的修行者。"

"师尊！我师尊是在炼石矿藏，炼石矿藏的修行者们也被挪移来了。"

"那是烟铜矿藏的。"

"寒铁矿藏距离我们这里足有十二万里，数千修行者怎么可能全被挪移到这里？而且好几处矿藏的修行者都被同时挪移到了这里。"

"这、这是什么手段？"

这些被奴役的修行者中，有极个别达到天仙级别的，此刻看到这等手段也是瞠目结舌。在他们能够接触到的信息当中，就是再厉害的天仙，即便是媲美大拿的半步金仙，都是做不到的。或许只有传说中在时空方面极为厉害的大拿，才能做到这等不可思议的事吧。

此处一下子聚集了足足八处矿藏的修行者，大家虽然分散在各处，但是都被挪移到了这里。

他们都是被毒云洞主奴役的，直至今天，才真正聚在一起。

"这么多被奴役的修行者。"王姓男子一家三口看到这一幕，震撼不已。

一旁的妻子忍不住道："看来是发生大事了。"

以秦云在时空方面的造诣，自然可以轻易做到这一点。

随后，他遥遥看向昌玉大世界的方向，在昌玉大世界，灵宝一脉也有五个顶尖大宗派，秦云迅速选定了其中的红沙宗。

"宇文师弟。"秦云传音道，"我是秦云。"

红沙宗宗主宇文秀是半步金仙的强者，在昌玉大世界地位极高，他此刻在宗派内听到这传音，吓得一跳，连道："秦师兄。"

"轰。"

秦云随手便轰出一条稳定的空间通道，直接连接着红沙宗山门上空。

另一端的红沙宗众多弟子都有些惊愕地看着那条空间通道，唯有宗主宇文秀透过空间通道看到了秦云，他主动透过空间通道，飞至乱星海。

"宇文秀拜见秦师兄。"一袭红袍的宇文秀恭恭敬敬地道。

虽然碧游宫内高手如云，但是如今这位秦师兄的实力也仅次于大师姐黎山老母，连道祖都将青萍剑赐给了这位师兄。

"这些都是被毒云洞主奴役的可怜修行者。"秦云看了一眼远处陨石表面聚集的数万人，"红沙宗在昌玉大世界颇有实力，就麻烦师弟你妥善安置他们，该回家乡的回家乡，无处可归的也给一处安置之地。"

"师兄仁慈。"宇文秀道，"我早知晓有修行者被这毒云洞主奴役，可妖族在昌玉大世界的实力颇强，我不敢擅自出手。今日师兄出手，确实救他们出水火了。"

秦云微微点头。

妖族中本性凶顽的不少，许多人族强者也没法子。连秦云之前教训一个妖族强者，都惹来九凤出头，最终是秦云差点将九凤打死，妖族就不敢吭声了。

而妖族如今的领袖白泽妖皇属于妖族中难得的性情极好的，比许多人族修行者的性子还好。只是妖族性情好的太少了，本性凶顽的还是占了大多数，白泽妖皇也无法改变整个三界妖族的本性，只能尽量约束。

"那这里就交给你了。"秦云说道。

"师兄尽管放心。"宇文秀回道，这可是拉关系的好机会，他自然得好好表现。

秦云微微点头，跟着目光一扫，一拂袖。

"咻咻咻！"

秦云之前也将毒云洞主的爪牙们顺便全部挪移了过来，因为居住在乱星海肆意作恶的机会太少，真正有大罪孽的仅有七个。秦云自然顺手除掉。

"噗噗噗……"那七个爪牙，个个眉心被剑气刺穿，身体化作齑粉，消散不见。

"鬼虫天妖死了。"

"那猿魔也死了。"

许多修行者看到这一幕，都激动起来。

此时，秦云一迈步，便破空离去。

"师兄还真如传闻中一般嫉恶如仇啊！"宇文秀看着这一幕，不由慨叹，"有师兄这等三界第一剑仙出手，妖族也只能忍着吧。"

随后，宇文秀的目光落向那数以万计的修行者以及少量凡人。

那些被奴役的修行者也都在抬头看着，他们刚才就看到了一条空间通道被轰出，甚至此时还稳定地存在着。这位红袍道人就是从空间通道中走出的，还恭恭敬敬地向另一位强者行礼，然后另一位强者说了几句话就离开了。

"诸位。"宇文秀俯瞰数万人，声音在每一个人的耳边响起，"我乃红沙宗宗主，我师兄秦剑仙亲自出手将你们救出。从现在开始，你们恢复自由了。我会将你们先送到昌玉大世界，接下来你们是要回家乡，还是有其他去处，我红沙宗都会帮你们。"

"现在你们都沿着这空间通道，前往昌玉大世界吧。"宇文秀说着，随之一股强大的法力弥漫开去，笼罩着数万人。

数万人井然有序地飞了起来，沿着空间通道，朝昌玉大世界飞去。

"我们自由了？"

"恢复自由？"

"那位是红沙宗宗主？红沙宗可是我们昌玉大世界最顶尖的大宗派。"

一个个修行者都激动不已。

当他们靠近空间通道时，都能透过空间通道看到另一边。另一边，蓝天白云，绿树成荫。

"我看到了，那边有青山绿水。"

"昌玉大世界，我竟然又看到了。"

"我木修远还能回到家乡？"

许多修行者看到另一边的景色都流下了眼泪，在被奴役的日子里，他们从没见过树木花草。当再次看到那个彩色的世界时，只感觉心都亮了，他们的世界从此也亮了！

"爹，娘，那就是昌玉大世界吗？好漂亮啊！"王姓夫妇抱着孩子也在人群中，遥遥看着。

那孩童眺望着，他从出生就在这矿藏内，从来没见过别的风景。

"嗯，很漂亮。我们的家乡，比这矿藏漂亮千倍万倍。"女子说道，"骞儿，等回去，我带你去见你外公。"

"骞儿，你师祖，还有师伯师叔们也一定会很喜欢你。"王姓中年男子也说道，他们夫妻俩同样心情激荡。

"嗯嗯。"孩童连连点头，随即道："是那位秦剑仙救我们的？秦剑仙是谁啊？"

"不知道，不过既然是红沙宗宗主的师兄，应该是一位大拿吧。"王姓男子说道，他可记得红沙宗宗主面对那位秦剑仙时恭敬无比的模样。

"大拿？"孩童有些懵懂，"他救了我们这么多人，好人会有好报的。"

王姓夫妇不由得笑了。好人有好报？说一位大拿？

"对，会有好报的。"夫妇二人没有多说，只是抱着孩子一同顺着人流，进入了空间通道，前往他们梦里出现过千百次的家乡。

毒云洞主站在星空中，两个化身正进入那片迷失区域探索着。

忽然，她脸色变了。

"什么？！秦剑仙竟然将我麾下的矿奴都救走了，还让红沙宗宗主送他们回昌玉大世界？"毒云洞主虽然真身在这里，但是也有化身留在洞府，自然能迅速得到消息。她的那些爪牙，秦云也只是杀了七个，还有不少天妖都活着，那些天妖自然立即禀报了消息。

"不好，他救走了那些矿奴后，会不会来对付我？"毒云洞主有些不安。

毒云洞主一翻手，握着一块令牌，催发令牌，遥遥连接向另一处。

那里有一名俊美男子，白衣飘飘。

"师尊。"毒云洞主道，"那碧游宫的秦剑仙将我麾下的矿奴都救走了，不知道会不会来对付我。"

"秦剑仙？你赶紧……"这白衣飘飘的俊美男子话还未说完，便惊愕地看着毒云洞主这边。

　　一道身影出现在了毒云洞主身旁。

　　"噗。"

　　一缕剑气刺穿了毒云洞主的眉心，毒云洞主姣好的面容顿时凝固了，跟着就变成了一个巨大的蜘蛛尸体。

　　"除恶务尽，我当然会杀。"秦云看着空间另一边的俊美男子。

　　"是，那是自然。"俊美男子挤出笑容，"就是这些蠢货不知道收敛，坏了我妖族名声。"

第 316 章

乱星海深处的宝贝

秦云看了看这位妖族大拿，心想：自己虽然嫉恶如仇，但也不是滥杀之辈，对方有必要这么怕自己吗？

"离大限越近，就越疯狂。这秦云我还是得避着点儿，他迁怒之下杀了我，我都没处说理。"这俊美男子心中暗道。

身为妖族大拿，更经历过上古妖族天庭统治时期，他很清楚，曾经人族和妖族可是势不两立、针锋相对的。

妖族统治地位是怎么跌落的？人族怎么成了三界主宰？那是拼出来的！人族与妖族之间争斗不休。也就只有魔道崛起，才能令各方暂时团结起来。

人族和妖族的仇怨，实际上一直在不断累积。妖族吃人，奴役人族，而人族修行者追杀妖族，这都很常见。

人族大拿，对妖族怀有敌意的有很多。秦云是一个只剩下数千年时间的散仙，自己平常再凶戾，此刻也得赔笑，说好听的话。

"哗。"秦云懒得多说，一挥手便令这片空间恢复了正常。

跟着，他看了一眼那毒云洞主的尸体，一拂袖，那尸体便消失了，只有一些物品留下。

随手收了这些物品后，秦云看向前方，前方正是乱星海的迷失区域，一道道彩光在游走，使那里的事物都变得模糊了。

"似乎有一股力量扭曲了这时空，并且在不断扩大范围。"秦云好奇地看着，"乱星海的迷失区域，情报中早有记载，可过去这区域仅有一千万里的范围，如今都扩大到三千万里了。如此急剧的扩大，的确很蹊跷。"

"有两位大拿在里面探察？"秦云眉头一皱，"其中一位还是顶尖金仙。"

"呼。"秦云迈步，直接穿越时空，进入迷失区域的深处。

除了秦云，的确有两位大拿先一步在迷失区域内探察。

一位是隐居在昌玉大世界的大拿焦涌，另一位是得到徒弟禀报赶来的玉虚宫一脉的顶尖大拿赤精子。

迷失区域的深处，独角老者焦涌在飞行，脸上露出疑惑之色。

"奇怪，这迷失区域，寻常天仙天妖是无法进行空间穿梭的，可若是能够施展大挪移之术，就能前往迷失区域的任何一处了。"独角老者暗暗疑惑，"我已经成就道果，便是跨越疆域都是轻而易举之事。如今这迷失区域发生巨变，在这最深处的百万里范围中，我竟然都只能慢慢飞行？"

随着飞行，他逐渐逼近核心。终于，他看到了，核心的源头是一块庞大的陨石，陨石表面上正站着一位紫袍道人。

"玉虚宫赤精子！"焦涌一惊。

不过，赤精子正在仔细探察这块庞大的陨石，根本没理会飞来的焦涌。

焦涌也发现了，虽然外界的空间扭曲得可怕，但是陨石所在范围的空间仿佛凝固了，风平浪静。

"呼。"又一道身影强行撕裂时空，来到了这块庞大陨石的不远处。

焦涌一看那名青年男子，不由得心头一颤："碧游宫的秦剑仙！"

"一个玉虚宫赤精子，一个碧游宫秦剑仙，这一个小小的乱星海，怎么引来了这两位？甭管此处藏有什么宝贝，肯定是与我无缘了。"焦涌心中暗道。

他一点争斗的心思都没有，那两位可都不好惹。

玉虚十二金仙，很久以前就名震三界，其中甚至有跨入大道圆满的。太乙真人、广成子无须多说，进入佛门的观世音也是传道人间，实力排在佛门前几位，是诸多菩萨中唯一一位达到大道圆满的。

除了达到大道圆满的三位，另外的人就算没跨入，那也是手段非凡。

而秦云，则是被灵宝道祖赐予青萍剑，几剑就杀得妖圣九凤差点毙命，快有大道圆满的实力了。他在碧游宫弟子中实力仅次于黎山老母，恐怕比赤精子还要强上一筹。

"秦剑仙。"赤精子终于抬头了，微笑道。

"赤精道友。"秦云客气地道。

"我那徒弟告诉我乱星海深处有古怪，我心生好奇，于是就来这里仔细瞧瞧。没想到在这小地方，还能碰到秦剑仙。"赤精子笑意盈盈，颇为友善地道。

秦云也笑着道："我是发现一妖魔为恶，便来乱星海除掉这妖魔，凑巧看到了乱星海的变化。乱星海的迷失区域扩张到了三千万里，让我颇为好奇。"

这两位，在三界的地位都颇高。

乱星海对他们俩来说就是一个普通的小旮旯，他们俩都是抱着好奇之心来看看，并没有太在意。能入他们眼的宝物，真的太少了。

"这里的确很奇特。"赤精子看着周围，"外面空间扭曲，这陨石周围却是空间都凝固了。"

"对，我都无法穿梭空间，直接到陨石上。"秦云点头，随即也飞到了陨石表面，"空间极为凝固，怕是我全力出手，这空间都不会震荡。"

赤精子微微点头道："可是天机模糊，我来这里已经探察了一盏茶的工夫，走遍陨石表面，都没发现导致此次剧变的真正原因。"

"哦？"秦云行走在陨石的表面，陨石表面没有任何缝隙，秦云每一步都跨出千里，他左走走，右走走，绕着陨石转了好几个圈。

"的确没什么特殊的。"秦云笑道，"表面看不出，或许就在内部了。"

"我也是这么想的，之前就在犹豫，是否要破开这陨石。"赤精子说道，"这陨石是我不认得的宝贝，我怕损坏这宝贝。"

"这陨石看起来很寻常，应该不是什么宝贝。"秦云摇头道。

"也罢，既然秦剑仙你也认为不是宝贝，那便动手吧。"赤精子点头道。

"你来，还是我来？"秦云问道。

"秦剑仙的剑道名震三界，还是秦剑仙你出手破开这陨石为好。"赤精子颇为谦逊。秦云根本没在意乱星海的宝贝，让他先出手也没什么。

秦云点头一笑，也没推辞。

"破。"秦云当即一挥手。

一道足有万里长的蒙蒙剑气形成，直接劈在了这块陨石上。

"哗！"陨石的确不是什么宝物，秦云的剑气没遇到任何阻碍，仿佛一刀切开苹果一般。这陨石被这万里剑气给直接切开分成两半，也因此看到了陨石内部的空洞。

如今一分为二的陨石，能清晰地看到其中有一块椭圆形大石，这大石表面已经出现了很多裂痕，也有浓浓的混沌气息弥漫。

之前那股气息都在陨石的内部，外界察觉不到，如今切开了陨石，秦云、赤精子都感受到了那椭圆形大石所散发的混沌气息，气息是如此浓，让他俩情不自禁地心颤。

"这气息，难道是孕养出了一件先天至宝？！"赤精子不由得一惊。

他宝物虽多，但没有一件宝物的气息是如此可怕的。这还没完全显现呢，气息就如此惊人。

"这气息和青萍剑都有几分相似了。"秦云也是心惊，本以为只是路过随便看看，却有些被吓住了，"难不成一件新的先天至宝要出世？"

"哗！"赤精子毫不犹豫地拿出了一面镜子，那镜子有两面，他直接对着秦云一照。

秦云便觉得周围的世界在扭曲，眼前的世界分成了两半，一半变成了白茫茫的，一半变成了黑漆漆的，那手持镜子的赤精子则是站在了黑白世界的界线中央。

秦云也是毫不犹豫地一挥手，袖中的青萍剑立即飞出。他们俩之前还客客气气的，可是看到宝物的刹那，却二话不说都全力出手了。

"青萍剑！"

赤精子看到青萍剑，面容都狰狞了几分，一挥手就扔出了一个古朴的黑色铃铛。黑色铃铛悬浮在空中，当当作响，一时间，周围的黑白世界，白茫茫的一边沸腾起来，有无尽白色火焰升腾，黑漆漆的一边则有黑水涌动。

白火黑水旋转着，欲吞噬秦云。显然赤精子被逼得倾尽全力了。

"我苦修多年悟出的水火阴阳大阵，就算他有青萍剑，相信也能阻他一阻。"赤精子在心中暗道。

"真没想到，赤精子你潜修多年，竟然悟出了如此大阵。"秦云笑声朗朗，手指尖飞出一缕烟雨，烟雨一分为三，三柄飞剑环绕左右，自成一界，任凭外界阴阳交错、水火吞噬……都奈何不得秦云这烟雨阵丝毫。

当初三刃山一战，秦云的烟雨阵就挡住了血海老祖的战身。

如今修行多年，融入七星大道后，烟雨阵的威力更是了得，赤精子的大阵根本奈何不得他。并且，蒙蒙细雨弥漫各处，烟雨领域渗透在这水火大阵内，也在阻碍着赤精子。

那椭圆形的大石，距离秦云、赤精子二人仅仅两千多里。两千多里，平常对他俩都不值一提，但如今二者都在阻拦对方。

"给我破！"秦云眼中凶光闪烁。

"噗噗——"秦云一边释放烟雨阵护住自身，一边凭借青萍剑全力出手。

只见半空中一道道剑光痕迹闪现，一剑、两剑、三剑……勾勒成了北斗七星的勺子模样。

正是秦云如今最强的招式七星连杀。

经过数百年的积累，这七星连杀更是厉害了几分。上次秦云对付妖圣九凤都没能全部施展出来，这一次却是一气呵成，将第七剑施展了出来。

"刺啦！"当那勺子模样的最后一道剑光闪现时，整个水火黑白世界仿佛一块布被切割开来，那道剑光切开这水火黑白世界后，更是停留在了赤精子的眉心前。

"完了。"赤精子顿时心头一怔，不敢动了。

青萍剑的剑尖，距离他的眉心只有一寸，让他心头发凉。

若是秦云的剑尖再近几分，灭了他的元神，他赤精子就完了！就算元始天尊神通广大，也不一定救得了他。

"我输了。"赤精子低声道，再也没了争斗之心。

秦云却是一迈步，化作一道光飞向那椭圆形大石。他身体周围的三柄飞剑也扩散开来，将那椭圆形大石保护起来。

"有烟雨阵庇护，这赤精子就是呼朋唤友，让玉虚宫更多强者到来，也休想抢夺。"秦云用烟雨阵护住了这椭圆形大石，才松了一口气，也收回了直指赤精子眉心的青萍剑。

青萍剑飞走，赤精子的心也放松了一些。虽然知道二人是争宝，秦云不至于因此杀他，但是被剑指着眉心，还是心头发颤。

"没想到这么多年我悟出的水火阴阳大阵，连你的青萍剑都挡不住。"赤精子轻轻摇头，"你若是要杀我，转眼就能破阵杀我。"

"赤精道友的手段足够厉害了，就算和妖圣九凤一战，怕是也不差丝毫。"秦云说道。

"她不一样差点被你几剑杀死？"赤精子摇头道，"我这种老家伙真是没用，被你们后辈一个个超过。"

他的晚辈杨戬不用毁灭神眼都比他强些，毕竟会八九玄功的人天生立于不败之地，若是动用毁灭神眼，就更别提了。

如今这秦云也是，自己简直就是被碾压啊！

"你就算不用青萍剑，只靠那三柄飞剑，恐怕也能击败我吧。真是后浪推前浪，前浪死在沙滩上啊！"赤精子唏嘘不已。

秦云听了笑了笑，在心中暗道，若是不靠青萍剑，怕是要耗费一次呼吸的工夫才能拿下这赤精子。一次呼吸的工夫，说不定就会生出波折，惹来玉虚宫的更多强者。我可不敢赌，毕竟这很可能是一件先天至宝。

秦云一边想着，一边盯着那悬浮的椭圆形大石，它在缓缓地龟裂，散发着神秘的混沌气息，震撼心灵，甚至三界天道都隐隐退避。

"这大石在裂开，里面孕养了什么宝贝？"秦云站在那椭圆形大石的旁边，盯着看。

这椭圆形大石也就丈许大，如今已经裂痕密布。

似乎因为之前陨石被秦云一道剑气劈开，因此这裂开的速度也在加剧。

"我得到我徒儿禀报的消息，心中一动，便来此地探察，发现了如此宝贝，还以为此宝和我有缘。"赤精子说着，"如今看来却是和你有缘，只是不知这里面到底是什么。是孕养的先天至宝，还只是一件先天奇物？"

"等它出来就知道了。"秦云说道，"就算是先天奇物，怕也了不得。"同时，他也在施展秘术遮掩天机，以防四方窥视。这里天机本就模糊，加上自己努力遮掩，怕是只有道祖他们才能窥探得到吧。

"遮挡起来干什么？好歹让我瞧瞧吧。"赤精子说道。

"等它出世后，你自然会知晓。"秦云却依旧遮掩着。

"哈哈，看到那大石，我倒是想起，三界当中曾经也有一块大石，裂开后，从里面蹦出来了一只猴子。"赤精子笑道。

"你说那猴子？"秦云了然，看了看眼前这椭圆形大石。

这可是自己的大机缘，千万别蹦出个猴子之类的，那自己就得心痛了。

"赤精子和秦剑仙一战，最终果真是秦剑仙赢了，而且赢得好快。"远处观战的那位独角老者焦涌看到了整个战斗过程，"秦剑仙若是愿意，都能迅速斩杀赤精子。其实赤精子前辈的阵法已经很可怕了，我面对其阵法毫无还手之力。"

这一战，三界中没几个人注意到。

战斗发生在星空中，大拿们距离这里都太遥远。

像秦云和九凤一战发生在天界，天界内的大拿们这才感应到。而天界外的大拿们是通过好友的传话才知道的。

昌玉大世界的这处乱星海星空，处于空间扭曲区域，战斗动静完全被遮掩了。加上秦云、赤精子都有夺宝的心思，自然也都在遮掩天机，不想惊动外人。他俩这一战，三界知道者更是寥寥无几。

秦云布下烟雨阵，封锁周围，紧紧盯着那椭圆形大石。

大石裂开的速度在加快，秦云在一旁等了约莫半个时辰。

"咔咔咔……"碎裂声不断响起，最终汇聚成"砰"的一声，椭圆形大石完全碎裂。

"那是——"

秦云眼睛瞬间瞪得滚圆，有些被吓住了。

第 317 章

先天第一奇物

椭圆形大石完全碎裂，露出了一物，是一颗约莫手指头大小的青皮莲子。这颗莲子内蕴含着无穷无尽的生机，并且释放出匪夷所思的力量。

"莲子，造化莲子。"秦云真的被吓住了。眼前这颗青色莲子，乃是三界中公认的先天第一奇物。

秦云也是成了大道后，在碧游宫万法阁第九层翻阅了诸多典籍，知道了更多秘闻，认识了更多珍宝，才知道了这造化莲子。

造化莲子是先天第一奇物，三界中仅有数颗。

它虽然不是先天至宝，但是古老的强者们，包括道祖、佛祖，都愿意用一件先天至宝换一颗造化莲子。

之所以如此，一是因为一颗造化莲子可以长出一件先天至宝。

比如佛祖就曾经得到一颗，之后，长出了先天至宝——功德金莲。这功德金莲无比适合佛门，更成了佛门镇压气运的宝物。

又比如血海老祖得到一颗造化莲子，种在了自己的血海中，长出了业火红莲。那血海老祖真身与业火红莲简直是绝配，就是拿其他先天至宝去换，血海老祖也不可能换。

适合的才是最好的。

而造化莲子，能长出最适合自身的先天至宝，何等罕见。

二是因为造化莲子还有其他诸多用途。

比如魔祖的真身，根据情报记载，就是一颗莲子长出的黑莲，所以魔祖悟性惊人，在混沌中就达到了大道圆满，后来又潜修，更是达到了天道境。

而魔祖最强的毁灭神眼，是魔祖得到的又一颗莲子，直接融入身体幻化而成的。那毁灭神眼也是魔祖最强的招式，威力比一般的先天至宝更强。

"能化成先天至宝，能孕育生命，能融入身体，还有其他种种用处，得到先天第一奇物造化莲子，真的是大造化。"秦云内心无比激动，之前他总觉得前路渺茫，可这先天第一奇物一出现，秦云才觉得在一片迷雾笼罩的前路中，终于透露出了几分光亮。

"先天第一奇物出世，定会惊动各方。赶紧走。"

秦云一伸手，便抓住了那颗造化莲子。

"轰！"秦云猛然转头，便看到远处半空显现出了一道散发着夺目金光的身影，那身影穿着金甲，一出现在这方空间，便令周围的空间完全封锁。

他冰冷的目光看了过来："秦云，此等大造化之宝，你可护不住。"

话音刚落，那金光便照射向秦云，让秦云感觉到了极大的威胁。

和在三刃山大战血海老祖战身时相比强了许多的烟雨阵虽然依旧护着自身，但是秦云此刻却觉得随时可能被攻破。

"是他，和祝融神王、共工神王、后土娘娘他们齐名的古神蓐收！"秦云立即明白来者是谁了。

"这该是我的！"冰冷的声音响彻此地。那是一团黄光。

那团黄光从时光长河中而来，寻常仙人妖怪用肉眼都是看不见的，唯有能探察时光长河的人才能窥见他的身影。

"哈哈，一下子来了七位老友。"

伴随着响彻云霄的笑声，一条无比庞大的神龙出现了，蜿蜒的龙躯散发着无尽之力。

"嗖！"沐浴在五彩光芒中，一名白衣男子也出现了。

秦云屏息。他早知道，造化莲子出世的气息，连三界天道都得退避，他同样无法完美遮蔽。可没想到一下子冒出了这么多古老的强者，个个都是大道圆满者，甚至有三位他秦云都不认识。

"一下子就冒出八位来，若是时间再久点，会出现更多吧。"秦云这时候愈加觉得这造化莲子烫手，可是他既然到了乱星海，又力压赤精子一头得到了造化莲子，此刻怎会轻易放弃？

可以说，没有造化莲子，他秦云渡散仙之劫的希望若是勉强有一成的话，有了造化莲子，希望便是三成，翻倍都不止。

造化莲子对他的帮助将会很大，他自然得保住。

"轰！"一道更恐怖的身影出现了。他的身躯庞大无比，周围的陨石都不及他的手指甲，他有着青色的皮肤，赤脚踏空而来。他的四条手臂犹如四根天柱，眉心的第三只眼闭着，让周围诸多的古老强者一惊。

"魔祖。"

"魔祖的毁灭身！"

"魔祖对造化莲子最是渴求，一感应到，毁灭身就赶来了。"

"道祖、佛祖们面对造化莲子，还能矜持些，最多隔空交手。也就这魔祖吃相最难看，二话不说毁灭身就赶来争夺。"

这些古老的强者都有些心里发苦。

在星空中，天道境是能够完全发挥出实力的，他们也抵挡不住。这就是道祖、魔祖他们在三界时，不少古老的强者宁愿低调蛰伏的缘故。

这一尊庞大的魔祖毁灭身出现，让其他各方的强者都有些忌惮。

"它是我的。"魔祖毁灭身毫不犹豫，一伸手，巨大的手掌比星辰世界还大，抓向秦云。

"哗！哗！哗！哗！"四柄神剑从时空深处飞来，悬浮在了秦云的四周，镇压住周围千万里的星空。并且，在秦云脚下，还浮现了巨大的阵图。

脚踏阵图。

四柄神剑悬浮。

无尽杀机，笼罩周围千万里。

原本霸道无比，刚刚踏空而来的魔祖毁灭身也不由得止步，那些古老的强者更是惊惧万分，还有些想来还没来的强者更是不敢再有动作。

"诛仙阵。"

"是诛仙阵，灵宝道祖亲自出手了。"

诛仙阵，无可争议是三界第一杀阵，即使在天道境层面，它都是最强的。

都说魔祖毁灭身厉害，可面对诛仙阵那也是自找苦吃。至于其他达到大道圆满的，若敢进诛仙阵，那铁定是化作飞灰，死无葬身之地。

"师尊。"秦云却是露出喜色，喊道。

"徒儿，有为师在，你的东西，谁都抢不走。"那冷冷的声音透过诛仙阵传遍四面八方。

一个个古老的强者原本觉得依仗各自的手段还是有一丝希望的，说不定能在争夺时捡个便宜，可看到诛仙阵便觉得一丝希望都没了。诛仙阵，可比魔祖的威胁大多了。

魔祖一心想要夺到秦云手里的那颗造化莲子，道："自三界诞生，这么多年，也就祝融拥有一颗造化莲子，我付出了大代价才终于将它拿到手。怎么这秦云在三界中随便走走，就轻松得到了一颗？这颗造化莲子该归我，他的青萍剑也该归我。"

魔祖毁灭身之前都一巴掌抓过去了，可诛仙阵一出，他也只能收回大手掌。

"一个个都不走，难道还想夺宝？"一位黑发老者出现在诛仙阵中，站在了秦云身旁，正是灵宝道祖的真身。

"师尊。"秦云恭敬地行礼。

"嗯。"灵宝道祖看向秦云，露出满意之色，微笑道，"为师早说了，你做了那么多，有大功德大气运在身，只要在外经常走走，说不定就会碰到大机缘。你看，为师说得没错吧？"

秦云一愣，还真是。这次得到造化莲子真的很轻松，他仅仅因为聆听到一对师徒吵架，知晓了毒云洞主奴役了大群修行者，念头一动便来乱星海救了众多修行者，也斩杀了那毒云洞主。再后来，他因为对乱星海的变化好奇，顺便一看，便很快发现了那椭圆形大石。

唯一的阻碍是赤精子，实际上也算不得多大的阻碍，毕竟瞬间就拿下了。

这先天第一奇物，如此轻轻松松就得手，秦云感觉一切就跟做梦一样，简直是天上掉馅饼。

师尊让自己多走走，有大功德大气运在身，容易碰到机缘，还真是所言不虚。自己真的碰到了大机缘，如此轻松就得到了造化莲子，也唯有大功德大气运能够解释了。

秦云很清楚，造化莲子未曾出世时，它的藏处三界强者们都难以探察。可是三界天道却是知晓的，天道运转最为公平，秦云做了那么多，于是便让他得了这份大机缘。

甚至乱星海的变化，也是秦云来到昌玉大世界后才发生的，的确巧得很。

"因果循环，天道好还，我做了那么多，于是我便得了这大机缘。"秦云自语道。

秦云因师尊的一句话生出了诸多想法。

灵宝道祖扫了一眼四周，继续说道："别怪我灵宝以大欺小，先提前告诉你等，敢伸手的，杀无赦！"

他虽然是平平淡淡说出这话的，但威胁是实实在在的。

"我们走。"

"魔祖和灵宝道祖都来插手，这宝物我们不可能得到了。"

"此事也不是我等能掺和的。"

诛仙阵一出，他们都没有侥幸的心理了，一个个古老的强者都迅速离去。

赤精子和胆战心惊的焦涌也趁机一同离去。若是魔祖真和灵宝道祖打起来，怕是一点余波袭来，他们俩就完了。

"灵宝。"魔祖却是不甘心，怒喝道，"你们修炼到天道境都多久了，这造化莲子对你们提升实力并无帮助，你们非得一次次坏我好事吗？！"

"你是黑莲之身，这造化莲子对你是有大用处，可越是如此，我等越是得阻你。"灵宝道祖嗤笑道，"说实话，我恨不得你早点身死魂灭。"

"你们杀得了我吗？黑暗魔渊不灭，我便不灭。"魔祖怒笑道。

"你这么急着变强，不就是怕将来吗？要不了多久，你我都得离开三界，到时候你便不再是黑暗魔渊之主。"灵宝道祖笑道，"你没了黑暗魔渊作为依仗，我们几个联手对付你一个，还是手到擒来的。"

秦云听了一惊。师尊、魔祖他们都得离开三界？魔祖不再是黑暗魔渊之主？

"手到擒来？"魔祖眼中有着疯狂之色，"口气倒是挺大，可你们的实力不够！"

"别急，等那天到来，必须离开三界时，就可见分晓了。"灵宝道祖悠然自得地道。

论修行资历，女娲娘娘最早成就天道境，道家三清、佛祖如来成就天道境也都很早，魔祖却是最晚的一个，相对另外几位而言，他的底蕴就浅了很多。

"好，那就走着瞧吧。"魔祖说完，又瞥了一眼秦云，转头就走。

"我徒弟的东西你也想抢？"灵宝道祖嗤笑道。

魔祖虽然不甘心，但是也没有任何法子。别说是他，就是两三个天道境联手都没把握破开诛仙阵。所以他没再折腾便离去了。

"走，随我回碧游宫。"灵宝道祖看着秦云，道。

"是，师尊。"秦云应道。

瞬间，他们俩便消失在乱星海，乱星海也再无空间扭曲的迷失区域，恢复了宁静。

一般的天仙天妖，并不知道乱星海深处发生的这一场冲突，不知道多位古老的强者现身了，连两位天道境强者都现身了，就为了那先天第一奇物。

碧游宫，主殿。

"哈哈哈。为师一直在想，你横扫二十六座疆域，这可是近乎一半的三界疆域，令那些疆域内的无数小世界脱离了魔道的掌控，如此大功德，就该有大机缘！"灵宝道祖坐在云床上，脸上满是笑容，说道，"你之前虽然得到了百丈星辰石，但是那百丈星辰石早就在你家乡，魔道更是数次入侵，你得大功德在后。而且你最终查出百丈星辰石，也是一心要解决家乡的祸患源头，不突破法力，一直留在小世界的缘故。因此你得到百丈星辰石，也是理所应当。"

"为师一直认为，你在三界行走，会有一份大机缘。"灵宝道祖笑道，"却没想到让你得了这造化莲子。"

"师尊，这造化莲子，我该如何用？"秦云询问道。

造化莲子，名气很大，可秦云此刻却有些抓瞎，该怎么使用它才是对自己最有帮助的？

"造化莲子的用途有很多。"灵宝道祖笑道，"它其实一共有九颗，第一颗在混沌时就出世，化作黑莲，就是如今的魔祖。"

秦云聆听着，他倒是看过这秘闻的记载。谁能想到，魔祖竟然是一颗莲子所化。

"造化莲子算起来，出世的也有好几颗了。"灵宝道祖说道，"其中孕育生命的，一颗是魔祖，还有一颗是花果山那猴子。所以魔祖他一直想要炼化了那猴子，前些年还直接偷袭过一次，幸好如来早有准备。"

秦云一惊。那猴子有如此大来头？难怪被佛门看重。

第 318 章

贪婪

"造化莲子也可融入身体，成为身体的一部分。黑莲眉心的毁灭神眼，还有杨戬眉心的毁灭神眼，都是造化莲子所化，其威力比好些先天至宝都强些。可是这也有弊端，若是不成大道圆满，是没法完美掌控造化莲子的力量的。"灵宝道祖说道，"上次血海老祖那般想要杀杨戬，就是为了他那毁灭神眼，只是被你破坏了。如今又有一颗造化莲子落入你手，魔祖一定恨你入骨。"

秦云点头，自己早就把魔祖得罪了。

"佛门的功德金莲，血海老祖的业火红莲，都是造化莲子所化。

"祝融神王曾有一颗造化莲子，不过前些时日我推算到，那造化莲子落入了黑莲手里。"

"说起来，九颗造化莲子，已经有八颗出世了。"灵宝道祖说道，"还有最后一颗依旧藏在三界的某一处，不知道何时出世。"

"不说这些了，你能得到一颗造化莲子的确很难得。"灵宝道祖微笑道，"至于该如何用，为师觉得，你可以用它来孕养你的本命飞剑。"

"如果你已经达到大道圆满之境，只要炼化些寻常的先天奇物，就能让本命飞剑达到先天至宝之境。"灵宝道祖说道，"那样，倒是适合将这莲子融入体内，或者用来化作第二件适合自己的先天至宝。"

"有本命飞剑，又有另一件威力相近的先天至宝，自然是两全其美的好事。可你终究还没突破，现在只是顶尖大拿层次罢了。"灵宝道祖说道，"炼化寻常的先天奇物，你的本命飞剑也没法突破。"

秦云点头："弟子明白。"

"你的情况很特殊，所以直接用莲子来孕养本命飞剑，反而适合你。"灵宝道祖说道，"一来，以造化莲子来孕养本命飞剑，可以让你的本命飞剑自然衍变。而且这飞剑对你的修行也有帮助，能让你更早地突破。二来，你最关键的是要抵挡散仙之劫，依靠的就是你的护身剑阵！造化莲子会让你的本命飞剑更强，拥有更大的潜力。"

"不管是为了修行还是渡劫，让你的本命飞剑大大提升，都是最适合的。"灵宝道祖微笑道，"说起来，三界还没谁有本命先天至宝呢！你恐怕是第一个。"

秦云也微微一笑。

是的。那些古老的强者，有的出生在混沌中，一出生就有伴生灵宝，有些伴生灵宝甚至是先天至宝。

可本命法宝的法门，是道家三清都成天道境后才创出的，而且，只有极少数流派才有此等手段，如剑仙，如道家符箓一脉，等等。后辈们在这崭新流派中成就大道圆满的，暂时还没有，所以也就没有本命先天至宝的出现。

秦云这次，也是靠神奇的造化莲子，才能提前做到这一步。

造化莲子，先天第一奇物，有大造化，才能化不可能为可能！

别说秦云还有本命飞剑，就是没有，单纯的莲子本身也是可以成长为一件先天至宝的。

"师尊，这孕养法门，和使用寻常的先天奇物一模一样吗？"秦云问道。

"法门都一样。"灵宝道祖说道，"你就在碧游宫内修炼，三界中觊觎造化莲子的人有很多。别说魔祖一直盯着，就是那群蛰伏的大道圆满强者，他们中好些都没有先天至宝，能化作最适合自身先天至宝的造化莲子，足以让他们发疯。你若是在外界修炼，一定会被盯上，恐怕会生出波折。而你在碧游宫内修炼，他们看都看不见，更别说使用其他的手段了。"

"是。"秦云点头，"弟子明白，那弟子告退了。"

"去吧。"灵宝道祖看着秦云的目光中满是期待。

秦云躬身，随即退去。

目送秦云离去，灵宝道祖在空旷的主殿中，轻声道："用造化莲子孕养本命飞剑，我这徒弟是第一个，恐怕也是三界唯一一个了。"

造化莲子共有九颗，只剩下一颗未曾出世，那一颗怕是也不会奢侈地用来孕养飞剑，也就是秦云急着突破，急着抵挡散仙之劫才会这般选择。

"希望我这徒弟能够渡过散仙之劫吧，如此，我离开三界后，碧游宫也能多一个支柱。"灵宝道祖期待着。虽然碧游宫如今有大师姐黎山老母，但是黎山老母的实力在众多大道圆满者中，只能算是正常的水准。和祖龙比，和后羿大神比，乃至和佛门阿弥陀比，都是有些差距的。

如今碧游宫可是三界最强大的几大势力之一，单靠黎山老母，是无法维持如今碧游宫的地位的。

灵宝道祖如今看到希望最大的，就是这个徒弟秦云，秦云天资卓绝，且直奔大道圆满，更是剑仙，唯一的大麻烦就是散仙之劫。对此，灵宝道祖也没有什么好法子，因为散仙之劫是整个三界都未解的难题。

碧游宫，秦云的洞府静室内。

静室内香气弥漫，盘膝坐在蒲团上的秦云，先悠然服用了一滴轮回甘露。

"开始吧。"自觉状态极佳，秦云当即一挥手，一颗充满无尽生机的青色莲子飞出，悬浮在身前。

仅仅是莲子的气息，就能让三界天道都退避。

"我竟能得到此宝物，真是一场大造化。"秦云看着那颗青色莲子，自语道，"和使用寻常先天奇物一模一样。"

秦云轻轻一挥手，手指尖有一缕烟雨飞出，正是本命飞剑烟雨剑，烟雨剑停在了那颗莲子的上方。

秦云运转法力，开始施展法门。

只见烟雨剑表面浮现黑白图，黑白图笼罩着下方的那颗莲子。

"哗——"

只见带着无尽生机的点点青光不断飞出，涌入烟雨剑中。

烟雨剑微微震颤，疯狂吸收着这青色光点，来多少，它便吸收多少。

"那造化莲子，该是我的。"黑暗魔渊中，青色皮肤的魔祖毁灭身眼中满是怒意。

和一颗造化莲子这么错过，让他无比痛心。

"当初造化青莲一共孕育了九颗莲子，如今只剩下一颗还未曾出世。"魔祖毁灭身道，"恐怕我被迫离开三界之时，它都不一定会出世。"

"多好的机会，就这么错过了。这个秦云，还真是一次次坏我好事，上次救了杨戬，这次又夺走了一颗造化莲子。"魔祖毁灭身颇为不甘心，"一定会有机会的，只要让我抓住机会，那颗造化莲子将重新落入我手，就连他的青萍剑也将落入我手。"

"我必须变得更强。离开三界之时，是我的一次大劫。"魔祖很清楚这一点，因为他行事不择手段。道家、佛门、天庭各方只要有大拿实力的，身死去转世时，他都会在其轮回中下黑手，令对方魂魄泯灭，只剩下最后一缕真灵，是没法接引觉醒的。

死了，就真的一了百了了。

这些人中好些都是道祖、佛祖们的弟子、后辈，道祖、佛祖们怎能不怒？

加上对整个三界的侵占，魔祖早就惹了众怒，令其他各方都团结起来对付他。也就在三界，他和黑暗魔渊是一体的，所以才能真正不死。

"机会，会有的。"魔祖默默等待着，那秦云现在有灵宝道祖庇护，必须等到适合的机会。

"也不知那秦云怎么使用那造化莲子。"

祖龙庞大的躯体蜿蜒盘踞，眼眸中有着好奇和一丝无奈。

灵宝道祖和魔祖不出手的话，他当时是在场最有希望夺得造化莲子的，可诛仙阵一出，他只能撤退。

"造化莲子。"

一位位古老的强者都忍不住念叨。

心痛啊！

羡慕嫉妒！

可是又能如何呢？人家积攒了大功德大气运，随便行走三界都能得到造化莲子，再加上灵宝道祖庇护，他们只有羡慕的份。

碧游宫，秦云的洞府静室内。

秦云很惊讶。造化莲子和寻常先天奇物炼化时还是有区别的，区别就是造化莲子的力量不断地融入本命飞剑时，竟然一刻都不停歇。

本命飞剑也没有任何吃撑了，需要消化的迹象，似乎再多的青色光点，它都能吸收。

这不断地吸收，转眼就过去了三年零三个月。

青色莲子直至最后一个月才渐渐暗淡，最终莲子消失在天地间。

"都吸收完了。"秦云看着悬浮着的本命飞剑，自语道。

当吸收完的那一刻，秦云的本命飞剑内拥有了一颗造化莲子的完整力量，也开始缓慢地发生变化。

仿佛小草破土而出，缓缓生长。

仿佛树木抽出新芽。

一切虽然缓慢，却是一股崭新力量的诞生。

"我的本命飞剑……"秦云看着眼前的烟雨剑，烟雨剑的外表在缓缓发生变化，愈加烟雨蒙蒙，愈加虚无，仿佛它本身就是一个浩瀚的世界。天、地、人三条大道也是其中的根基，完美结合为一体，秦云原本的剑道距离大道圆满就差最后一点罢了。

造化莲子轻易地补足了这一点，让烟雨剑无声无息地跨入了先天至宝的门槛。

并且，烟雨剑还在继续衍变，这衍变持续了一个多时辰，当蕴含的造化莲子的力量消耗殆尽后，烟雨剑才算衍变完毕。

整个三界的第一件本命先天至宝，就这么悬浮在秦云面前。

"烟雨剑。"秦云看着眼前悬浮的这柄飞剑。

剑身雾蒙蒙的，悬浮在那里，一柄剑好似一个浩瀚的世界。

秦云能感受到，在这烟雨剑内，天、地、人三条大道彼此都开始演化，演化出其他大道，比如无极大道、生命大道、阴阳大道等逐渐显现，不过都只显现了一部分。

"造化莲子的确神奇，不但补足了我原先的三才剑道，甚至开始三生万物，逐渐演变出了天地万物运转之道。"秦云惊叹道，"若是再用上三五颗造化莲子，说不定，我这飞剑就能完全演化出天地万物之道了。"

"那样就超越先天至宝，达到更高一层了吧。"秦云感慨道。

先天至宝是最强的宝物，内含一条完整的圆满大道。

至于有没有更高的天道境层次的宝物，至今没有发现。三界强者们也怀疑过当初盘古开天辟地时所用的开天斧或许就达到了天道境，不过那也只是猜测，毕竟包括盘古以及开天斧在内，伴随着三界的诞生，都泯灭了。

就好比二十四定海珠化作了二十四诸天，而定海珠自此便烟消云散。

三界可比二十四诸天强大不知道多少，开辟出如此世界，所需的代价可想而知。

秦云看到自身烟雨剑演变之时，就有推测，若再来几颗造化莲子，或许真能令飞剑提升到更高的层次。可惜三界如今还没主的造化莲子只剩一颗而已，就仅剩下的最后一颗，秦云可不敢奢望。能得一颗已是大气运在身，要得两颗，不但要运气，更要实力。

"烟雨剑已成，内含完整的三才剑道，以及演化出的其他部分无极、生命、阴阳等大道，也算是指引了将来我参悟天道境的方向。"秦云笑了笑，伸手抓住了三寸飞剑，抓在掌心中，"不过我最紧要的，还是先令剑道突破。"

飞剑是突破了，可他自身却没那么容易突破。

"我还差一点。"秦云看着掌心的飞剑，细细体会着，完整的三才剑道就摆在眼前，让秦云心中酝酿的那股感悟有喷薄欲出之感。

显然在飞剑的指引下，让秦云距离突破更近了。这也是师尊让他用造化莲子孕养飞剑的其中一个原因。

飞剑突破了，秦云也就暂且回到了雷啸山。

"云哥，你不是行走人间，要悟出人之大道吗？如今回来，是悟出来了？"看到秦云回来，伊萧十分惊喜。

"哪有这么容易。"秦云坐下，喝着妻子泡的花茶，"我最近会在家里待较长一段时间。"

伊萧有些疑惑："你说过，在人间，在红尘里，有你找的人之大道。你如今最紧要的不就是悟出人之大道，好令整个大道圆满吗？你要在家闭关修行？"

"看。"秦云一翻手，掌心悬浮着那三寸烟雨剑。

伊萧看着烟雨剑，忍不住道："我不懂，但我能感觉到，这烟雨剑和我上次看到时不一样了，连模样都变了。"

"这飞剑内，就有一条完整的圆满大道。"秦云笑道，"是我所修的三才剑道。所以我所追求的大道，在人间，在红尘，也在这飞剑内。因此暂时我就无须出去，在家闭关参悟这飞剑即可，说不定闭关些时日，就能悟出来了。"

"完整的圆满大道？你说过，先天至宝内才有一条完整的圆满大道。"伊萧很快反应过来，有些难以置信，"烟雨剑成了先天至宝？"

秦云微微点头。

伊萧不敢相信："本命先天至宝，这、这……云哥，你不是说，得先成就大道圆满，以自身大道为根基，而后搜集众多珍贵的先天奇物孕养，才有望孕养出先天至宝。怎么反而提前了？"

"我得了一份大机缘。"秦云和妻子说了一通，伊萧这才知晓，三年前所发生的那件大事。

那次秦云得到造化莲子，古老的强者们，乃至魔祖毁灭身、灵宝道祖都出手了。因为出手的强者层次都太高，所以这个消息反而是个秘密。许多普通大拿都不知晓这事，伊萧也不知道。

黑暗魔渊。

魔祖毁灭身遥遥看向天界。

"这秦云，回到了雷啸山。"魔祖毁灭身仔细窥视，"他还真擅长遮掩天机，不过还是阻挡不了我。让我瞧瞧，他可将造化莲子随身携带。"

虽然秦云擅长遮掩天机，本命先天至宝同样也能让天机变得模糊，令外人难以探察，但魔祖终究是天道境的强者，他推算片刻还是算出了。

"他竟然用造化莲子孕养他的飞剑？"魔祖毁灭身有些恼怒，"他的飞剑成了先天至宝，如此一来，就算我得到他的飞剑，那也得耗费些功夫重新炼化。"

直接吸收一颗莲子，自然轻松得多，但要炼化先天至宝的飞剑，可就麻烦多了。

"也罢，多耗费些功夫我也能忍，至少那灵宝没有将徒弟的造化莲子夺了去。"魔祖毁灭身还是颇为庆幸的。若是灵宝道祖独占了造化莲子，那他就一点抢夺的希望都没了。而在秦云这样一个勉强达到大道圆满实力的散仙手里，他还是有希望的。

"秦云回到了雷啸山。"

"造化莲子在哪儿？"

"天机模糊，这秦云遮掩天机的能耐越来越强了，算不出来！"

三界中，不少古老的强者都盯着秦云。

秦云的遮掩和本命先天至宝本身的特殊，都让探察真相变得很难，也就那几位天道境的强者才能推算出来。

雷啸山，静室内。

秦云在闭关修行，一柄烟雨剑悬浮在他的身前，他又饮用了一滴轮回甘露，继续参悟体会。

参悟烟雨剑，有两个目的：一是希望能借机悟出人之大道，如此一来，三才剑道便圆满了；二是更好地发挥烟雨剑的威力。

烟雨剑一突破，就会成为秦云最强的宝物。

因为融入了一颗造化莲子，虽同为先天至宝，但烟雨剑比青萍剑还略强些许，它又是秦云的本命飞剑，威力自然大上数倍。且秦云这么多年修行的就是三才剑道，施展烟雨剑比青萍剑可轻松多了。

谁都不会嫌宝物威力大，秦云如今更用心参悟，也是希望发挥其更强的威力。

"嗯？"

秦云忽然脸色一变，"嗖"的一声，就从静室消失了，到了静室外的院子中。

他站在院子中，抬头看向天空。

天空中有一只灰蒙蒙的爪子朝雷啸山落下来，那只爪子比雷啸山还大。

这威势让秦云明白，雷啸山的阵法肯定是扛不住的。这是一位大道圆满的强者出的手，而且出招极为霸道蛮横，一出手就要将雷啸山拍成废墟。

"混沌三凶之一的梼杌。"秦云看到这灰蒙蒙的爪子，立即就猜出来了。

这些蛰伏的古老强者，如今盯上自己了。

怀璧其罪！

造化莲子的诱惑力实在太大了。

第319章

大道圆满

梼杌在混沌神魔当中被认为是三凶，做事凶戾霸道，很久以前就达到了大道圆满。

平常秦云并不愿去招惹梼杌，可当他看到对方一出手就欲拍碎雷啸山时，他愤怒了。这可是他的家，自己的亲人还住在这里。

"梼杌！"秦云怒喝一声，便有一缕烟雨剑光飞出，这正是烟雨剑。

烟雨剑一化为三，化作天、地、人三剑，悬浮在秦云周围。

淅淅沥沥的小雨飘洒在各处，也飘洒在远处那袭来的灰蒙蒙的巨爪上。这雨水是烟雨剑的烟雨领域所形成的，烟雨剑成为本命先天至宝后，这烟雨领域的威力也就有了极大的提升。

飘洒的细雨落在远处的巨爪上，仿佛沉重无比的大山压在上面。

"这些雨水，倒是有些意思。"云层中浮现一张巨大的丑陋面孔，俯瞰着下方的雷啸山。那比雷啸山还大的巨爪依旧落下。

"发生什么事了？"

"那是什么？"

秦府一片惊慌失措，伊萧、秦玉罗、孟欢、秦依依他们，包括秦府的仆人们都抬头看着。

"破。"秦云眼神冰冷，站在那里，周围悬浮着天、地、人三剑，忽然，人之剑飞出。

"人之剑，极情于剑。"

人之剑，核心是一个"情"字。

只见那柄耀眼夺目的剑划过长空，便迎向了那只巨爪。即便是烟雨剑分化的三剑之一，在秦云手中发挥的威力也不亚于青萍剑。

"轰！"

剑光和巨爪硬碰硬，剑光被震得往后倒飞些许，灰蒙蒙的巨爪也猛地一震，形成巨爪的灰蒙蒙的气流都因此散乱了。

"都说你秦云的烟雨剑能一分为三，没想到分出的一柄飞剑就能挡住我一爪。"无数灰蒙蒙的气流汇聚在一起，那散乱的"巨爪"气流也汇聚过去，形成了一个魁梧的混沌神魔。

他雄壮无比，皮肤黝黑，虽然是人形，但有虎爪，还有锋利的獠牙。他就这么站在半空，俯瞰着雷啸山，然后说道："如果我没看错，你的本命飞剑已经达到了先天至宝层次。看来，造化莲子是被你用来孕养飞剑了。"

"梼杌，你要找我交手只管定下地点，直接对我雷啸山出手，未免太过分了。"秦云冷冷地道。

"过分？哈哈哈，这就叫过分？我觉得我已经挺客气了。"梼杌哈哈笑道，笑声响彻天地，"来来来，再陪我玩几手，让我看看三界第一件本命先天至宝到底有多厉害。可惜啊，在你一个散仙手里，强也强不到哪儿去。"

说着，梼杌直接"嗖"的一声化作流光冲向雷啸山，他习惯于近身搏杀。

"是梼杌。"天庭，玉帝放下酒杯，遥遥俯瞰雷啸山方向，"造化莲子的诱惑真大，秦云刚回雷啸山没多久，这梼杌就按捺不住先出手了。虽然他鲁莽了些，但是实力极强。秦云一个顶尖大拿层次的散仙，即便有烟雨剑在手，恐怕也要吃些亏。"

"是秦云小友。"西方极乐大世界，散发无量光的阿弥陀遥遥看着，面带笑意，"真没想到当初结下缘分的小友，如今都拥有本命先天至宝了。"

"是梼杌！三界暗中盯着秦云的有不少，这梼杌倒是最先出手了。"

"秦云的烟雨剑威力这么大，本命先天至宝！"

"三界第一件本命先天至宝吧。"

最焦急的当数黎山老母。

"师尊，梼杌派出的是他凶、流两大分身之一的凶分身。"黎山老母传音给灵宝道祖，"凶分身更霸道，流分身更诡异。凶分身正面搏杀有梼杌真身的六成实力，师弟怕不是他的对手。"

"你师弟他就算敌不过，自保也是无虞。"灵宝道祖传音道，"这也是他难得的历练，无须担心。"

"自保无虞？"黎山老母不再多想，师尊既然说了，她只管听着就是了。

梼杌和秦云的碰撞，引起三界各方强者的关注。

那些古老的强者倒是知晓造化莲子，所以听到梼杌说秦云的烟雨剑是本命先天至宝也不算吃惊。可是其他的普通大拿就觉得有些出乎意料了，先天至宝？还是本命先天至宝？他们知道秦剑仙很厉害，大道圆满下几乎无敌，几剑就差点杀死妖圣九凤。可他竟然还拥有本命先天至宝？这也太匪夷所思了。

"去。"秦云面对俯冲而下的梼杌，心意一动，人之剑继续冲出。

他之所以动用人之剑，就是希望在战斗中有所感触，以便尽早悟出人之大道。

"哈哈哈……"梼杌大笑着，面对飞来的飞剑，直接一拳砸出。

拳头如流星，"轰"的一声将飞剑直接砸得倒飞出去。

飞剑一转，继续刺去。

"嘭嘭嘭。"

或是以拳头砸飞，或是一爪子拍飞，凝聚出这凶分身的梼杌认真对待后，完全将秦云的人之剑压住了。

梼杌离雷啸山越来越近。

"秦云，你挡不住我，我今天便拔掉这座雷啸山，把整座山扔进旁边的月牙湖内。"梼杌笑声连连。

"大言不惭！"秦云一念召回人之剑，身旁悬浮的地之剑立即飞出。

"哗！"

地之剑划过长空，天地间隐隐多了一层幕布。

梼杌飞到近处，就是一拳砸出，让这幕布微微震荡。梼杌竟然没能破开幕布，以至无法靠近雷啸山。

天、地、人三剑中，地之剑最擅长防守，应该能挡住梼杌。当然三剑一起布的烟雨阵，护身更厉害。仅仅梼杌的一个凶分身，还没资格逼得我用烟雨阵护身。秦云在心中暗道。

"有意思，有意思。"梼杌透过那遍布天地的幕布，看着秦云，"秦云，你值得我燃烧这一个凶分身。"

"轰！"

话音刚落，梼杌体表便燃起了火焰，气势大涨。

这凶分身本就是他的力量凝聚而成，并非真正的血肉之躯，燃烧分身也轻松得很，这也是凶分身拼命的手段。

"刺啦。"

体表燃起火焰的梼杌，一双爪子猛然用力，撕开了面前的幕布，直扑向雷啸山。

"施展出烟雨阵吧，让我瞧瞧这护身阵法到底有何威力！"梼杌的双眸都燃烧着火焰。

"真是要逼我到绝境啊，都知道我的烟雨阵护身厉害，这是想要试试我烟雨阵的威力，好为将来下手做准备吗？"秦云暗道。

秦云很清楚在天界，这些古老的强者不可能夺取到宝物，毕竟灵宝道祖在天界是能出手的，可梼杌的凶分身依旧出手，也是认定没有死亡的危机，因为灵宝道祖应该不至于以大欺小。

梼杌的凶分身出手，一个是要摸清造化莲子的去向，另一个就是要探察秦云的手段。

知己知彼，百战不殆。

若是知道了秦云的底细，等将来秦云没了灵宝道祖的庇护，那他们动手就有把握了。

"就凭你，也配看我的烟雨阵？"秦云眼中凶光一闪，对方对自己的家出手，又试探自己的底细，这等手段让他非常恼怒。

"烟雨剑！"

悬浮在秦云周围的三柄飞剑自然地叠加、融合，化为了烟雨剑。

它能分，自然能合！

分，可布阵，护身最擅长。

合，就是一柄烟雨剑，擅长攻击，威力也比青萍剑强许多。

"咻——"

一点光芒亮起。

这一刹那，仿佛是三界最耀眼的光芒出现了。

梼杌那燃烧着的凶分身脸色一变，连忙挥掌抵挡，便感觉手掌有些疼。那一点光芒刺穿了他的手掌，跟着刹那间便穿透了他的胸膛。

那剑光蕴含的力量盘踞在梼杌体内，这股力量充满了无尽锋芒以及破坏性，令梼杌这具凶分身不断遭到破坏。

被本命先天至宝刺穿，却没有立即毙命，这已经证明梼杌这具凶分身的强大了。

"咻咻咻——"

只见雷啸山上空，那剑光不断来回穿过梼杌燃烧的凶分身，梼杌虽然欲抵挡，但秦云的烟雨剑锋利无比，梼杌的凶分身根本阻挡不了。

十三剑后，燃烧的梼杌凶分身便直接崩溃了。

大道圆满的混沌神魔梼杌，凶分身被灭！

"这梼杌的凶分身，纯粹由力量凝聚而成，身体脆弱了些。即便如此，我也是三剑合一，以烟雨剑出手，才击杀了他这具分身。"秦云此刻并无丝毫骄傲之心，反而更加谨慎。

若是今天梼杌的真身过来，其肉身强大无比，又拥有一对顶尖先天灵宝，自己的烟雨剑怕就奈何不得了。

"轰隆！"

一股强大的力量在上空重新凝聚，只见云层上再度浮现那张巨大的面孔。

在秦云反思时，作为混沌三凶之一的梼杌颇为羞恼，他的凶分身竟然被区区一个后辈击杀。

"秦云。"云层上的那张巨大面孔发出的声音如滚滚雷声，"你这本命先天至宝倒是有些手段，不过那仅仅是我的一个分身罢了，有胆子去沧谷大世界，和我的真身一战。"

"我秦云一心参悟护身阵法，好抵挡散仙之劫，那杀敌剑术不过是偶然悟出的一两招罢了。"秦云笑道，"只是没想到这偶然悟出的一两招，也能破了你的凶分身。"

"偶然悟出的一两招？"天空中那张巨大的面孔愈加恼怒。

这个秦云，故意在羞辱他！

"我时间宝贵得很，就不和你多说了。"秦云一挥手，雷啸山周围云雾升腾，遮掩了外界的视线，让梼杌难以再看清。

"好个秦云，好个秦云！"梼杌虽恼怒却没法子，最终天空中的那张巨大面孔只能散去。

秦云回头瞥了一眼天空中散去的那张巨大面孔。

他说的是实话。他得到本命先天至宝后，虽然在家静修参悟，但主要是参悟护身大阵。要抵挡散仙之劫，护身大阵才是根本。至于杀敌招数，是他体会本命飞剑中的三才剑道时，偶然灵光一闪悟出的招术。

刚才，他就是凭这一招击溃了梼杌的凶分身。

"外公，外公。"秦玉罗隔得老远便喊道，"那是家族情报中记载的混沌三凶之一的梼杌吗？"

只见伊萧等一大家子人都走了过来。

看着自己的家人，秦云不由得露出笑容，他修行有很大一部分原因也是为了眼前这群人，在最终渡劫前，他会为家人们做好安排。

秦玉罗天资卓绝，是秦家仅次于秦云的人，有媲美大拿的实力，自然能翻看秦家最重要的情报，因此也知道混沌三凶的存在。

"三凶之一的梼杌。"伊萧眼睛发亮，自己的云哥越来越厉害了，连大道圆满强者都在云哥面前吃了瘪。

"大道圆满强者？在大世界内堪称无敌的存在？！"秦依依惊叹道。

一旁的韩林更是震撼，自己这个老丈人实在太猛了！修行数千年就达到了这一步，不愧是三界公认的修行直指大道圆满的绝世剑仙。只是他成了散仙后，修仙路出现了大劫难。若不是散仙，而是长生逍遥的大罗金仙，怕是天庭等各方势力早就拉拢他了，要比现在吃香得多。

即便如此，秦云这次能够击杀梼杌的凶分身，也让三界震惊不已，说不定他们会重新审视这位秦剑仙。

"看你们一个个的，这只是他的一个分身而已。"秦云摇头道，"若是他的真身到来，胜负都难说。"

"胜负也只是难说，对吧，外公？"秦玉罗笑眯眯地道。

秦云笑笑。

他如今所用的攻敌手段很少，护身手段却很强。

别说是梼杌，就算是攻击手段更厉害的古老强者们，秦云也有足够的底气护身保命。也就极个别的没把握，像以霸道著称的半步天道境的祝融神王，能不能破自己的烟雨阵，秦云觉得得试试才能知道。

当然，能不试，自然是不试的好，输了可就丢掉性命了。

而号称天道境以下攻击第一的后羿大神，则是不必试，因为必定挡不住。秦云是见过后羿大神出箭的，那威力实在太可怕。

或许等自己也达到大道圆满，再以本命先天至宝布烟雨阵，才有底气去挡一挡，而现在还差得远呢。

"好一个秦云。"

"梼杌的凶分身，也有他真身的六成实力吧，能击杀他的凶分身，秦云的实力，也和梼杌相当了。"

"而且如他自己说的那样，他杀敌招数一般般，护身那才叫厉害。之前他的烟雨剑还是顶尖先天灵宝时，布下的烟雨阵就挡住了血海老祖战身。如今烟雨剑可是先天至宝，这烟雨阵肯定达到新的境地了。即便在大道圆满者中，也只有几位有可能破解烟雨阵。"

"他如今是真正拥有大道圆满的实力了。"

遥遥观战的一众古老强者在谈论着。

如果说之前秦云靠青萍剑施展七星连杀，能勉强爆发出大道圆满层次的威力，可也就那一招，其他手段太弱。

他之前的实力，属于大道圆满者中垫底的，随便来一个大道圆满的真身，都能压着他打。

即便保命能力逆天，堪称不死不灭的血海老祖，在杀敌手段上比较弱，可若是之前的秦云陷入无尽血海真身中，也必死无疑，甚至血海老祖的战身带上先天至宝业火红莲，也能除掉秦云。

之前的秦云，在大道圆满者的面前，的确比较弱，而如今，他终于得到承认了。

每一个大道圆满者，都有自己最擅长的一面。他们在自己擅长的方面堪称逆天，比如血海老祖的无尽血海不死不灭，吞灵老祖的牙口堪称三界第一，孔雀大明王的五色神光让大道圆满强者都忌惮，紫微大帝的推演算计阵法也无人能及。

个个都有擅长的，也有不擅长的。

秦云擅长的是护身，护身保命手段其实是最重要的。

"本命先天至宝是真的厉害，竟然让一个顶尖大拿越过等级，和我等实力相当。"

"秦云自身的实力，离大道圆满也只差一线，又有本命先天至宝，才有如此威力。"

"若是我等拥有本命先天至宝，或许就有半步天道境的实力吧。"

"看得我都想转世修行了，可惜一转世，说不定就要被魔祖他们下黑手。"

"你想什么呢，就算不下黑手，让你正常转世，你也练不出！三界中有本命法宝的流派就那么几派，你去修符箓，符箓浩瀚复杂，你这肌肉疙瘩的能学？你去修剑仙，剑仙最重要的是有一颗剑心，你有那剑仙的心性？让你去炼器，你能埋头万年百万年地去炼器？样样都不适合你。"

"你可别小瞧我。"

古老的强者们谈笑着。

他们都对本命先天至宝羡慕得很，谁都看得出来，本命先天至宝对实力的帮助比先天至宝强很多。可惜，就算从秦云那儿抢过来烟雨剑，烟雨剑到了他们手里，也不过是一件正常的先天至宝而已。

第320章

烟雨剑馆的馆主

　　秦云很清楚，在造化莲子被用掉后，那些古老强者的贪婪之心会相对收敛一些，毕竟烟雨剑对他们的帮助不如造化莲子。可再怎么样，那也是一件先天至宝。在大道圆满强者中，好些都是没有先天至宝的。

　　唯有一个是秦云需要小心的，就是天道境的魔祖。

　　"杨戬将一颗造化莲子融入身体，魔祖都要杀杨戬取出毁灭之眼，甚至偷袭过孙猴子，欲将之炼化。他对我的烟雨剑，也想据为己有。

　　"我在天界，有师尊庇护，魔祖根本没办法。可如果我去了其他大世界，师尊无法出手，魔祖就有法子了。

　　"不管是派遣波旬魔王他们，还是请一些低调蛰伏的古老强者出手，都是有可能的。所以，不成大道圆满，我就不能离开天界！"

　　秦云暗中打定主意。

　　接下来的日子，虽然外界纷纷扰扰，前来拜访秦云的大拿也不少，请他帮忙的也有，但是秦云对外宣称闭关静修，概不见客。

　　他的确在家中参悟烟雨剑，希望能悟出那三才剑道。

奈何，大道圆满，近在咫尺，却仿佛隔着天堑。

秦云只觉自己离大道越来越近，可就是无法突破。

终于，在和梼杌的凶分身一战的三百年后，他再次下山，继续用原先的办法：去人间，去红尘当中，寻他的人之大道。

时光流逝。

天界广袤无边，有无数国度，其中有一个小国，名为南国。

南国境内的一座小城名为临城，城内有一家颇有名气的剑馆，名为烟雨剑馆，烟雨剑馆开业有三十余年，拜师的弟子不少。

烟雨剑馆内。

"师姐。"

"师姐。"

剑馆中正在练剑的男男女女们连声喊道，这群练剑弟子有年龄大的，看起来都是中年人了，也有年龄小的，才五六岁。

此刻，他们面对那名红袍女子都颇为恭敬。

红袍女子名叫靳榆，是烟雨剑馆馆主的三位亲传弟子之一，修行达到了先天实丹境，在临城也算颇有些名气。

"嗯。"红袍女子靳榆眉头微皱，只是应了一声，便迅速往里走。

"平常师姐都笑眯眯的，今天似乎有什么烦心事。"

"一个个都避让着点，别惹师姐生气。"

剑馆内的普通弟子们嘀咕着。

靳榆继续往剑馆后院走。

"师姐。"一个丫鬟端着一大盘水果往里走，碰到靳榆连忙喊道。

"小晴，师父呢？"靳榆问道。

"在里面呢。"丫鬟小晴笑道。

靳榆点点头便走了进去，一进入后院，便看到一名穿着白色布衣的男子躺在躺椅上，似乎睡着了。

"师父。"靳榆一进去便喊道。

穿着白色布衣的男子醒来，看了靳榆一眼，没好气地道："是你这丫头，我刚睡会儿你就把我喊醒了。哎哎哎，晴丫头，让你去买水果，怎么现在才来？我都睡着了。"

"老爷，剑馆内没有，得去现买，我跑得够快了。"丫鬟小晴嘀咕道，说着便将一大盘水果放在旁边的小桌上。

"嗯。"

穿着白色布衣的男子自然就是秦云，他觉得要感悟人道精神得更深地融入人间，于是开了剑馆，还收了徒，实实在在当上了一个剑馆师父。一晃眼，就过去了三十多年，这些年他在众多学剑的凡俗弟子中，还真挑出了三个资质不错的，算是他的亲传弟子。

若是让外界知晓他秦剑仙有亲传弟子，怕是会迅速传遍三界。显然，这三个亲传弟子也一直以为他们的师父只是一个厉害的凡俗剑客，一个先天金丹层次的剑客而已。

秦云一直以来对弟子们展露的，也是未曾入道的剑术。不过他指点徒弟比较高明，属于很会教徒弟的师父，比如他的大徒弟、二徒弟，明面上都比他这个师父厉害，都是凝聚了元神，踏上仙途的。

这个三徒弟靳榆年龄最小，如今也是先天实丹境。

因为会教徒弟，在临城内，秦师傅的名气挺大的，许多家族都将自家子弟送到烟雨剑馆学习。

"这葡萄不错，够大，够甜。"秦云吃着葡萄，开心得很。

"知道老爷你喜欢吃，我用心挑的。"丫鬟小晴美滋滋地道。

"小晴，你先下去，我有些事情和师父说。"靳榆说道。

"好。"丫鬟小晴立即退了出去。

"什么事啊？看你今天脸色都不太对。"秦云继续吃着葡萄。

靳榆低声道："师父，大师兄重伤，如今就躲在我家里，可他伤势极重，一日重过一日。"

秦云放下葡萄，立即起身："走，你前面带路。"

"大师兄让我别告诉你。"靳榆低声说道，"可我实在没法子，再这么下去，怕是再过十天半月，大师兄的命都要没了。"

"你大师兄天资颇高，如今已达到元神二重天，什么伤势这么严重？"秦云问道。

"我也看不明白。"靳榆轻轻摇头。

秦云点点头。这三十多年来，他的剑馆收了很多弟子，其中有三个亲传弟子，像大徒弟、二徒弟在凝聚元神，踏上仙途后，又拜入了仙家宗派，两人和他这个师父虽然偶有联系，但其实并不多。

毕竟仙凡有别，仙人寿命长，凡人寿命短。出于种种原因，踏上元神境的两个徒弟和凡俗师父的来往就变得很少了。

很快，秦云来到了徒弟靳榆的府上。

二人来到一屋内，屋内的床上，一个浓眉大眼的壮汉盘膝而坐，一股股法力波动弥漫，可他身上却有绿色的邪恶法力盘踞，令他的气息都有些萎靡。

"嗯？"壮汉睁开眼，微微皱眉看着从屋外走进来的靳榆和秦云。

"我这个小师妹啊！"壮汉无奈，他是元神境，因此师父一来这靳家府上他就知道了。

"师父。"壮汉当即下床要行礼，只是下床牵动了胸口的伤势，身体不由得晃了一下，可还是恭敬地行礼道，"徒儿见过师父。"

"师妹，不是让你别告诉师父吗？"壮汉看了一眼师妹，低声说道，"我在你这里待上几日，便会悄悄离开，谁都不会知晓。"

“师兄，我能看得出来，你这伤势一日重过一日。”靳榆担心地道。

“田晃，你是怕麻烦我，还是怕牵连我？”秦云哼了声，说道。

田晃苦着脸道：“师父，真没什么事，就是受了点伤。”

“我若是没看错，你这伤势再这么下去，怕是活不过七日了。”秦云冷冷地道，“而且上面的妖气，我曾经见过，是我们南国的国师吧。”

田晃一愣，没想到师父竟然看出来了。

“是弟子想要除魔卫道，除掉那魔头，只是没想到那老魔头的实力比预料的还强。一战后，弟子重伤后逃离，一路赶到临城，实在撑不住了，就暂且在小师妹这儿先稳定伤势。”田晃老老实实地说道，“我传了消息给宗派，相信再过几日，宗派就会有长老来接应我，也能治疗我的伤势。师父，这事你不用担心。”

“是大师兄你刺杀的国师？！”靳榆吃惊地道，“难怪各地都在追查，我们临城也在追查。”

“放心，那些凡人查不到我。”田晃嘱托道，“不过师父，小师妹，你们千万别再透露我在此了，否则会连累你们的。小师妹也真是的，我都说了多少遍，不要外传，结果你还是告诉师父了。”

“师父是外人吗？”靳榆道，“而且我还不是担心大师兄你。”

“好好，从现在开始，别外传了！若是那国师追到这儿，那就真糟了。”田晃说道。

“嗯嗯。”靳榆连连点头，“我会更小心的，那国师的实力可是比大师兄你还强，他来了，我们谁都挡不住。”

“是啊，谁都挡不住。你师父我也只是个凡人。”秦云在旁边感慨道。

田晃连忙说道：“师父放心，我藏身在这里，只要不现身，国师那边谁都休想找到我。”

“别说这些了，说说你身上的伤。”秦云看着他，“你们宗派的长老到底什么时候到？你身上的伤，可撑不了多久了。"

"估计是最近几日。"田晃老老实实地说道，"我是直接将事情禀告给宗派的，宗派会派长老过来。至于是三天还是五天，我也不知道。"

"若是过了七天，你就没命了。"秦云想了想，眉头皱了皱，可还是一翻手拿出了一个玉瓶，直接扔给田晃，"收着。"

"这是什么？"田晃说道。

"这是你师父我当年行走天下，寻得仙缘时，得到的一颗仙丹。"秦云装模作样地说道，"这仙丹名叫小元元仙丹，治你这点伤势是绰绰有余了。"

"小元元仙丹？"田晃吃惊地道，"这、这太贵重了。"

"你师父我是凝聚元神无望了。"秦云看着田晃，"这仙丹在我这儿也糟蹋了，还是给你用吧。不过，你别急着用，如果那位宗派长老赶到了，你就不必用仙丹了，若是他慢了一步，你再用仙丹。"

"师父……"田晃感动得差点涌出泪水，"这仙丹，对元神地仙都是重宝，师父完全可以用它换取诸多好处，说不定凝聚元神有望。"

"让你收就收！"秦云一瞪眼。

六岁就拜在烟雨剑馆师父门下，二十年的教导，这位师父在田晃心中就犹如父亲一般。

即便实力远超师父了，他也不敢违逆。

"师父，这次你就随我去云墨宗吧。"田晃说道，"我爹娘早就被我接去住在云墨城内，师父你也过去，那里是云墨宗的一座仙城，我是云墨宗弟子，也是能让亲人住下的。那里的天地灵气比这里浓得多，机缘也多得多。"

"不去，我哪儿都不去，你就别劝我了。"秦云直接转身，随意地摆摆手，"你小子照顾好你自己就行了，我走了。"

说着，秦云就离开了。

目送秦云离去，田晃心中愈加感动："师父。"

"师父待你真好，仙丹说给你就给你了。"靳榆颇为羡慕地道。

"师父待我之恩情，我田晃此生难报。"田晃说道，随即低声道，"师妹，你发现了吗？我们师父有过仙缘，能拿出一颗仙丹，看到我身上的妖气，一眼就认出是国师所为。他教导我等剑术，虽说剑术没有入道，但他擅长很多剑术，就是元神境恐怕都不一定如他全面。师父平常看似随意洒脱，却一直居住在这座偏僻的小城里，而对于城内那些对他动心的女子，他理都不理，固执得很，三十多年了，一直孤身一人。所以，我觉得师父很有可能受过情伤，才会如此，甚至我要接他去云墨仙城，他都不理会。"

"嗯。"靳榆听了，点头道，"还真是。"

在两个弟子谈论时，秦云悠然回到了烟雨剑馆，回来的路途中在街面上还买了些吃的。

"幸亏我这数百年行走人间，偶尔除掉一些为恶的妖魔，收了他们的物品，才从中翻出这等丹药，否则一时间，还真找不出太差的丹药。"秦云暗暗感慨。

他身上携带的，最起码也是极品灵宝、先天奇物，寻常的宝贝他都放在秦府的藏宝库了。

对如今的秦云而言，像大拿以下的妖魔尸体，他都是直接灭杀，懒得刻意收着。

如今他秦云吹一口仙气，就能让元神境修行者恢复完好，效果比这等小元元仙丹要强得多，自然不会随身携带这等丹药。

所以，他能翻出一颗小元元仙丹，多亏了这数百年除掉了一些妖魔。

"说起来，我成散仙也已七千年，到底什么时候才能悟出人之大道呢？"秦云躺在躺椅上，旁边有丫鬟之前放着的一大盘水果，也有他自己买的一堆吃的，他一边吃，一边想着。

修行的事就是如此，积累越来越多，看似距离突破越来越近，可就是没有突破，急煞了人。

可有时候，突破也会突如其来。

南国，都城。

一间豪奢府邸的静室内，国师脸色阴冷，正持着传讯之物。

"哗。"旁边显现出一道虚影，是一位白发老者。

"拜见钱长老。"国师的态度颇为恭敬，"不知道钱长老找小的，有何事？长老吩咐小的办的事，小的都办得丝毫不差。"

"我找你，是告诉你一件事。"白发老者皱眉道，"我云墨宗有一弟子，名叫田晃，家乡就在南国。"

"南国这等小国，竟有拜入云墨仙宗的，那真是南国之幸啊！"国师吹捧道。

"前几日，有修行者刺杀你吧？"白发老者说道。

国师脸色一变，道："是，那修行者看似元神境二重天，却是修肉身的，近身搏杀的剑术极强，我差点栽了。不过他中了我的剧毒，也活不了几日了。"

"刺杀你的，就是我云墨宗弟子田晃。"白发老者说道，"他将你为恶的事上禀到云墨宗，也求救了。因为他伤势重，云墨宗已经派遣了我一位师弟前去。据我估计，三天后我师弟就能抵达南国，到时候他会救治田晃，并且会查探南国的事，如果确定你所做的恶事，也会顺道除掉你。"

"这、这，钱长老，我可都是为你办事的。"国师连忙说道。

"放心。"钱长老说道，"田晃求救，约定的见面地点，就是南国临城的靳府。你现在立即过去，在我师弟赶到之前除掉田晃，而后将在南国的事处理干净，先躲起来。过了这风头，到时候我会让你再回南国的。"

"是。"国师立即恭敬地道。

很快，虚影消散，传讯断绝。

"好啊，竟然就是我们南国的修行者，还是拜入云墨宗的。"国师眼中有着寒意，"田晃吗？田晃啊田晃，南国是云墨宗统治疆域的小国之一，我背后若无云墨宗天仙当靠山，岂能在这里逍遥如此之久？"

仅仅半个时辰，国师等三道身影就已经抵达了临城。

"大哥，临城到了。"身后一个大妖说道。

"嗯，按之前查的情报，田晃的亲人都去了云墨仙城，在这临城，就剩下一个叫秦南的剑术师父。田晃六岁拜这个剑客为师，学了二十年，师徒二人情同父子。如今这个剑术师父依旧在他的烟雨剑馆教人剑术，你速速去将他抓了，记住，要活捉。随后，你带着那个剑术师父去靳府和我会合。"国师眼神阴冷，"哼，敢刺杀我，还差点要了我的命，我怎么可能让这田晃死得太痛快？"

"是，我这就去办。抓一个凡人而已，有何难。"大妖俯瞰临城，一座小城，以他元神境二重天的实力，迅速就看完了一遍。

"烟雨剑馆，看到了，就在那儿！大哥，我速速去抓了他！"大妖立即化作流光飞去。

"我们俩去靳府。"国师说着，带着另一个大妖，直奔靳府。

第 321 章

这就是人间

烟雨剑馆的后院。

秦云抬头看着夜空中的月亮，瞥了一眼远处，就看到了那三个来到临城的大妖。

他掐指一算，自言自语道："原来南国国师的背后是云墨宗的一位长老。云墨宗也是我灵宝一脉的宗派，我灵宝一脉人妖混杂，规矩还是太宽松了。一个天仙长老都敢这么肆意妄为，还算计自家宗派弟子。当杀！"

他这一句话，就定下了那位钱长老的命运。

钱长老之所以得死，一是因为他在宗派内残杀同门。灵宝一脉虽然规矩宽松，但是很团结。对付自家宗派弟子，这是大忌。

二是因为钱长老借助国师之手，为祸一国。虽然钱长老能通过种种法子，尽量少承受一些罪孽，但秦云不是三界天道，他认定钱长老这个指使者才是罪魁祸首。

"哈哈——"

伴随着笑声，夜空中一道残影一闪，便落在了这后院中，是一个颇为壮硕的男子。他正虎视眈眈地盯着秦云，正是那个奉命前来捉拿秦云的元神境二重天大妖。

"你就是秦南，烟雨剑馆的剑术师父？"大妖嘿嘿怪笑着，汹涌的妖气法力笼罩向秦云，"你一个凡人，还挺会教徒弟的，教出的徒弟竟能伤了我大哥。你有这样的徒弟，死了也怨不得谁了，先随我走吧！"

大妖那汹涌的法力完全束缚住秦云，准备活捉并将他带走。

秦云看了他一眼。

大妖的笑声戛然而止，表情都凝固了，呆呆看着秦云。

"走，去靳府。"秦云说着，飞了起来。

"是。"大妖呆滞的眼神恢复正常，不过他依旧乖乖跟着秦云一同飞向靳府。

秦云和这个大妖抵达靳府时，看到靳府的一个院子内，伤势依旧极重的田晃摔在地面上。因为舍不得直接吃秦云给的那颗丹药，若是宗派长老赶得及，这丹药以后也是可以用来保命的，谁想国师倒是先到了。

重伤的田晃，完全不是他的对手。

"田晃，南国临城人，拜入云墨宗。"穿着黑色华袍的老者嘿嘿笑道，"真没想到刺杀我的，竟然是一个南国人，南国也能出你这么个高手，可惜今天你死定了。"

"你不可能找到我，我修炼肉身法门，容貌气息都能变幻，你不可能认出我。"田晃此刻有些绝望，"我躲在这儿，收敛气息，你就是来到临城也发现不了我的。"

他对云墨宗的法门很有信心，可是此刻，他蒙了。因为被这国师发现，不但他自己要完，还会连累他人，这是他无法接受的。

"你小瞧我了，我这不就找到你了？"国师笑着一挥手，汹涌的法力笼罩了整个靳府，瞬间就隔空擒来一女子，正是在熟睡中的靳榆。她直接被国师一摔，田晃连忙去接过自家师妹。

靳榆有些发蒙，自己之前还在熟睡，怎么就被扔到了这儿？

"大师兄。"靳榆看着嘴角有血迹的田晃，又看看旁边站着的两个大妖，其中为首的穿着黑色华袍的老者让她全身发颤，"他们俩是……"

"我是南国国师。"国师微笑道。

"国师？！"靳榆脸色一白。

完了！

"大哥，烟雨剑馆的剑术师父被我抓来了！"伴随着声音，一个大妖便带着秦云一同降落在这庭院中。

"师父。"靳榆、田晃看到秦云，愈加焦急。

"他法力都被我封禁了，想要怎么处置他都行。"这个大妖嘿嘿笑道。

秦云没说话，只是站在一旁，他没急着暴露实力。他行走人间，寻找人之大道，化身各个角色，就是要体验不同情况下的境遇。所以不到真正必要的时候，他是不会用超出这个角色本身的力量的，就算是真的出手，一般也是在暗中悄无声息地出手，别人也发现不了。

比如他控制了这个元神境二重天的大妖，在场谁都发现不了。

"田晃，你师父也来了。"国师得意地道，"你六岁拜他为师，至今修行三十余年，二十年都在他门下，据说感情好得很，情同父子？哈哈哈！哦，还有这位小师妹，她就更可怜了，整个靳家都完了。"

"师父，师妹。"田晃此刻都不知道该如何面对这一切，自己令师父、师妹陷入如此绝境，师妹更是一家人都被连累了。

"你要杀便杀我，何必牵连我家人。"靳榆咬牙道，"而且收留大师兄的事，是我自愿的，我师父也不知情。"

"国师，杀凡人是有大罪孽的。有仇报仇，有什么你冲我来就是了。"田晃盯着国师。

"我有化解罪孽的法子，只要不是太大的罪孽，我还是能承受的。"国师笑眯眯的，一挥手，又擒来一人，正是一名美妇人，这美妇人手中还拿着针线，就被隔空抓到这儿，她惊愕看着这一切。

"娘。"靳榆连忙去抱住美妇人。

"榆儿。"靳夫人愣愣地看着自己的女儿。

"娘，是我的错，我的错。"靳榆低声说道，眼泪不断流下，她知道遇到大劫了，母亲也被连累了。

田晃此刻心如刀割，无比自责。

"为什么，我为什么要躲在师妹家里？就因为不会受任何打扰？我是不是太自信了？拜入云墨宗，修行一路顺风顺水，虽然刺杀国师失败，但是也能轻易逃脱。我小瞧了他人，却害了师妹，害了师父。"田晃脸色发白，自语道。

"靳夫人，你可能不认识我，我是南国国师。这个叫田晃的刺杀我，犯了死罪，你女儿还包庇他。"国师说着，"所以你和你女儿得死，田晃的师父也得死。"

"娘，对不起，对不起。"靳榆一直说着。

自父亲死后，她和母亲相依为命，母亲管理着靳家，也照顾着她。

靳榆不怕死，但是连累了母亲是她不愿看到的。

"榆儿，别说了。"靳夫人拥抱着自己的女儿，看向国师，"国师，我等都是凡人，你能放我女儿一条活路吗？"

"你们都得死，要怪，就怪这田晃。"国师欣赏着田晃的表情。

田晃的确无比痛苦、自责。

他盯着国师，道："我愿束手就擒，只要你能放过我师父和我师妹一家。"

"束手就擒？"国师微微点头，"听起来好像很不错，可以让我尽情泄恨，想怎么处置你就怎么处置。可惜啊，你是云墨宗弟子，所以今夜我必须做干净，你必须死，他们也必须死。"

"你……"田晃目眦欲裂。

一点希望都不给。

"再给你们点时间，你们可以彼此说几句话，然后，统统上路！"国师说道，他觉得这样比直接杀了田晃，会让田晃痛苦十倍百倍。

而事实也是如此。

"师父。"田晃"扑通"一声跪下，流下泪水，"师父，是弟子连累了师父。弟子一直想着要报答师父的授艺之恩，谁想不但没报答，反而还给师父带来了灾祸。"

"不怪你。"秦云看着他，道。

田晃听到师父被捉到这儿说的第一句话就是"不怪你"，脑海中浮现一幕幕场景，不由得更加自责，泪水都止不住。

"榆儿。"靳夫人抱着女儿，靳榆此刻也紧紧抱着母亲，即便是死，她们母女也要在一起。

"师父，师妹，我对不住你们，这一切只有来世再弥补你们了。"田晃跪着说完，眼睛一红，陡然化作流光，直扑向国师。

死都要一搏！

"砰！"早有防备的国师一挥手，袖中的大印砸出，砸得田晃跌落在院落的地面上，撞击出了大坑来。

"急着求死，那就都死去吧！"国师怒道。

秦云在一旁看着这一幕。

此刻，靳夫人和靳榆紧紧抱在一起，死亡降临也不松手；田晃满是自责地疯狂反扑；国师脸色狰狞，眼中有着兴奋，欲肆意毁灭一切。

眼前的这一幕犹如画卷，这也是这广阔人间画卷中不起眼的一角。这画卷中有彼此的依恋，有自责愧疚，有恨意，有疯狂……

这一刻，他想起了从记事起至今，所经历的记忆深刻的一幕幕场景。

"救我，救我……"妹妹被妖怪抓走，在大喊。

老仆钱叔拼死保护住了贾怀仁。

水神大妖殒命，整个广凌郡的人们都在欢庆。

明月下，秦云和伊萧的那一吻。

……

漫漫万年，经历的一幕幕场景，都仿佛一张张画卷。

此时那无数的画卷呈现在秦云眼前。

"这就是人间。"秦云喃喃低语，"这就是我一直在寻找的人之大道。"

这人间，有爱恨情仇，有悲欢离合。

有对酒当歌的豪情，有舍生取义的壮烈。

有稚童们嬉笑追逐着，有老人们孤独坐着思念老伴。

有将士血染沙场，有妻子带着孩子期盼丈夫征战归来。

……

这无数的场景，组成了人间。

这样的人间，是让秦云眷恋的人间，他深深眷恋着、热爱着这一切。

所以明明知道，魔头降临，要毁灭大昌世界，杨戬等仙佛们愿意救包括他在内的少部分人一同离开；明明可以带着家人好友安然离去，长生逍遥，可他还是选择了渡劫成散仙这条绝路。他放弃长生，放弃和家人至亲们相伴无尽岁月，就是因为他热爱着这人间，他愿意为了那亿万人牺牲自己。

曾经白泽妖皇问秦云"你后悔吗？"，秦云当时说，"看到大昌世界亿万生灵依旧繁衍生息，看到孩童们开心地奔跑，我就感到庆幸，庆幸自己选择了提前渡劫，庆幸自己保护了他们。"

那完全是顺着本心说的。

秦云此刻才明白，这就是人道精神：对人间的爱，愿意用生命去守护每一个人。

如三皇，一个个都热爱着人类，付出了一切，即便到如今，依旧守护着人类。

一个个为了守护人族付出生命的英雄，他们或许只是小小凡人，不懂什么道心，可他们中很多都有人道精神。

秦云之前也在这么做。可直到今天，他才看清了自己是何等热爱、眷恋人间，相信三皇也是如此。

那些自私狡诈，为了自己甚至牺牲一个世界都不在乎的魔头，即便悟出了很多天地奥妙，也永远不可能悟出人道精神，更不可能悟出人之大道。

那些逍遥长生，高高在上的仙人，冷眼旁观无数凡人受苦受难。他们即便悟性再高，也不可能悟出人道精神，悟出人之大道。

想要悟出人道精神？首先你得有人道精神！

秦云早就有了这人道精神，直到今天他才悟出来。

人道精神为魂，之前多年感悟的大道奥妙为筋骨皮肉，两者自然形成了整体，因此一条顶尖大道——人之大道也在秦云心中浮现。

剑道，天之大道，地之大道，人之大道。

天、地、人，以剑道合一，便是三才剑道，也是秦云追求的大道圆满。

"轰！"自然而然，秦云就明悟了三才剑道。

一切水到渠成。

秦云仿佛看到三界初开，天、地、人分立的场景。

"难怪每一个大道圆满者都那般厉害，紫微大帝的布局算计，孔雀大明王的五色神光，伏羲氏的阵法。"秦云了然，"每一条圆满大道，都代表了天道下的一种极致。每一个大道圆满者都有独步三界的手段。顶尖大拿再逆天，和他们的差距依旧很大，像杨戬，算是顶尖大拿中极强的了，更有毁灭神眼，可面对血海老祖一个战身就差点丢了性命。我之前也是有了独步三界的本命先天至宝，才能越阶和他们一战。"

"道悟出了，法术神通也能提升。"这一刻，秦云觉得自己过去的遁术、护身神通、护身之术、领域等等手段，都可以以完整的三才剑道为根基进行完善，以产生质变。

秦云在心中暗道："像我之前的一招烟雨领域，对付大道圆满的梼杌凶分身，只能勉强影响对方罢了。而如今，我可以施展得更玄妙，让其威力暴增数倍。等我的法力再提升，从顶尖大拿提升到大道圆满层次后，以更强的法力施展烟雨剑，其威力还能再增强数倍。"

二者一结合，烟雨领域能增强十倍。

即便大道圆满强者，面对我的烟雨领域都会畏惧忌惮吧。

这仅仅是自己不起眼的一个招数，而真正擅长的招数，才叫可怕！

大道圆满的剑仙配合本命先天至宝，自然恐怖。

此地不适合突破，等去碧游宫，再实现元神突破、法力突破。自己的法力依旧停留在顶尖大拿层次，虽然悟出了三才剑道，但是自己不说，三界谁又能知晓？

靳家府上。

秦云这个烟雨剑馆师父站在一旁，悄无声息地就悟出了大道圆满，三界当中又多了一位恐怖至极的剑仙。

"哈哈哈哈，别挣扎了，今天谁都救不了你！"国师肆意张扬，一面大印轰出，将田晃打得伤势更重了，"你这修炼肉身的还真能挨，怕是还能再挨个十下八下。也罢，我先除掉你的师父和小师妹，先除掉谁呢？你师父吧，他被抓来，一句怨言都没有，就对你说了一句'不怪你'，对你可真好啊！"

说着，国师一挥手，那大印就砸向了秦云。

"师父。"田晃目眦欲裂。

那大印砸他一个元神二重天修肉身的，他还能顶住，可他师父只是一个凡人啊！

"今天是个好日子。"秦云忽然笑着说道。

那大印迟迟没有落在秦云身上，而是停在了半空中。

那个国师大妖则保持挥手扔出大印的动作，一动不动，旁边的另外两个大妖，表情都凝固了，仿佛时间静止了，只是这三个大妖眼中都有着惊恐。

"师父。"田晃愣住了，眼前的场景有些诡异。

"虽然我心情不错，但是你们三个为虎作伥，为恶也不少，还是轮回投胎去吧。"秦云说道，国师等三个大妖便无声无息地化作了齑粉。

靳夫人、靳榆也都愣住了，纷纷看向秦云。

"师父，你……"靳榆开口道。

"田晃，靳榆。"秦云笑着说道，"你们两个拜在我门下的时候，都还是孩子，转眼都这么大了。我在临城待了三十多年，很开心有你们三个徒弟。"

"师父，你这是……"田晃道。

"师父，你是大高手？是天仙？五重天的天仙？八重天的天仙？"靳榆激动地道。

她只是一个先天实丹境，对她而言，天仙就很厉害了。此刻她当然激动，她不用死，她母亲也不用死，靳府更不用遭难，她怎能不激动？而且师父还这么厉害！

"我该离开了。"秦云说道，"此次一别，也不知何时能再见。"

"师父，你要走？"靳榆立即有些急了，她父亲去得早，是母亲将她一手带大的，她很小就拜在秦云门下，秦云在她心里几乎就是父亲一样的存在。

"师父，那我们怎么才能再见你？"田晃也急切地道。

"何时再见我？"秦云犹豫了一下。

大道圆满的剑仙，拥有本命先天至宝，比白泽妖皇的前世厉害得多，可是渡散仙之劫依旧没把握。第十一次散仙之劫，拥有大道圆满的实力才能渡过，第十二次呢？

"你们俩若是能修炼到天仙六重天，便去雷啸山找我。"秦云说道，"若是修炼不到，那就无须再见了。"

说着，秦云轻轻一指，指尖有三道剑光飞出，其中两道剑光直接飞入田晃和靳榆的体内，还有一道剑光破空而去，到了数千万里外的二徒弟樊勇体内。

此刻的二徒弟还在盘膝静修。一道剑光破空而来，进入体内，让这二徒弟樊勇有些发蒙。

"我传你们三位一人一道剑光，内含剑道传承。"秦云说道，"每一道剑光都是大拿层次，虽彼此不同，但都是适合你们修行的。"

"好好修行吧，若是有缘……"秦云犹豫了下，道，"或许我们师徒会再相见。"

会相见吗？得看散仙之劫什么时候是尽头，尽头的威力又是何等大。

说完，秦云转头就走，一迈步便到了高空，再一迈步便消失不见了。

看着夜空中师父的身影离去，田晃、靳榆愣住了。

"大师兄，听到了吗？师父给我们三个的剑光，都是大拿层次，还彼此不同？"靳榆有些发蒙，"师父到底是什么境界？"

"很高很高。"田晃道，"等我实力变得更强时，我一定会查清楚雷啸山是什么地方的。"

"大师兄，你查出来一定得告诉我，师父到底是谁。"靳榆道。

第 322 章

半步天道境

秦云的三个徒弟都得到了传承，而远在云墨宗的钱长老正在宴请好友。

大殿内，舞女们翩翩起舞。钱长老坐在主位，旁边有数位仙人，正喝着仙酿，闲聊着。

"呃——"端着酒杯笑呵呵的钱长老，陡然一瞪眼，便直接瘫倒在座椅上没了声息。

"钱道友！"

"钱师弟！"

周围的人惊呼出声，连忙围了上去，可钱长老已经魂飞魄散了。

钱长老在数位仙人面前，还是在云墨宗老巢内，就这么毫无征兆地死了，自然震动了整个云墨宗。正当举宗要追查时，云墨宗宗主和宗派护道人却都压下了此事，这让宗派内不少弟子都暗暗疑惑。自此，钱长老之死成了一个谜。

秦云隔着遥远的距离除掉钱长老后，便离开了天界，来到了碧游宫。

碧游宫的主殿正门立着一位道童。

"秦师兄。"道童笑着迎接。

"帮我传个话，我要见师尊。"秦云说道。

"好。"道童恭敬地朝殿内传话，"师尊，秦云师兄求见。"

主殿内空荡荡的，云床上忽然有一道身影降临，正是灵宝道祖。

"让他进来。"灵宝道祖开口道。

他心中却有些疑惑：也不知我这徒弟突然找我有何事，说起来，他成散仙也超过七千年了，留给他的时间越来越少了。成大道圆满，他还有希望去拼一拼。若是不成大道圆满，那连一丝希望都没了。可惜，现在只能靠他自己，谁都帮不了他。

旁人焦急能如何？也只能在一旁看着。即便秦云的剑道一成大道，就是直指大道圆满，让各方羡慕，让道祖看重，可要在万余年内练成，也很难。

这时，秦云从殿外走了进来。

"师尊。"秦云向灵宝道祖行礼。

"找为师有何事？"灵宝道祖微笑着问道。

秦云恭敬地禀告道："师尊，我突破了。"

原本微笑着的灵宝道祖表情瞬间凝固了，他愣了一会儿，跟着笑容就灿烂起来。即便他身为三清之一，可麾下弟子修炼到大道圆满的也就两位，一个是多宝道人，另一个是黎山老母。而多宝道人为了修行入了佛门，使得碧游宫的根基都弱了很多。

将来，他们天道境的强者会被迫离开三界，到时候碧游宫就只剩下一个黎山老母支撑，在三界的地位将会大大下降。

如今秦云成功突破，让灵宝道祖振奋了许多。

"突破了？！"灵宝道祖笑容可掬，无比亲切，"成大道圆满了？"

"就在片刻前刚刚突破。"秦云恭敬地道，"弟子悟出了三才剑道，所以就立即来碧游宫见师尊。"

"哈哈哈……"灵宝道祖大笑，"好！你成就大道圆满，又有本命先天至宝，只要巩固一下，实力就能达到半步天道境，比白泽的前世更强。那第十二次散仙之劫，你便有希望去搏一搏了！"

"我看你的法力，还是停留在顶尖大拿层次。"灵宝道祖微微皱眉，道。

"因为突破的动静太大，若在天界突破的话，恐怕三界很快就会知晓。"秦云微笑道，"弟子觉得，还是在碧游宫突破更好。"

灵宝道祖听后眼睛一亮，便点头道："你做得对，不能公开。如今三界最想杀你的就是黑莲，黑莲想要从你这里夺走烟雨剑，就连青萍剑他也想夺走。错过了这次，他恐怕再无机会。你突破的消息只要不泄露，完全可以布下陷阱，让魔道一方的强者自投罗网。"

"虽然你依旧是顶尖大拿，但是你拥有本命先天至宝，想要杀你依旧不易。"灵宝道祖思索着，"魔道一方派遣出手的，定是大道圆满层次，且是克制你的。"

秦云恭敬地道："弟子也是这么想的。"

灵宝道祖一笑。

悄悄突破，再设计魔道一把。师徒俩有同样的想法。

机会难得啊！

"嗯。"灵宝道祖点头，"趁机除掉魔道一方的大道圆满者，你也能得到大功德。而且，你的烟雨剑离成为功德至宝也能更近一步。"

"秦云，第十二次散仙之劫的威力，谁都不知道有多强，毕竟白泽前世也没扛住就死了。你的烟雨剑是本命先天至宝，若是再成功德至宝，你的实力还能大增，渡劫的希望就大多了。"灵宝道祖说道，"而成功德至宝，所需功德非常庞大。你曾斩杀了在无数小世界为祸的灭星，灭星曾经是小世界中最强的，天庭、佛门都无法阻止他，他的罪孽在三界都排在前五，你杀了他，便得到了一次大功德。"

灵宝道祖接着道："后来你成为小世界中最强的一个，都能直接穿越空间，连阵法都无法挡住你。你横扫了二十六个魔道巢穴，夺回二十六个疆域中的无数小世界，这次功德更大，毕竟整个三界一共才六十个疆域。

"有这两次大功德在身，若是再除掉一个魔道的大道圆满者，成就功德至宝就有希望了。"

成功德至宝，太难，比如除掉魔头。像混沌神魔巫支祁，名气、实力都要比灭星更大，但除掉巫支祁获得的功德，相对要少多了。

所获得的功德，不在于击杀魔头的实力名气，而在于其罪孽。灭星的罪孽，是超过绝大多数大道圆满者的。

秦云之前两次的功德，都是因为他做到了在小世界绝对无敌，横扫一切，才除掉了灭星，影响了三界内无数小世界的命运。

"弟子自然竭尽全力。"秦云说道。

"对了，你突破的消息，没告诉别人吧？"灵宝道祖问道。

"知道我突破的，也就我和师尊。"秦云说道。

"很好，继续保密，既然要算计魔道，就得谨慎，连你的亲人都不能说。"灵宝道祖说道。

"是。"秦云应道。

"该如何布局，为师得好好想想。"灵宝道祖说道，"你先去修行突破吧。"

"我法力突破，会不会被魔祖发现？"秦云有些担心。

"放心，你在碧游宫内谁都无法窥视。在你离开前，为师都会安排好。"灵宝道祖微笑道，"那黑莲，我们这次定要让他吃个大苦头。好了，你赶紧去突破吧，修行上不可松懈，实力强一分，将来渡过散仙之劫的希望就大一分。"

"是，弟子告退。"秦云当即离开。

灵宝道祖看着这一幕，眼中闪烁着奇异的光彩。

"我真没看错，我这个徒弟天资卓绝，如今他的实力在他师姐之上，是我弟子中排第一的了。"灵宝道祖自语道，"现在最大的麻烦，就是他得渡过散仙之劫。只要渡过了，他就是我碧游宫的下一任掌教。"

"即便我离开了三界，有我徒弟在，我碧游宫的地位依旧稳固。"灵宝道祖心情极好。这真是一个让他感到舒心的消息。

碧游宫，秦云的洞府静室内。

秦云盘膝坐在蒲团上。

"突破吧！"秦云闭上眼，自身的元神、法力立即和三才剑道结合，每一缕元神法力以三才剑道为根基后立即发生质变，使法力变得更精纯，威力也暴增。

从顶尖大拿突破到大道圆满，需要吸收很多天地灵气，就是三五个小世界所有天地灵气供应着都是不够的，即便在天界突破都会引起大动静。但在碧游宫内突破，则有源源不断的天地灵气供应，且都没掀起任何波澜。

足足半个时辰，秦云才停止吸收天地灵气。

"这感觉，的确美妙。"秦云睁开眼，元神更灵动活泼了，法力也更强了。同样的招数，以大道圆满层次的法力施展，威力就能增加数倍。

"将我的神通、剑法招数等等，都完善一遍。"

秦云拿出了一个黑色玉瓶，拔开瓶塞先饮了一滴轮回甘露。轮回甘露入口，很快弥漫元神各处，有微醺之感，元神却更灵动，悟性都提升了一筹。

秦云修行过两门大神通，一门是周天星衣，一门是周天星界。

只是因为秦云悟的是三才剑道，而非周天星辰大道，所以这两门大神通也无法大成。

"神通，本质上还是大道奥妙的运用。"

借鉴周天星衣大神通，加上自己在护身方面的积累，秦云最先完成的一门护身大神通，是衣袍模样的大神通，被他简单起名为青云袍，这是以三才剑道化一世界护持在身，衣袍呈青色。青云袍由无数丝线织成，蕴含着烟雨阵的种种奥妙。

秦云创造的第二门大神通，借鉴了周天星界以及本命飞剑的烟雨领域，名为烟雨界。

说起来，这两门大神通都不亚于上古妖族天帝所创的那两门。可烟雨界对秦云的帮助并不大，毕竟透过本命先天至宝施展烟雨领域的威力比这更强。反倒是青云袍，秦云自问都超越周天星衣一筹了，而且，凡是能护身的，他都很感兴趣。

将来抵挡散仙之劫，多了一个护身手段，或许就能侥幸渡过。

"这两门大神通，是锦上添花。我最强的手段，还是要靠烟雨剑施展。"秦云暗道。

连灵宝道祖都认为他一入大道圆满去巩固一番，就能拥有半步天道境的实力，就是因为这本命先天至宝。

"烟雨剑……"

秦云又继续用心参悟。

每一个大道圆满者都有各自的擅长之处，如万魔之王波旬因为有六欲大道，所以擅长控制人心。

秦云的三才大道，最擅长的是布阵，连他孕养的本命飞剑，都自然分化成天、地、人三剑。

在擅长的方面发力，才事半功倍。

阵法，可护身，也可困敌杀敌。

秦云以自身的积累为基础，再参考碧游宫中记载的众多阵法，甚至汲取诛仙阵的种种奥妙，在碧游宫闭关六百余年后，烟雨阵才算初成。

"烟雨阵，能护身，能困敌杀敌，是我抵挡散仙之劫、纵横三界的倚仗，如今算是初成。"秦云露出一丝笑容，又饮用了一滴轮回甘露，"接下来，就该参悟更多的大道，融入自身的剑道中，以期待有朝一日能够悟出天地万物之道，从而达到天道境。"

秦云闭上眼，又尝试将七星大道融入三才剑道中。

七星大道是他在三才剑道之外，唯一悟出的顶尖层次的大道。过去虽然他尝试融合过，但是那时候三才剑道并未圆满，如今圆满后，自然需要再度融合。不过有之前的基础在，如今倒是容易了不少。

"三才剑道为肉身，七星大道可为新的几条脉络。"秦云尝试结合两者。

在结合过程中，秦云偶然还悟出了一门御剑飞行之术，名为七星遁行术，这门飞遁之术以速度、奇诡著称。

耗费两百年后，秦云悟出了新的剑道。

如今的烟雨剑道，是三才剑道融合七星大道而成，比单纯的三才剑道，威力又增了五成。

"青萍剑！"

秦云一翻手，袖中有青萍剑飞出，平放在膝盖上。

青萍剑内正有混沌世界在演变，天地已分，潜藏无尽生机。

"青萍剑内，混沌初开，阴阳分，天地显。这青萍剑内有完整的阴阳大道，天之大道、地之大道也出现了，无极大道只有部分，生命大道也只有部分。"秦云露出笑容，"不过完整的阴阳大道，却很适合我。"

秦云又继续修行。

修行无日月，某一天，秦云睁开了眼。

"马上就是第八次散仙之劫了，该回去了。"秦云起身出了洞府，他来到碧游宫闭关也近千年了。

"哗。"

此时一股无形的力量笼罩着秦云，直接将他挪移走。

秦云也没反抗，这股力量他很熟悉，正是他的师尊。

主殿内，秦云出现。

灵宝道祖坐在云床上，看着如今的秦云法力气息越发浓郁，正是达到了大道圆满层次。

"你闭关了近千年，巩固得如何？"灵宝道祖询问道。

"诸多秘术、阵法、杀法，都已悟出了。"秦云恭敬地道。

"好！"灵宝道祖笑道，"你遮掩天机的本事，如何？"

秦云笑了笑。七星大道融入三才剑道后，遮掩天机的本事更强了，且本命飞剑在身，也能混淆天机。

"师尊，且看。"秦云尝试模糊天机，遮掩气息。

"嗯？！"灵宝道祖惊讶地看着秦云，微微点头，"你站在我面前，我也只能模糊地感应到你的实力。你如果躲在大世界内，三界中就没谁能看透你了。不过，这还不够。"

说着，灵宝道祖挥手扔出了一颗黑色珠子。

秦云连忙接过。

"这是普通的先天灵宝。"灵宝道祖说道，"是我这些年用先天奇物炼制而成的，它没其他的用处，就是用来遮掩天机的。你将它带在身上，天机模糊，那么谁都无法窥视你。"

"谁都无法窥视？魔祖会不会找不到我？"秦云担心地道。

找不到自己，怎么设计对方？

"哈哈，虽无法推演天机，但还是有笨法子的。"灵宝道祖笑道，"你只需前往大世界，按照你的本性行事。以魔道遍布三界的情报网，只要不惜代价，还是能找到你的。"

"你藏得越深，他辛苦找你所耗费的力气越大，这样他才越不会怀疑。"灵宝道祖说道。

"是。"秦云点头。

"这是我给你准备的。"灵宝道祖又扔出了一个灰色布袋，"记住，你前往任何一个大世界，第一件事就是先布阵，毕竟魔祖派遣的大道圆满者，随时可能出现。"

"师尊放心，弟子明白。"秦云接过灰色布袋，看了看里面的阵法宝物，不由得暗暗惊叹。

如果毫无准备，自己要一对一杀死一个大道圆满者，难度还是颇高的。

虽说自己有半步天道境实力，但每个大道圆满者在保命、逃命上都会花费很大的功夫。

若是事先布好阵法，让敌人自投罗网，再以自身半步天道境的实力，除掉一个大道圆满者的把握就大多了。

"此次计划，一是要削弱魔道，二是帮助你获得大功德。"灵宝道祖说道，"以你现在的实力，要获得大功德是越来越难了，因此任何一次机会都别错过。"

秦云点头。

在小世界中无敌，反而能改变三界局势，获得大功德。而且，在三界中，生灵生活得最多的地方就是小世界。

秦云之前改变了二十六个疆域的命运，所获得的功德可是让许多大拿都羡慕嫉妒的。

而成大拿，却算不上无敌，很难获得大功德，因为三界中比秦云强的有很多。即便是现在，和秦云比肩的有好几位，接近的也有几位。

"弟子明白。"秦云恭敬地道。

"去吧。"灵宝道祖说道。

秦云回了一趟雷啸山，渡过了第八次散仙之劫，便离开了。

伊萧以及儿女们都很担忧秦云，毕竟都八千年了，秦云还没有突破大道圆满，他们自然急切。而秦云为了保密，自然是连亲人都没告诉，就怕一不小心泄露出去，大拿们探察情报可都是很厉害的。

"哈哈哈，八千年了，你总算离开天界了。"黑暗魔渊中，魔祖毁灭身露出笑容，"我早就算定了，面对散仙之劫，你不可能一直躲在天界，一定会出来寻找机缘。"

"嗯？天机遮掩，怎么这么厉害？

"我只能看出他的因果线，应该是在惠丰大世界。至于在惠丰大世界哪一处，却根本看不出。天机遮掩得如此强，三界中能做到的只有几位天道境的强者，定是灵宝亲自出手了。那个徒弟真是他的宝贝啊，连徒弟出去寻找机缘，他都要帮忙遮掩天机。"

第 323 章

狐仙

"要在茫茫惠丰大世界中找到隐藏身份的秦云，的确有些难。"魔祖毁灭身冷笑道，"不过，这秦云是出了名的好管闲事，只要他斩杀妖魔，以我魔道遍布三界的力量，就一定能将他找出来！"

"这秦云必须死！他的烟雨剑，我最终也会炼化。若是再得一颗造化莲子，我的实力将再次增强。"魔祖毁灭身道。

前不久从祝融那儿得到的一颗造化莲子，让魔祖尝到了实力暴增的滋味。可他毕竟成道晚，积累也浅，原本和道祖他们斗的时候就处在下风，只是在三界中有黑暗魔渊的力量加持己身，才让自己至少是不死之身。

可将来被迫离开三界，就没有黑暗魔渊的庇护了，因此秦云烟雨剑中蕴含的造化莲子的力量他自然不能错过。

惠丰大世界。

"去。"

站在半空中的秦云，扔下一个石盘，石盘进入大地深处，顿时和各个地方产生感应。只要秦云一个念头，就能激发这座灵宝道祖亲手炼制的大阵。

"正如师尊所说，进入任何一个大世界，都得先布阵。"秦云露出笑容，"阵法布置好，就等他们自投罗网了。"

随后，秦云便离开了，开始降妖除魔，积攒功德。

如今，秦云成了大道圆满者，离第十二次散仙之劫只剩下四千年。如此短暂的时间，秦云再狂妄，也不会认为自己能够修炼成天道境。三才剑道是最适合自己的，自己都耗费了这么久，那些自己修行起来更吃力的大道，注定会耗费更久的时间。

所以在短短的四千年中，要让自己渡劫更有把握，排在第一位的，就是将本命飞剑提升成功德至宝。其次，就是不断完善烟雨阵，可烟雨阵显然已经跨过大的层次了，再提升起来会很难。

"我会去一个个大世界闯荡，降妖除魔，积攒功德。其他大拿怕那些后台硬的，我却不怕。"秦云在心中暗道。

他自身是半步天道境，又是散仙，实力足够强。

惠丰大世界，广阔而浩瀚。秦云一处处行走，见不平事，便出剑。

他没有暴露身份，毕竟越低调，藏得越深，魔祖那边就越不会怀疑。

秦云相信，即便短时间内魔道找不到自己，时间一长，肯定会找到的。而且，时间久了，若对方找不到，秦云也会故意让他们找到自己。

转眼已是七年后，秦云来到了惠丰大世界的尉国境内。

尉国，在惠丰大世界也算是大国，疆土方圆三十万里，抵得上百个大昌世界。可这一任国君太过暴虐，尉国如今民不聊生。

秦云穿着普通，走在官道上。官道旁有成群的逃荒者，他们面黄肌瘦，穿着破烂，光着脏得发黑的脚，慢慢前行。偶尔有几个无声无息就倒地了，其他人大多熟视无睹。

"大世界天地灵气浓郁，修行者更是有不少，要让人们有口饭吃并不难。"秦云一眼看去，便能看到这尉国疆土上升腾的怨气，"天庭管不到这里，道家、佛门、魔道在这里争锋，让这惠丰大世界混乱不堪。"

秦云看着周围逃荒的人们，轻轻吹了一口气。

无形的力量瞬间渗透进了逃荒的人们体内，刚刚倒地的那几位，甚至包括一个刚死的，重新有了呼吸。

"我不饿了。"

"我感觉有力量了。"

"我怎么、怎么好了？"

逃荒者们发现自己有了变化，身体有病的都痊愈了，甚至刚死的都活了。

生死人肉白骨，不过一念间。

"一定是神仙。"

"谢谢神仙。"

"谢谢大慈大悲的神仙。"

周围的这些逃荒者一个个都跪下来，磕头道谢。

秦云在一旁，这些逃荒者却根本看不见。大拿们不愿现身，哪怕就站在旁边，普通人也看不见。

"这些凡人只是想活着而已，这尉国国君……"秦云轻轻摇头。忽然，他抬头看向远处，两道流光一前一后地飞过。

那两道流光一前一后，一逃一追逐。

飞遁逃跑的是一名白衣女子，后面追逐的是一位黑袍道人。

"去。"黑袍道人遥遥施展法宝，八块牌子飞着砸出。

白衣女子一边逃跑，一边操纵着两柄神剑抵挡，但一次抵挡落了空，一块牌子便砸在那白衣女子身上了。

白衣女子直接落在草地上，然后她连忙站了起来，但还是忍不住吐了一口血。

"哈哈，妖孽，你逃不掉的！"黑袍道人大笑道。

白衣女子姿容绝美，一个眼神都能动人心魄。黑袍道人看了都不由得心动："真不愧是传说中的九尾狐，果真魅力不凡，难怪国君都痴迷。"

这白衣女子小心控制着两柄神剑，使之环绕在身侧，并盯着那黑袍道人："今天你我谁生谁死，还是两说。"

"到了这个份上，还嘴硬。"黑袍道人嗤笑道，"你这狐妖隐藏身份进入皇宫，迷惑国君，而后竟然欲行刺国君！这是死罪，我若是将你抓回去，你该知道等着你的是什么。"

"尉国民不聊生，昏君暴虐，更一心供奉你们黑风魔宗，大肆抓捕我们妖族。既然不让我们妖族活命，那我要他的命又如何？"白衣女子冷冷地道。

"你们狐仙岛做了这等事，国君已经派遣手下前去摧毁狐仙岛。"黑袍道人笑道，"至于你这罪魁祸首，更是国君点名要抓的。我抓住你，可是大功一件，不过，我倒是可以饶你一命，放你离去，就当没碰到你。"

"放我离去？"白衣女子眉头一皱。

"对。"黑袍道人嘿嘿笑着，"你不是要去迷惑国君嘛，也来迷惑我一下，我便当没看到你，放你离去，如何？"

"妄想。"白衣女子冷笑道。

"你是敌不过我的，是选择死，还是答应我的条件，你自己选。"黑袍道人说道。

黑袍道人暗忖：我若是将这狐仙抓回去，就便宜国君了。若是生擒了她，暗藏她，她可就是我的了，九尾狐天仙，可是难得一遇。

"我可没什么耐心。"黑袍道人说道，"说吧，答不答应？"

白衣女子冷哼一声，化作流光再度遁逃。

"看来是敬酒不吃吃罚酒了！"黑袍道人脸色一黑，一挥手，那八块法牌再次轰然飞出。

"这道人……"白衣女子心焦，"只能拼死一搏了，不是他死，便是我亡！"

她起了搏命之心。

黑袍道人眼中虽有着怜悯之意，手中却丝毫不留情，欲重伤对方，活捉了她。

"咻！"

忽然，远处一剑破空而来。

"什么人！"黑袍道人脸色一变，那剑光犀利无比，黑袍道人连忙操纵八块法牌阻挡，组成大阵，阵法封禁四面八方，守得可谓是滴水不漏。

"噗！"

然而，剑光锋利无比，轻易便穿透了黑袍道人的阵法，刺穿了他的身体。

黑袍道人瞪大眼睛，嘶吼道："黑风宗不会放过你的！"

说完，黑袍道人便没了气息，坠落下去。

白衣女子有些惊愕，原本都快绝望，竟然出现了转机。

她仔细看去，一名灰衣青年飞到近处，半空中，那剑光划过一圈，便飞入灰衣青年背后的剑鞘中。

"谢道兄出手。"白衣女子感激说道。

"我只是在一旁听说你刺杀尉国国君，心生钦佩才出手的。"秦云说道，"真没想到，一个人族道人身上罪孽深重，而一个妖族身上却有功德。"

白衣女子道："在下青霜，不知道兄是……"

"你就叫我……"秦云停顿了下，才道，"丰道人吧！"

"丰道人？"白衣女子青霜之前从未听闻过丰道人，不过惠丰大世界广阔浩瀚，冒出个她没听说的高人也很正常，"丰道兄，你刚才杀了黑风魔宗的弟子，黑风魔宗一定会来追查，我们还是赶紧离开为好。若是不嫌弃，便到我的一处别院坐坐，喝杯水酒，如何？"

看着这狐仙，秦云脑海中浮现了一些想法，点头道："好。"

"道兄且随我来。"青霜满是喜色，毕竟这位丰道人救了她的性命，她自然是知恩图报的。

当即，二者飞行离去。

这狐仙逃到这里，也是因为这周围有一处别院。毕竟修行到天仙了，有几处别院也很正常。

一处雅致的宅院，院落内有几株修竹。

秦云和青霜相对而坐，桌上有着丰盛的食物和酒水。

"丰道兄救我性命，我无以为报，只能先以这一桌酒水招待丰道兄了。"青霜笑道。

"手艺不错。"秦云喝着酒，吃着菜，笑道，"我也只是顺手救你，你也不用放在心上。不过说实话，你去行刺尉国国君，虽然勇气值得钦佩，但是行刺一事却有些愚蠢。"

"愚蠢？！"狐仙青霜一愣，点头道，"是，尉国国君小心谨慎，我还以为气息遮盖得够高明，没想到尉国国君身旁早有高人发现了我的破绽。我的所作所为的确可笑，一点用都没有，最终也就仗着天赋，不惜损伤根基才勉强逃命。"

九尾狐是有秘术逃命的，可因为刚逃出皇宫时根基受损，又遇到黑袍道人，无法在短时间内再次施展遁逃秘术，所以她才觉得绝望。

幸好她碰到了秦云。

"我说的不是这些。"秦云说道，"我说的是，你杀了尉国国君也没用。"

"嗯？！"青霜一愣。

"尉国国君能继任国君，也是修行到天仙的，他傻吗？"秦云问道，"如此暴虐，肆意妄为，更是会有大罪孽加身，他一个天仙，为何不怕大罪孽加身？你没看出来吗？"

青霜说道："我知道，他如今侍奉黑风魔宗，修魔道了，恐怕不再是天仙，而是天魔了！"

她还清晰记得在她面前，那尉国国君展露的强大的魔道法力。

"对，他是天魔。如今的尉国，早就被黑风魔宗渗透，成了黑风魔宗控制的地盘。"秦云说道，"不管换谁为新任国君，都得继续侍奉黑风魔宗。整个尉国依旧是魔道统领的疆域，依旧民不聊生。"

"尉国真正的主人，是黑风魔宗，而非一个国君。"秦云说道，"要真正改变尉国，就得摆脱黑风魔宗的统治。你说，你刺杀一个国君有用吗？"

"黑风魔宗完全控制了尉国？！"狐仙青霜一愣，"尉国之前不是这样的，也就这一任国君投靠了黑风魔宗，难道整个尉国都被控制了？"

"你将来就知道了。"秦云一笑，没有再多说。

以他的实力，只要看一眼，尉国的虚实他就看出来了。即便是普通大拿，在他面前，他也能看出许多秘密来。

"你刚才对敌的剑术，是什么剑术？"秦云询问道。

"是一套阴阳剑诀。"青霜笑道，"是机缘巧合之下得到的，不过和道兄比起来，就差远了。"

"你能仔细施展这套剑术给我瞧瞧吗？"秦云说道。

"好啊。"青霜丝毫不以为意，一挥手，两柄神剑当即飞出。

两柄神剑在院落的半空中飞舞，阴阳交替，变幻莫测。

秦云仔细看着，微微点头。

他如今已是大道圆满者，再修行就是要悟出新的大道，将之融入剑道，不断积累，直至某一天成就天道境。因为青萍剑中拥有的完整大道，就是阴阳大道，所以他如今的重点就是修行阴阳大道。虽然修行的时间不长，但是境界比这狐仙高明多了。

看到狐仙青霜施展阴阳一道的剑术，他也有些手痒。

"嗖嗖。"

两柄神剑落入青霜的袖中，她笑着道："只是些雕虫小技，让道兄见笑了。"

"你这剑术，是阴阳一道的剑术。我修行的也是阴阳一道的剑术。"秦云笑道，"你刚才的剑招，只要略微改改，威力便能增加不少。"

说着，秦云一挥手，两道剑气飞出。

剑气交错飞舞，秦云施展的正是狐仙刚刚施展的剑术，只是明显巧妙不少。虽然只是在原基础上略微改动，对大道感悟的要求并无提高，但威力提升了许多。

"这剑术。"狐仙青霜双眸放光。

"嗯？"秦云有所感应，朝外看去。

只见一道身影从远处飞来，直奔这庭院。

青霜也很快感应到了，她抬头看去，当即笑着道："阎二叔。"

那道身影降落下来，正是一名俊美的银袍男子。

"哼，我们整个狐族为了这次刺杀国君，都离开了狐仙岛。你身负重任，负责刺杀，如今失败了，却在这里和一人族道人勾勾搭搭，眉来眼去。"银袍男子脸上满是怒色。

"阎二叔，我刺杀国君失败，被黑风魔宗道人追杀，是这位丰道兄救了我性命。"青霜说道。

"好了，不说这些了。"银袍男子脸色阴冷，"你携道符等重宝前去刺杀国君，却失败而归，让我狐族的付出都成了笑话，而且还要面对尉国国君的追杀。你这次，让全族都很失望。"

青霜沉默了。

"族里让我遮掩气息，可这混淆天机的宝物根本没用。我见到国君的第一天，国君身旁就有高人看透我了。"青霜说道。

"那是族长换来的重宝，你又有九尾狐血脉，天生擅长变幻，一个国君，他身旁怎么可能有人能看透你的伪装？"银袍男子嗤笑道，"好了，你那些辩解的话别和我说，和族长说吧。若是族长能信你，你还能逃过惩罚，否则就只能去万劫窟走一遭了。"

"阎二叔，我真的没撒谎。"青霜急了，她有些不敢回去。

妖族对外人狠辣，对族人同样狠辣。

"心里有鬼？不敢回去？哼，那我只能抓你回去了！"银袍男子当即一伸手，三条银色锁链从手中飞出，便要束缚住青霜。

"咻咻！"

秦云背着的那柄神剑飞出，飞出后一化为二。

两道剑光变幻莫测，银袍男子脸色一变："你这道人！"

银袍男子虽然施展了三条银色锁链进行阻拦，但还是没能拦住那两道剑光，剑光接连拍击在他身上，使他倒飞而出，飞出了宅院。

"在我面前抓人，当我是瞎子吗？"秦云冷冷地道。

"你这道人，敢阻我狐仙岛办事？！"银袍男子怒道。

"赶紧滚！否则下次就不是将你拍飞，而是用我的阴阳双剑，将你斩成三截了。"秦云道。

银袍男子咬紧腮帮子，看向青霜，道："青霜，你真要背叛族内，不跟我回去？"

"别说什么背叛。"秦云撇嘴，"你有个弟弟，也进过万劫窟吧。"

银袍男子一愣，"他怎么知道？！"

"你们狐仙岛有天仙三百余位。"秦云说道，"自从这一任族长，担当族长开始，曾经进入万劫窟的天仙就有三十八位。"

"那都是犯了错，该受罚的。"银袍男子怒道，"你到底是谁？我狐仙岛数万年间受过惩罚的天仙，你都一清二楚？！"

"一个小小狐仙岛，在惠丰大世界又算什么。"秦云嗤笑一声，"我不过偶然发现了你们狐仙岛的秘密罢了，那进入万劫窟的三十八位天仙，死了两位，还有三十六位。可说实话这三十六位活着和死了也差不多了，他们个个元神都被控制了。你们狐族族长还是颇有天赋的，竟然成功修炼了心魔一脉的法门。"

"心魔天魔？你说族长是心魔天魔？"银袍男子惊愕，"三十六位天仙都被控制了？"

"惠丰大世界修魔的遍地都是，平常我也懒得理会，只是看你们全族可怜，被族长玩弄都不知。"秦云道，"不信的话，让你们族内的族老将这三十六位天仙随便抓来一位，探察其元神，便知晓真假了。"

"丰道兄，你说的是真的吗？"青霜听得全身发冷，自己回去若是被罚进万劫窟，那不也会被控制吗？

"你别危言耸听！"银袍男子不愿相信秦云的话。

"回去禀告族老，你们族老一查便知。"秦云说道。

"不，不可能，我弟弟他……"银袍男子脸色难看。

他仔细回忆，发现那三十六位天仙包括自己的弟弟，从万劫窟出来后，很多事都更向着族长，令族长在族内的统治力更强，都能压三位族老一头了。

"我弟弟他们现在的确做事有些变化，我只当他在万劫窟受了罚，性子变了。可仅仅一次惩罚，就让三十六个人的性子都改变了，变得更忠诚于族长，这件事的确很奇怪。按理说，受罚后对族长会有怨气，难道……不、不可能！"银袍男子自言自语道。

他虽然心中发慌，但还是怒视秦云，喝道："若是你撒谎，我狐仙岛绝对不会罢休！"

说着，银袍男子化作一道流光，立即离去。

这等大事，他必须立即回去查清楚，这可是关乎狐仙岛根基的大事。

秦云坐下继续饮酒，一旁的青霜则是站在那儿，脸色大变，显然刚才秦云所说的事令她十分震动。

"丰道兄。"青霜看着秦云，郑重地问道，"你为什么这么帮我？"

第324章

情报网

她不傻。

作为狐仙岛的天才，她甚至算得上绝顶聪明。这位神秘的丰道人对她有救命之恩，又击退了狐仙岛强者，甚至将狐仙岛的一个大祸患都说了出来，一桩桩事情都是在帮她，也是帮狐仙岛。

"为什么帮你？"秦云喝着酒，瞥了一眼狐仙青霜，笑道，"我看你天资不错，也是修剑术的，恰好和我一样都是修阴阳一道的剑术，所以动了收徒之念，你信是不信？"

狐仙青霜一听，立即露出喜色，"扑通"一声就跪了下来："弟子拜见师尊！"

妖族的世界，比人族的世界更直接。

一条大腿就在眼前，当然得立即抱住！

"哈哈，好，从今天起，你就是我的徒弟了。"秦云笑道，一翻手，掌心便出现了一张紫色道符，"这道符随身带着，可以护身，即便是遇到天仙后期的高手，也能靠它抵挡一时。"

"是。"青霜乖乖接下师尊赐下的礼物，看着这紫色道符，她满心欢喜。

"青霜，我要收你为徒，你二话不说就拜师，就不怕拜的师父太弱？"秦云说道。

"别的不敢说，阴阳剑诀是弟子在一次机缘下得到的，修行多年，狐仙岛也没谁能指点弟子。而师尊看我施展一遍，就立即能够修改剑诀数处，令剑诀威力大增。"青霜说道，"显然在阴阳一道的剑术上，师尊比弟子高明太多。"

"嗯，我修阴阳一道剑术，也是初入天仙后期。"秦云笑道，"教你还是足够的。"

"天仙后期？！"青霜震惊不已。

道符是一次性的，能抵挡天仙后期的高手出手就很珍贵了。

一位真正的天仙后期强者，在一个疆域当中都算是一方大佬了。不少大宗派有上万天仙，可达到天仙中期的也就百余位，达到天仙后期的也就一两位。狐仙岛也算传承悠久，可达到天仙中期的只有四位。天仙后期？那是狐仙岛根本不敢招惹的！

天仙后期，都可以到一个大世界担当顶尖大宗派的宗主了。

"哈哈。"秦云看着狐仙徒弟震惊的模样，不由得笑了。

"我可没撒谎，我是成就大道圆满后，才开始真正参悟阴阳大道的。如今，我在阴阳大道上，连半步金仙都算不上，只能算是天仙后期。"秦云暗道。

收徒，是因为在降妖除魔，积累大功德的同时，也要修行。

秦云如今的修行重点就是参悟阴阳大道，教导一名天才弟子修阴阳之道，也是对自己的一种磨炼。

当然，他之所以选择这狐仙青霜，一方面，是因为这弟子天资的确颇高，作为九尾狐，修行不足百年就成天仙，的确很不错。另一方面，他之前救这狐仙，杀那黑袍道人，就是因为这狐仙有大功德，他一眼就能看透这狐仙之前近百年所经历的一切。

这是一个心善的狐仙，秦云对这些心善的修行者，还是另眼相看的。

"师尊，什么时候教我剑术？"青霜问道。

"你这小狐狸，倒是急得很。"秦云说道，"吃完喝完，我们就出发，在路上，我慢慢教你。"

"是。"青霜应道。

秦云带着青霜继续行走在尉国境内，一边教授剑术，一边行走各处。

出发的第二天，他们来到了一座寺庙外。

"好好一座寺庙，却有邪魔占领，为祸一方。"秦云冷冷地说道。

一旁的青霜稍稍变了模样，变成了普通的青衣少女，她原本容貌娇媚，连修炼成天魔的国君都为之痴迷，不过她就算尽量收敛，依旧是一个小美女。

秦云却是一副公子打扮，腰间佩剑。

"师尊，这里香火倒是挺旺的，邪魔为祸，无数凡人却不知真相，不知这寺庙当中盘踞着一群魔头。"青霜说道。她毕竟也是天仙，能看到寺庙不接待信众的后院的地下室内，堆积着大量的尸体。

这寺庙中的魔头进入元神境的只有三位，其他的都是普通层次的魔修，但也足以为祸一方了。

"灭！"

秦云遥遥一指，无形的剑气就刺穿了寺庙中三个魔神的眉心，令其生机灭绝。至于那些先天层次的魔修，也一个个都被废掉了法力。

斩杀凡人还是有麻烦的，虽说秦云这般境界能硬扛，但没必要，废掉他们的法力相对影响就轻微多了。而且废掉他们，对他们而言是更可怕的惩罚。

因为——外面还有大量的信众！

"轰隆！"恐怖的剑气令整座寺庙都崩塌了，地下室也被掀翻了，露出了那堆积着的大量尸体。

"怎么回事？"

"那是什么？"

寺庙的信众颇多，毕竟是一方大世界，大多凡人都会修行。这些信众当中虽然没有达到元神境的，但跨入先天的还是有的。

"这么多尸体。"

"这些魔头，居然以血池来修行，这到底害了多少人命？"

"有魔神，有三个魔神，不过都死了。这些魔修法力都废了！"信众当中一些实力颇强的，迅速将这些魔修一一擒拿。不少愤怒的信众更是直接动手，将这些魔修打倒在地。

虽说尉国如今侍奉黑风魔宗，但也只是从这一任国君开始而已。之前尉国民众还是信奉道家佛门的，黑风魔宗要渗透民间，需要漫长的时间。

"走吧。"秦云说道。

"是，师尊。"青霜应道。

秦云、青霜驾云而去，在飞行的时候，秦云微微皱眉，遥看一个方向。

"师尊？"青霜有些疑惑。

"没什么。"秦云没有多说，心中却是暗暗感慨，"真是一群废物！狐仙岛族长的底细我都提前告诉他们了，竟然还让那族长给翻盘了！"狐仙岛因此分裂，一分为二了！

"该死，本来我打算慢慢地渗透，当掌握的力量足够强时，再掌控整个狐仙岛的所有天仙，令他们都成为我的仆从，可现在提前发动，大半的天仙都逃了！我只控制住近百位天仙。"狐仙岛族长坐在大殿宝座上，下方站着一大群天仙。有一位天仙被绑缚着跪在那儿，正是那位阎二叔。

这位阎二叔此刻十分绝望。

"我也愿效忠族长，族长饶命！"阎二叔连忙喊道。

"阎二，你怎么知道我修行心魔一脉的？"狐仙岛族长盯着他，"还知道我这么多秘密。"

"是一个人族道人！名叫丰道人，他救了青霜，说了你的事。"阎二说道，求生欲极强。

"丰道人？他知道我的事？"狐仙岛族长皱眉。

惠丰大世界，一间书房当中。

一位慈眉善目的白发白袍老者正坐在这里，翻看着大量的卷宗，他正是三界当中让道家、佛门等各方忌惮不已的心魔老祖。

心魔老祖虽然只是顶尖大拿的实力，但是他对道家、佛门等各方的威胁却不亚于一个大道圆满者。

他奉魔祖之命，来惠丰大世界追查秦云的下落，如今，各方情报都到这里汇总。

"淳国境内，有一神秘男子出手灭了骨魔山。"心魔老祖看着详细的情报，微微点头，"至少得天仙后期的实力，如此实力，来历神秘，且行事作风也很像秦云，定为乙级。"

"方仙岛，有一剑客斩妖。看起来一般，定为丁级。"

"神秘的丰道人，斩杀黑风魔宗弟子，救下九尾狐，实力疑似天仙中期。还知晓狐仙岛族长修炼心魔一脉的秘密，还知道他控制了哪些天仙。知道这么多，要么是巧合，要么是大拿，定为乙级。"

心魔老祖翻看着整个惠丰大世界各处的情报。

"如今达到乙级的目标，就有九位了！丙级的有二十八位，丁级的有一千零三位。那位秦剑仙，或许就在其中。"心魔老祖很冷静，也很有耐心。

接下来的日子，秦云带着青霜继续行走在尉国境内，偶尔出手对付些魔头。如今尉国民不聊生，在黑风魔宗的渗透下，境内的魔头也多了起来。

因为偶尔的出手，他们俩的情报也被传到了心魔老祖那里。

"这丰道人的模样没有变化，身旁的女子却是有了些变化。那女子也擅长御剑之术，十有八九是那九尾狐变化而成的。"心魔老祖不断搜集着情报，推测道，"只是这丰道人和九尾狐行踪诡异，出现在一处，很快又离开了，难以验证他是不是秦云。"

"若是探察时空，追查过去，那丰道人若真是秦云，就会被惊动，那就打草惊蛇了。"心魔老祖很清楚这一点。

这些怀疑对象，需要验证，但是验证时，还不能惊动秦云。

一惊动的话，秦云直接跨过时空，回了天界，那心魔老祖不但没功，反而有过了。

"徐徐图之，不惊动秦云，还要找到他。"心魔老祖还是颇有把握的。

转眼，已是数月后。

"师尊，尉国都城到了。"高空中，青霜看着远处巨大的城池，颇为恭敬地说道，这些日子她对秦云愈加钦佩。

她觉得，她这位师父实力强大，教徒弟更厉害，每次都让她有恍然大悟之感。数月以来，她的实力突飞猛进，感觉离天仙中期都不远了。

"好一座大城。"秦云赞叹道，毕竟是方圆三十万里疆域的国度，修行者众多，这都城自然不凡，都城内达到天仙层次的都有数千位之多。

"进城。"

他们俩按下云头，从东城门入城。

因为修行者众多，驾云落在城门口也很常见，所以城门守卫丝毫不觉得奇怪，只是对待秦云他们俩的态度热情了不少。

"师尊，尉国境内最出名的酒楼，就是那八仙楼。据传，上洞八仙曾在此显露过手段，也吃过这里的酒菜。"青霜说道，"当然，八仙楼在都城的名气这么大，厨师手艺自然是极好。"

"走，去尝尝。"秦云笑道。

青霜捂嘴笑着，她跟随师尊几个月，早知道自家师尊最喜好吃喝。

好吃的，好喝的，她可是想法子献上，哄师尊开心呢。

八仙楼并不大，每日接待的宾客有限，因此在这儿吃一顿的价格自然极高。秦云和青霜临时来都没位置，青霜也不在乎钱财，向其他客人买了一个位置，当然也只是在大厅中。至于更好的位置，那都是尉国的权贵才能享用的。

虽是大厅内的其中一桌，但环境极好，周围有潺潺溪流，自然分隔出一桌桌位置。

"难怪有如此大的名气。"秦云喝了一碗汤，汤味的鲜美让他都有些惊叹，能够在如此大的一座都城内成为名气最大的酒楼，最重要的还是手艺。

"他们家最出名的就是这八味，今天我八味都点了，不过做起来有些慢。"青霜说道。

师徒二人一边吃，一边闲聊着。

却不知这八仙楼二楼的一个雅间内，一名华袍男子扶栏而望，目光扫过下方时，被青霜给吸引了。

"嗯？"华袍男子眼睛一亮。

青霜变幻的模样，看起来只是小家碧玉罢了，可华袍男子是何等眼力，一眼就看出了青霜那股隐藏极深的媚骨。

"真是媚骨天生的小妖精，若是修炼媚功，更是了不得，我府中没有一个能比得上这小妖精的。"华袍男子微微一笑，当即传音给一旁的手下。

"去，务必将下方那腰间佩剑的青衣女子请上来。"华袍男子传音吩咐道。

"是。"手下的护卫立即应命。

这护卫直接下了二楼，来到了秦云和青霜这一桌。

"见过姑娘。"护卫微笑道，"我家大人想要见见姑娘，就在楼上，还请姑娘不要推辞。"

秦云笑笑，坐在一旁喝酒吃菜，没有说话。

数月来，徒弟的魅力他早见识了，即便她变了模样，让一些凡人以及实力弱的人看不透，可实力强的，还是会受到无形的吸引，连尉国国君，包括之前追杀她的那位天仙层次的黑袍道人，都同样受到了影响。

当然，境界够高的，受到的影响就小些，比如天仙境后期的强者，根本不会受一丝影响。

"姑娘，还请随我走一趟。"护卫见青霜没理他，忍不住伸手就要抓住青霜的手腕，强行将她带走。

"滚！"青霜见他动手，当即一拂袖。

一股波动扫过那护卫，"砰"的一声，那护卫倒飞而出，撞倒了几处桌子，碗碟碎了一地，随后撞击在大厅的一处护栏上，护栏表面有阵法浮现，才挡住了这次冲击，可大厅内却已是一片狼藉。

"不好。"

"赶紧躲远点。"

大厅的客人们立即躲到一旁，有些则饶有兴趣地在远处看着。

尉国都城内，达到天仙境层次的有数千位之多，强大修行者的碰撞很常见，他们早就习惯了。

"什么，我早已达到了元神三重天，竟然被她挥手就击退了？！"这护卫捂着胸口，难以置信地看着青霜。

"在尉国都城，竟然敢如此放肆！"伴随着一声怒喝，数道身影从二楼飞下。

为首的正是那华袍男子，他身旁有数名手下。

"真没想到，我尉国内又多了一位不认识的天仙。"华袍男子身旁的一位蓝袍老者冷笑道，"不过即便是天仙，在尉国都城，也得守尉国的规矩。三皇子殿下的护卫，你也敢欺负？"

"三皇子？！"

在场的不少人惊呼出声，看向那为首的华袍男子。

尉国的诸多皇子中，名气最大的是十八皇子和三皇子。因为这两位皇子都是天仙境，按照尉国的规矩，必须达到天仙境，才有资格继承皇位。

虽然如今现任国君还占着位置，离退位还有数千年之久，但是三皇子和十八皇子麾下已经会聚了大批强者。

"难得来此吃些好吃的，却被人坏了兴致。"秦云叹了一口气，放下酒杯，闹成这样也没法吃了。

实际上，秦云并不生气。他来到尉国都城，一方面，是要解决尉国的事，让尉国无数人脱离水火。另一方面，也是以自身为诱饵。

尉国都城鱼龙混杂，要解决尉国的事肯定会引起关注，恐怕也会被魔道发现。以魔祖一方的手段，要确定自己的身份也不是什么难事，这样一来，魔道的大道圆满强者来杀自己，也就快了。自己早就布好了局，以自身为诱饵，等着鱼儿上钩呢。自己在都城惹出些事来，反而更容易被魔道关注。

"我师尊难得来此，你们却坏了我师尊的兴致。"青霜见状站起来，对三皇子等人喝道，"都滚远点！"

"师尊？"三皇子、蓝袍老者心头一动。

"那女子是天仙层次，竟然喊那男子师尊？"

"能当天仙的师父，得是什么实力？"

"知道是三皇子，还如此蛮横？"

三皇子他们虽然被怒斥滚远点，但是都没有震怒，反而变得谨慎了。

就在双方战斗一触即发之时，八仙楼中却有一名白衣女子飘然落下，她微微皱眉，轻斥道："允琮，在我的地方，你胡闹什么？"

　　"姑姑。"三皇子见状，连忙谦逊地行礼，"是我莽撞了，还请姑姑别生气。"

　　"我生气又能怎样，你堂堂三皇子会在乎吗？"白衣女子冷冷地道。

　　"姑姑说笑了，明日我亲自去姑姑府上，给姑姑赔罪。"三皇子说道。随即，他瞥了一眼身旁的手下们，便离开了八仙楼。

第 325 章

各方到来

等出了八仙楼，三皇子的脸色才变冷。

"给我查查，那女子是谁，她的师父又是谁！"三皇子吩咐道，"敢如此张狂，若是有实力、有来头也就罢了，否则我会让他们知道得罪我的代价。"

"是。"蓝袍老者恭敬地应道。

八仙楼内，青霜对秦云传音道："师尊，这女子就是八仙楼的主人，也是尉国的尉冉公主，还是上洞八仙之一何仙姑的弟子。如今尉国侍奉黑风魔宗，让这位尉冉公主在皇室有些受孤立，不过她有靠山，自身也是天仙五重天，即便受孤立，各方也不愿得罪她。"

"哦！"秦云了然，看了看这位尉冉公主，暗暗点头，"有功德清光护身，还算不错。"

道家三脉，另外两脉管束弟子更严格，这尉冉公主有功德护身也很正常，碧游宫反倒是鱼龙混杂。

"小辈胡闹，我替他向两位道友赔礼了。"尉冉公主客气地道，"两位道友若是不嫌弃，可登楼一叙，让我一尽地主之谊，两位也能尝尝我八仙楼的一些手艺。"

"哈哈，有好吃好喝的就行。"秦云笑着起身，青霜也跟在一旁。

秦云还是要在尉国都城做一些事的，顺便借此吸引魔道的注意。

当然，若是魔道没能发现自己的身份，那就只能等下次了。

尉国都城，皇宫内。

国君倚靠在宝座上，一边饮酒，一边面无表情地看着大殿下方。大殿下方的那些舞女都紧张得很，不敢有丝毫懈怠。谁都知道坐在上面的国君是何等暴虐，一不小心，她们就完了。

"陛下。"随着一个声音传来，一位身穿红袍的秃顶道人迈着大步走了进来。

"尊者。"大殿内的侍卫都颇为恭敬，这身穿红袍的秃顶道人在皇宫内地位极高，仅次于国君。

"师叔来了。"单手拎着酒杯的国君当即站了起来，笑着走下宝座，同时挥挥手。

舞女们、乐师们、侍女们以及护卫们等一众尽皆退下，大殿内只剩下国君和身穿红袍的秃顶道人。

"陛下，你不是一直想要捉拿那九尾狐吗？"身穿红袍的秃顶道人笑呵呵地道。

"师叔有什么好消息？"国君眼睛一亮。

"嗯，上次她混入皇宫，被我看破了身份。我也是大意，太过小瞧了她，倒是让这只小狐狸给逃了。"身穿红袍的秃顶道人说道，"不过她逃跑时，我已在她身上留下了秘法印记。只要距离我万里内，我就能感应到她。就在今日，我感应到了她的位置。如今可以肯定，她就在都城内，而且现在就在尉冉公主的八仙楼里。"

"就在都城，在八仙楼？"国君激动无比，"好好好，这小妖精可真是胆大，以为只要避开师叔你，就没人能看破她的行踪。谁承想上次师叔你就留下了后手，她这是自投罗网啊！"

"陛下，九尾狐的保命手段很强。"身穿红袍的秃顶道人说道，"这次进行抓捕时，你可得封禁都城，不能让这小狐狸再逃掉。"

"放心！"国君笑道，"这次是准备好了，那小狐狸不可能逃掉。"

说完，他拍拍手。

"嗖！嗖！嗖！"

三道身影从虚无中而来，出现在大殿中，都看向国君，微微行礼，便直起了腰。他们在尉国的地位特殊，听命于一任任国君，国君也颇为敬重他们。

"三位族老，上次行刺寡人的九尾狐如今又潜入都城，现在就在八仙楼。还请三位族老前去将其抓来，寡人要亲自审问。还有，这九尾狐保命的本事颇为厉害，动手之时，必须封禁都城。"国君吩咐道。

"是，我们片刻就回。"其中一位族老冷冷地道。

"一定要活捉。"国君嘱托道。

"陛下尽管放心。"三位族老没好气地应了一声，随即都消失在大殿当中。

对他们而言，抓捕一位天仙前期的狐仙根本不值一提，陛下却派遣他们三个一起行动，还要活捉？他们三位哪里不明白这位陛下的心思。

"恭喜陛下。"身穿红袍的秃顶道人笑眯眯地说道，"这次定不会让那九尾狐跑了。"

"哈哈哈，多亏了师叔，否则我还不知道她已经潜入了都城。"国君大笑道，眼中满是期待。

八仙楼外的街道上，人来人往。

街边的一个摊贩旁，一个布衣老者一边喝着豆花，一边瞥了一眼不远处的八仙楼。

在布衣老者体内的元神中，有一股力量潜藏着，那是心魔老祖的分身。

"老祖我亲自来探察，看看这位丰道人，到底是不是秦云。"布衣老者暗道。

"秦云终究是顶尖大拿，其他手下来窥视，一定会被秦云感应到，容易打草惊蛇，而老祖我亲自窥探，以我心魔一脉的玄妙，顶尖大拿强者是绝对不会感应到的。恐怕只有大道圆满的强者，才会有些许微弱的感应。不过，大道圆满强者就算生出感应，也找不到老祖我。"心魔老祖很自信，在心中暗道。

他窥探着，八仙楼的阵法、建筑等根本无法阻碍他的目光。

"那位是八仙楼的主人尉冉公主，旁边的就是那九尾狐了，至于这丰道人……"心魔老祖也看到了秦云。此时，秦云正在畅快地吃喝。

对于每一个重点怀疑的对象，心魔老祖的分身都会亲自去甄别，这是习惯性的做法，他的怀疑目标有很多，丰道人只是其中之一。

可当看到秦云时——

"我竟然看不透他？！"心魔老祖的分身不由得一个激灵。

秦云在八仙楼最好的一个雅间中，吃着各种美食，喝着好酒，痛快得很。

他看似在吃喝，其实完全了解都城内的动静。

"黑风魔宗也挺舍得，竟然派遣一位天魔后期的强者在尉国坐镇。"秦云看得出，那位尊者是天魔后期，在黑风魔宗的地位较高。

黑风魔宗是一位大拿开辟的宗派，宗派内达到半步大拿的有三位，达到天仙后期的也有十余位，在惠丰大世界算是一个很强的宗派。

像道家、佛门在大世界的一些宗派，派遣两三位天仙后期的强者管理即可，其影响力一般比黑风魔宗还强。因为一言不合，道家、佛门就会有金仙、佛陀降临。

黑风魔宗的靠山要弱些，因此对掌控的区域渗透得更用心。

"这尉国国君还派了三位高手前来抓捕青霜？"秦云暗笑。

忽然，秦云有一种被窥视的感觉。

"是谁在暗中窥视我？以我大道圆满的境界，居然都发现不了他，只能勉强感应到被窥视了。"秦云暗惊。

随即，秦云便是喜悦和激动。

"魔道终于发现我了吗？"

黑暗魔渊深处。

魔祖毁灭身盘坐在这里，看着前方凝聚出现的心魔老祖化身。

"禀告魔祖。"心魔老祖化身恭敬地道，"属下在惠丰大世界追查，发现了一个叫丰道人的剑客。他表面展露的是天仙实力，但属下分身近距离窥探却探不出任何虚实。"

"你都看不透虚实？"魔祖毁灭身眼睛一亮。

心魔老祖化身继续道："是，属下看不透。整个三界，让属下看不透虚实的并不多。魔祖也说过，如今在惠丰大世界的大道圆满强者只有一位，就是惠丰大世界之主。而这位大世界之主居住在东㗂魔山，因此这丰道人不可能是他。

"而大道圆满之下，一个天仙，我还看不透，我有九成把握，这个丰道人就是秦云。

"还有一成可能，是一位侥幸得到先天灵宝的天仙，而且这件先天灵宝还擅长遮掩天机。"

魔祖毁灭身哈哈笑道："你太谨慎了，一个天仙侥幸得到先天灵宝就罢了，还能遮掩天机，连你心魔老祖都看不破？整个三界遮掩天机如此厉害的先天灵宝都少得可怜，大多都是天道境的强者亲手炼制而成的。就算是他们赐予的，也不会赐给一个普通天仙。"

"依我看，这位丰道人，九成九就是那秦云。"魔祖毁灭身眼神炽热。

"这些都是猜测，不动手，就没法完全确定是秦云。"心魔老祖化身说道。

到了这个份上，就必须动手验证了。

"你有其他的怀疑对象吗？"魔祖毁灭身问道。

"没有。"心魔老祖化身说道，"一些情报中的怀疑对象，我分身近距离窥探后，都能一眼看透他们的实力，他们在我面前根本没秘密。唯一怀疑的就是这个丰道人，我看不透他。"

"那就开始吧。"魔祖毁灭身遥遥看向一个方向，"吞灵老弟。"

"哗。"

一道身影显现，他高高瘦瘦的，眉毛很长，眼中有着惊人的锋芒，但身上只披着一件普通的红色衣袍。

"吞灵兄。"心魔老祖化身客气地行礼。

"心魔。"吞灵老祖微笑点头。

"吞灵老弟，心魔他已经找到了一人，有九成九的把握是秦云。"魔祖毁灭身说道，"要完全确定，只能动手了！"

"要动手了？"吞灵老祖微笑道，"自从魔祖你让我准备起，我等这一天可等了好久。本命先天至宝的滋味，老祖我可真想尝尝。"

"你破坏那烟雨剑即可，可千万别吃掉。"魔祖毁灭身道，"要将它带回来给我，我需要将其炼化。"

"魔祖放心，答应你的事我会做到。"吞灵老祖说道。

魔祖毁灭身点头："三界当中，若说有谁能破坏先天至宝，也只有你最有把握了。"

心魔老祖化身也在一旁吹捧道："当初吞灵兄还是顶尖大拿时，就将佛门的先天至宝功德金莲给吃了部分。吞灵兄先修道，再修佛，后修魔，最终开辟吞灵一道，成就大道圆满。这吞吃先天至宝，自然是把握更大。"

"先天至宝，不可小觑。"吞灵老祖说道，"若是大道圆满者掌控了一件先天至宝，我也无法将之破坏。如今秦云他只是一个顶尖大拿层次的散仙，他的法力太弱，境界也低。"

心魔老祖化身点头赞同。

"而且我还有魔祖亲手炼制的大阵。"吞灵老祖说道，"有此大阵，再加上我的本事，一个顶尖大拿散仙掌控的本命先天至宝，我若是破坏不掉，那才是笑话。"

"一切就靠吞灵老弟了。"魔祖毁灭身客气地道，"一旦事成，我承诺你的，自然也会做到。"

"我自然相信魔祖。"吞灵老祖微笑道。

魔道的三位大道圆满者中，波旬魔王最强势，是曾经的魔道领袖，如今却是最低调的一个。而血海老祖、吞灵老祖，都被称作是魔中之魔，罪孽滔天。他们和魔祖更像是合作关系。

尉国都城，八仙楼二楼的雅间内。

心魔老祖化身在禀告魔祖时，秦云、青霜以及尉冉公主在享用着八仙楼的美食。

一盘盘美食被端上来，这上菜速度可比在楼下快多了。

"嗯，八仙楼果然名不虚传。"秦云一边吃着，一边还在夸赞。

尉冉公主在一旁笑道："道兄来我尉国，是路过，还是有事？有什么需要我做的尽管开口。"

"来尉国？"秦云瞥了一眼尉冉公主，"当然是有事。"

"何事？"尉冉公主询问道。

"如今的尉国，百姓流离失所，处处都是逃荒的和饿死的，魔头四处作恶，凡人犹如牛羊被屠宰。"秦云平静地说道，而此时尉冉公主脸色却变了。

"我想管，可这样的事几乎遍布尉国，尉国一片混乱，简直就是魔域！我怎么管？想来想去，我就带着徒弟来尉国都城了。"秦云嗤笑道，"这尉国都城，修行者众多，倒还算歌舞升平。"

"惭愧，之前尉国不是这样的。"尉冉公主脸色难看，无力说了一句。

"对，之前不是这样的。"青霜忍不住焦急地道，"我的家乡就在尉国，以前我看着尉国一切都好好的，我洞府近处的村子里，人们都很善良，过得也很开心。可最近几十年，一切都变了，我洞府旁的村子早就白骨累累，荒无人烟。你们尉国皇室统领尉国，就这么对待尉国的老百姓？"

"我都明白。"尉冉公主端起酒杯喝了一杯，红着眼道，"我和族老们争辩，和我尉氏老祖争辩，可族内已经做的决定，我又能怎么办？我求师尊他们降临，改变尉国的现状。可是我师尊说了，惠丰大世界是有主人的，他们也不好插手。"

"我没办法。"尉冉公主苦涩地说道，"我一点办法都没有。"

虽然她暗中想了办法去救助百姓，且救助的人也挺多，但是相对尉国巨大的疆域而言，那只是杯水车薪。

"是，他们没法插手。"秦云点头道。

他知道，这惠丰大世界的主人，就是混沌三凶之一的浑敦。八景宫一脉虽然强势，但是面对大道圆满的强者也没法子。太上道祖麾下，如今连一位大道圆满的强者都没有。

不过秦云也很清楚，这混沌三凶中，浑敦是最狡猾、最怕死的。只要展露出半步天道境的实力，浑敦根本不敢招惹秦云。

"师尊他们也没法子，面对家族我也没法子，我只能眼睁睁地看着。"尉冉公主轻声说道，"我在想，或许只有靠我自己修炼到天仙后期，夺取家族族长的位置，才能改变尉氏、改变整个尉国吧。可我达到天仙中期也没多久，要达到天仙后期更是遥遥无期。"

"道兄，我劝你别乱来。"尉冉公主说道，"尉氏如今完全投靠黑风魔宗，修魔道的都有大半。尉氏很强，其背后的黑风魔宗更强，尤其是黑风魔宗的宗主可是个大拿。"

"就这么看着？"秦云问道，"看着人们继续如蝼蚁般受苦受难？"

"能怎么办？"尉冉公主又饮下了一杯酒。

就在他们谈话间，尉国都城的空间陡然封禁。

"嗯？！"青霜、尉冉公主脸色都微变。

"空间封禁？都城被封禁了。"尉冉公主吃惊地道，"发生什么事了？"

"轰轰轰！"

三股恐怖的气息出现在半空，尉冉公主一挥手，窗户打开，就看到外面半空中站着的三位族老，个个都散发着魔道的气息。

"三位族老！"尉冉公主一惊。

这三位族老正盯着八仙楼的这一雅间，目光落在了青霜身上。

"你这狐妖，竟敢行刺陛下。"其中一位族老俯瞰下方，怒斥道，"如今还敢潜入都城，真是自寻死路！"

"狐妖，速速束手就擒！"另一位族老说着，一挥手便有黑色丝线飞出，欲缠住青霜。

"他们发现我了？！"青霜露出震惊之色。

她对自身隐匿手段还是很自信的，自认为不出现在那位尊者面前，整个都城应该没谁能够发现她。

上次她就是仗着隐匿手段混进了皇宫，皇宫那么多强者都没发现她的真实身份，只是那位尊者出现后，才看穿了她的身份。如今她才进城，才在八仙楼吃饭，尉氏就派强者来了！

"找死！"秦云喝道。他坐在那儿也没起身，只是洒出杯中酒，酒水化作三道水剑，三道水流剑光划过长空，顿时刺穿了三位族老的眉心。

　　三位天魔中期的族老惊恐万分，气息却已经消失了。显然瞬间被斩灭。

　　三具天魔尸体从高空坠落。

　　"师尊，快走！"青霜此刻却是催促道，"我的身份暴露了，这里是尉国都城，在这里我们斗不过尉氏。快走。"

　　"道兄赶紧走，你杀了三位族老，族长他一定震怒，恐怕会亲自出手。"尉冉公主也说道，"尉氏有天仙、天魔数千，都城内更有多年来布置的重重镇族大阵，你斗不过的。"

第 326 章

暗算

尉国都城，皇宫内。

国君正在和身穿红袍的秃顶道人闲谈。

"陛下，你都看了殿外好几次了，心思怕是都到了那九尾狐身上了吧。"身穿红袍的秃顶道人笑着说道。

"哈哈，寡人是等得有些心焦了，三位族老的动作还是慢了些。"国君说道。

"别急，那九尾狐马上就会被抓来。"身穿红袍的秃顶道人也看了外面一眼，双眸闪烁着光芒，透过遥远的距离看到抵达八仙楼的三位族老已经出手。

"不好！"身穿红袍的秃顶道人脸色陡然一变。

国君看向外界，也看到了发生的那一幕场景。他霍然站起，震惊地道："一杯水酒就杀了三位族老？！"

"是天仙后期，实力怕是不亚于我。"身穿红袍的秃顶道人郑重地道。

"天仙后期？在我们惠丰大世界，达到天仙境后期的也就百位左右。这些情报寡人知晓，可杀死三位族老的那位凶手，寡人却不认识。"国君震惊不已，天仙后期的强者足以称霸一方，尉国之所以能统领如此大的疆域，就是因为尉氏老祖是一位名气颇大的天仙后期层次的强者。

当然，如今尉氏老祖也修了魔道。

"轰！"

恐怖的气息在皇宫内显现。

"老祖出关了。"国君说道。

"我们赶紧出去。"身穿红袍的秃顶道人说着，和国君一同出了大殿。

只见大殿外的广场上，站着一位花白头发的紫袍老者，他身旁站着二十余位强者。

"老祖。"国君上前行礼。

"见过尉道兄。"身穿红袍的秃顶道人也颇为客气。

"让尊者看笑话了。"紫袍老者淡然道，"真没想到，我多年闭关，这惠丰大世界竟然有人胆敢来我尉国都城杀我尉氏族老。"

"恐怕是新崛起的小辈，不知道兄手段，才敢如此狂妄。"身穿红袍的秃顶道人说道。

"那就展示一下手段，让小辈知道我这老家伙不是好欺的。"紫袍老者说道，"尊者可要一同前往？"

"我也一起，去见识见识尉道兄的手段。"身穿红袍的秃顶道人笑道。

"走！"

紫袍老者一声令下，当即带着麾下的二十余位强者，还有国君和尊者，一同飞向八仙楼方向。

八仙楼内。

青霜和尉冉公主都很焦急，劝说秦云赶紧走。

"急什么？"秦云继续给自己倒酒，边饮酒边吃菜，"不就是尉氏老祖吗？有这么可怕？"

"尉氏如今虽然变了，变得我很不喜欢，但是其实力更强了。"尉冉公主说道，"老祖很久以前就是天仙九重天，可能是困在瓶颈期太久，才会转投魔道。以老祖的实力，再借助种种大阵，是能够和半步金仙相媲美的。"

"什么？！"青霜吃惊地道，"连尉氏老祖也修魔道了？师尊，赶紧走！那尉氏老祖修了魔道，怕是行事更激烈。"

"走？"秦云继续安然坐着，"怎么走？如今都城完全封禁，想走也走不掉。"

"不试试，怎么知道逃不掉？"尉冉公主急切地道。

"放心，你家老祖那点底细我还是知道的。"秦云瞥了一眼尉冉公主，"你们尉氏，天仙层次中原本修道的有七成，但在你老祖的带领下，又有不少人修了魔道。如今族内天仙层次，修魔道的约莫有六成，剩下的部分在犹豫，部分在反抗，我说的可对？"

"你怎么知道？"尉冉公主吃惊，"族内的争斗，你从哪儿听说的？"

"就你们尉氏的那些倚仗，还奈何不得我。继续喝酒吃菜，你们八仙楼的饭菜是真不错。"秦云继续吃着。

看着自家师尊如此坦然自信，九尾狐青霜也稳住了心态。

"丰道兄，你是道家哪一脉的？是不是有道家大拿准备插手我尉国的事？"尉冉公主询问道。天仙后期强者，如果拜师的话，一般就是拜在大拿门下了。

"等会儿你就知道了。"秦云笑笑，没有多说。

的确有大拿要插手尉国的事，他就是那位大拿。

秦云感应到那神秘的窥视后，就意识到魔道发现自己了，所以他打算尽快将尉国的事情解决。对自己而言，解决了尉国的事，就可以拯救尉国境内的苍生，这虽然很重要，但也是能轻易解决的小事。而自己布下陷阱，等魔道来袭，那才是一件影响三界的大事。

"不知我尉氏哪里得罪了道友，让道友下此毒手，一言不合便除掉我尉氏三位族老！"冷冷的声音传来。

"出去瞅瞅。"秦云这才起身，带着青霜、尉冉公主一同飞了出去，站在了半空中。

他们一眼就看到前方半空中有一团黑云，黑云上站着一名紫袍老者，他左右两侧分别是一位身穿红袍的秃顶道人和尉国国君，再后面是二十余位天魔。那些天魔的气息散发而出，个个都是天魔中期。

"怎么，杀了我尉氏族老，道友就没什么想说的？"紫袍老者冷冷地道。

"除掉魔头，是大善，也是有大功德之事！"秦云说道。

紫袍老者的脸色愈加冰冷："到了如今这个份上，道友还和我说这些虚的？道友你是哪一派的弟子，来我尉国到底是何意？"

"虚的？尉国境内，百姓流离失所，各地白骨累累，这一切都是因为有魔头为祸。整个尉国最大的魔头就是你！你手下的这群天魔，都是你的爪牙。杀掉你们是大功德，我说得难道还不够清楚？"秦云说道。

"就为了这等事？"紫袍老者冷笑道，"我等修行何等艰难，这些蝼蚁不过是我们修行的垫脚石罢了。你为了这些蝼蚁，便和我尉氏为敌？"

"蝼蚁？"一旁的青霜忍不住道，"尉武器，你也是从凡人修行过来的，你居然视他们为蝼蚁？"

"野兽是牲畜，可一旦生了灵智，那就是妖了。"紫袍老者说道，"凡人也是一样，不修炼就是蝼蚁。若是脱胎换骨，凝聚了元神，得了长生，那就是仙，是神，是魔，是站在芸芸众生之上的！我们和凡人是不一样的，我们是仙魔，以凡人为垫脚石，哪里有错？"

"你，你……"青霜一时不知该如何应答。

"小狐狸，你修炼的时间还是太短，以后你就懂了。"紫袍老者笑道。

"别说什么仙魔以凡人为垫脚石，我们修仙的，和你这魔头可不同。"秦云开口道，"仙佛各脉都是护佑众生的，而魔却是以众生为食。"

"说得太难听了。"紫袍老者说道，"道家、佛门、魔道，都是修行道路，能让我们变得更强。不管是修的哪一脉，都是参悟大道，何必非得你死我活？像我尉氏，族人当中就有修魔的，也有修仙的，不都相处得很好吗？"

"是吗？这些年，你们尉氏内部因为道魔之争，死掉的天仙、天魔有两百八十多位了吧。"秦云说道，"就比如你身后的这群手下，个个都是天魔，怎么没见你将天仙的族人带在身边？"

紫袍老者瞳孔一缩，随即嘿嘿一笑："说了这么多，道友还是不肯说出自己的来历？"

"你一个快死的魔头，就别问那么多了。"秦云说道。

"张狂。"紫袍老者眼中凶光一闪。

"轰！"

整个尉国都城上空浮现一块巨大的阵图，阵图中有以紫色火焰凝聚而成的一条条大蛇，一共有八条紫色大蛇朝秦云攻去。

"你这小辈，先尝尝我这火狱八蛇阵！"紫袍老者喝道。

"去。"

秦云背上的剑鞘中飞出两道剑光，剑光玄妙莫测，瞬间便斩断了挡在路上的两条紫色大蛇，而后划向了那紫袍老者。

紫袍老者虽然在惊慌之下拿出了一面八卦镜，努力防御，但那两道剑光还是刺穿了他的身体。

"怎么，怎么可能……"紫袍老者尉武嚣眼中满是难以置信。

他尉武嚣可是惠丰大世界名震一方的强者，在自己的都城内，竟然这么快就被杀了！

随后，他气息消散，身体从半空坠落。

"不好。"身穿红袍的秃顶道人见状，立即化作一道红光遁走。

"你逃得掉吗？"秦云看向那身穿红袍的秃顶道人。

杀死尉武嚣的那两道剑光迅速就追上了身穿红袍的秃顶道人。

"我是黑风魔宗的赤袍尊者。"身穿红袍的秃顶道人焦急地传音求饶，"还请道兄给个薄面，饶了我……"

"噗。"

剑光刺穿了身穿红袍的秃顶道人。

他难以置信，黑风魔宗在惠丰大世界的地位还是很高的，毕竟是一个大拿开辟的宗派，然而……

"哗。"

身穿红袍的秃顶道人也从半空坠落下来。

这一幕场景让原本跟在尉氏老祖身后的一群天魔都吓蒙了，把尉国国君也吓蒙了。在都城内能和半步金仙斗一斗的老祖，就这么被杀了？黑风魔宗派来的尊者也被杀了？

"尉国国君。"秦云看了过去。

"饶命，饶命。"尉国国君膝盖一软，直接跪在云团上，求饶道，"我都是听老祖吩咐的，我就是个傀儡，我是无辜的。"

"噗！"

一道剑气直接在空中凝聚，直接刺穿了尉国国君的眉心，他的眼神渐渐变得黯淡，身体一软，也倒在那黑云上。

"傀儡？无辜？你身上的罪孽可不亚于你家老祖啊！"秦云轻声说道。

两道剑光飞回了秦云背后的剑鞘中。这让站在黑云上惊惧万分的二十余位天魔都心生希望："这个道人要收手了？"

"万剑！"秦云一伸手，只见尉国都城上空开始凝聚出一道道剑气，足足有上万道剑气在高空中形成，秦云右手微微一压，"灭绝！"

"咻咻咻咻咻咻！"

无数剑气朝下方飞去，如鱼儿一般灵活，迅速穿过一个个魔头的身体。包括半空中的那二十余位天魔，还有整座都城内所有的天魔。

总之，城内但凡罪孽大的，一律被剑气刺穿。仅仅一次呼吸的工夫，尉国都城内的大罪孽者就被消灭一空。

这一幕，让青霜和尉冉公主都惊呆了。

"师尊。"青霜看着秦云。

"哈哈，师尊隐藏了实力，是不是很惊喜？"秦云笑看着徒弟。青霜愣愣的，还是点了点头。

"尉冉。"秦云看向尉冉公主，"你们尉氏还有上千名天仙，他们都颇有些功德，之前被尉氏老祖打压了。从今天起，你就担任尉国的新任国君，带领这群天仙，好好治理尉国。"

"我当国君？！"尉冉公主一脸震惊。

"对，你当。谁反对，让他来找我。"秦云说道。

尉冉公主心中有些乱，整个尉氏经历了漫长岁月，势力早就已经稳固，还有很多外姓人拜入尉氏。尉氏内部一直都有修魔的和修道的，只是过去修道的占上风，可老祖转修魔道后，修魔的就占上风了。而这次，秦云却直接灭了尉氏当中修魔的最强一群人。虽然少数还在外地苟活，但是也影响不了大局了。

"对了。"秦云想了想，从怀里拿出一块令牌扔给尉冉公主，"金沙宗宗主是我师弟，一般的事你可以请他帮忙，有重要之事再让他转告于我。"

"惠丰大世界金沙宗宗主，也是天仙后期。"尉冉公主忍不住道，"丰道兄，你能轻易击杀老祖，可是媲美大拿了？"

"差不多吧。"秦云没有多说，看向青霜，"青霜，尉国的事差不多解决了，我们也该走了。"

在八仙楼外的街道上，依旧有些胆大的人躲在街边、墙角，抬头看着高空中的仙魔交手。

"好厉害，上面的这些仙魔气息浩荡，比我师祖还厉害，恐怕个个都是天仙、天魔之境。"

"即便是在都城，这等大战也是难得一见。"

"没想到这次下山，刚来到都城，就碰到这等大战。"

不少人激动地看着这一幕。

都城内，天仙、天魔就有数千，一些元神境以及普通层次的修行者就更多了。此刻，他们或是在街上，或是在屋内，透过窗户看着这场大战。

那尉氏老祖施展火狱八蛇阵，阵法更是笼罩整座都城，其威势的确恐怖。

"这尉氏老祖借助大阵，勉强也能媲美半步金仙，却一招就被杀了。"街边墙角的布衣老者，正是心魔老祖分身，他传音和一旁的同伴交谈，"吞灵兄，这位神秘的丰道人，如此招数都直逼普通大拿了吧。"

"勉强有大拿的实力。"旁边是一个胖老头，他是吞灵老祖所变化的。

他早就达到了大道圆满境，此次又有魔祖帮忙布局，即便悄然潜入都城，秦云也只是勉强感应到了有人窥视，却不知道是谁在窥视。

"不过，最多能证明他的实力媲美大拿，要验证是不是秦云，还得动手。"吞灵老祖传音，"我若是动手，动静太大。如果这位丰道人，真的那么巧不是秦云，我动手的消息传开，让碧游宫一脉知晓，他们定会警觉，秦云也会吓得躲起来，不敢再出现在大世界，那魔祖的计划可就失败了。所以还得心魔兄你出手试探，你出招无影无形，最隐秘不过了。"

就在他们俩传音交谈时，高空中，秦云释放出的万道剑气纷纷落下，刺穿一个个魔头的身体，让无数魔神毙命。

"啊啊。"

"不——"

惨叫声此起彼伏，无数魔头毙命。

尉国都城的人们还只当是一场强者的交战，根本没意识到这一次的大战对尉国今后的影响有多大。

"行，我出手试探。"心魔老祖分身说道，"不过吞灵兄，如果真是秦云，可千万别让他溜了。我的手段最多能伤他，可拦不住他。"

"你只管做你的事，我这边自然不会出任何纰漏，只要是秦云，那他就死定了！"吞灵老祖自信万分。

他的攻击，在三界都是有名的，号称三界牙口最锋利的强者，先天至宝都能破坏。此次又有魔祖精心准备的大阵，杀一个依仗本命先天至宝的顶尖大拿，那是十拿九稳之事！

"他要走了。"吞灵老祖眉头一皱，连忙传音，"他若是走了，下次再找到他，就不知道是何时了，赶紧出手。"

"好。"心魔老祖分身应道。

半空中。

"师尊，我们现在走？"青霜有些惊讶。

"尉国事已了，该走了。"秦云说道，同时放出意念暗暗感应，发现有两位神秘强者在盯着他。

现在走，也是逼魔道尽快动手。

"对了，我杀了黑风魔宗的一位尊者，若是黑风魔宗来找麻烦，只管报出我的名号。"秦云对尉冉公主说道。

"谢谢丰道兄做的这些，尉氏那些死去的天魔或许会怨恨，可活着的天仙肯定都是感激丰道兄的，尉国的亿万百姓更是不用说，都对丰道兄满怀感激。"尉冉公主说道。

"百姓所求不多，只求能吃饱穿暖。"秦云说完，便道，"青霜，我们走吧。"

秦云带着青霜，驾着云，迅速朝远处的天边飞去。

青霜乖乖地跟着师尊，看着身旁师尊的身影，她此刻心中很复杂。她修行的时间不足百年，她曾经隐居的洞府周围，那些村民都对她很好，可后来，她在修行时记住的人间美好都没了。

人间犹如地狱，处处白骨累累。她熟悉的婆婆、孩童，一个个都死去了。

在青霜看来，人间不该是这样的，所以她心甘情愿地去刺杀尉国国君。

要知道，刺杀这事就算成功了，行刺者十有八九也是逃不掉的。

若是杀死了国君，那尉氏报复的力度将比之前追查她强百倍千倍，她必死无疑。但她不惜丧命也要刺杀国君，可见决心之大。

她失败了。

可是，她没做到的，她的师尊做到了。她的这位师尊横扫了尉国的这些魔头。今后尉国将会变得很美好，人们也将过得很开心。

"师尊，我代他们谢谢你。"青霜在心中默默说道。

在青霜沉浸在自己的情绪中时，秦云看似带着她一同飞行，实际上却很警觉。

我设下陷阱埋伏对方，可对方却有两位强者在暗中窥视，我都无法确定对方在哪里。这两位很可能都是大道圆满者，难道这次是两位一同联手对付我？一对一我有信心，可一对二，说不定我会栽了。秦云忽然有些担忧，而且担忧的情绪不断放大。

"不好！敌人已经出招了！"秦云陡然一惊。

他元神强大，早就达到了大道圆满层次，还有本命先天至宝在元神中孕养、守护着元神。

此刻，烟雨剑的剑气也感应到了这股无形的力量渗透进来，努力阻挡着。

街边角落的布衣老者，正是心魔老祖的分身，其他分身的力量削弱，这个分身就成了最强分身。

他悄然出招，暗算准备离开的秦云。

当无形的力量渗透进秦云体内时，便立即遭到了秦云剑气的切割。勉强传递了部分力量进入秦云体内后，心魔老祖分身便再也忍受不住了。

"噗。"心魔老祖分身脸色一白，元神震荡，体内气血沸腾，一口鲜血就喷了出来。

"这剑气也太可怕了，仿佛有无数飞剑在切割我的元神。"心魔老祖分身暗道，"本命先天至宝镇守元神，就这么厉害？"

"就是他！"

虽然震撼，但心魔老祖分身还是向一旁的吞灵老祖微微点头。如此恐怖的剑气，三界只有秦云能做到。

吞灵老祖露出喜色："很好！"

秦云虽然察觉到遭人暗算，但还是很震惊的：我可是大道圆满之境，又有本命先天至宝镇守元神，对方竟然依旧能影响我的念头？

他却不知，这次心魔老祖分身全力出招只影响了他的一丝念头，还因此受了重伤。

"青霜，我们走！"秦云一把握住青霜的手，同时一挥手，一道剑光欲切割时空，一副要遁逃的模样。

"嗡。"

一座恐怖的大阵爆发了。

这座大阵，是吞灵老祖悄然进入惠丰大世界后布置的。此刻，大阵一爆发，便影响了整个惠丰大世界的时空，时空完全被封禁，即便是大道圆满强者也休想轻易破开时空。

只见暗红色的大阵悬浮在空中，直径足有百万里。

大阵更是遥遥连接黑暗魔渊，使得无尽的魔力也降临到惠丰大世界。如此大的动静，自然也是惊动了惠丰大世界的各方强者。

"哈哈哈，秦云，你想逃？晚了！"

大笑声响彻天地，一道身影出现在那阵法异象下方，在两道红色眉毛之下，一道眼神冰冷地盯着秦云。

秦云一眼看去，也认出来了："来对付我的，是吞灵老祖。这也在我意料之中。"

秦云身侧的青霜看到那恐怖的大阵，十分震惊，听到吞灵老祖所说的话，道："师尊，惠丰大世界看来要有一场大战，有敌人要对付秦剑仙。我们还是赶紧先躲起来，别被波及了。"

第 327 章

绝境

"被波及？"秦云看着自己的徒弟，笑了笑。

"小狐狸，我要杀的就是你师父！你难道不知道你师父就是秦云？"吞灵老祖在远处悠然说道，声音响彻各处，充满着绝对的自信。

大阵已成，这秦云已经入了局，在吞灵老祖看来，这次他赢定了！

"啊？！"

青霜一愣，看着身旁的师尊秦云。

"师尊丰道人是秦剑仙？"

秦剑仙可是名传三界的大拿，三界的许多天仙都听说过这位秦剑仙的威名，死在秦剑仙手中的大拿都有好几位了，其中不乏巫支祁这类凶名极盛的。

秦云此刻气息、容貌开始发生些许变化，仅仅些许变化，整个人就显得凌厉了几分，恢复成了真实模样。

"师尊，你……"青霜看着秦云。

"青霜，他没说错，我就是秦云。不过，你也别怕，一个蚊道人还奈何不得你师父。"秦云转头看向远处的吞灵老祖，声音也响彻天地，"蚊道人，我在惠丰大世界游历，你们魔道都能发现，真是佩服。不过，就凭你也想对付我？真是白日做梦！"

"哈哈哈，秦云，有本命先天至宝在手，你就如此狂妄了？"吞灵老祖胸有成竹，他在等魔祖那边动手。

要除掉秦云，是需要多方配合的。

惠丰大世界，黑风魔宗的宗主还在震怒中。

"是谁杀了赤袍？"黑风宗主在赤袍尊者被杀的刹那就生出了感应，他愤怒不已，"我倒要看看，是谁这么大胆，敢杀我黑风魔宗的尊者。"

普通弟子就罢了，天仙后期的尊者，在黑风魔宗也算是核心了。

黑风魔宗的宗主遥遥望向尉国都城方向，目光透过空间，看到了那座都城。他是大拿，尉国都城的封禁，无法阻挡他的目光。

"师尊。"一个绿发老者冲进殿内，焦急地道，"我感应到赤袍师弟死了，是谁杀了他？"

"我看到了。"黑风宗主遥看尉国都城方向，正巧看到秦云释放上万道剑气斩杀尉国都城内的众多魔头，"是一个陌生的天仙，他身边还有两个女子，一个是小狐狸，一个是太上一脉上洞八仙收徒的那个尉冉公主。"

"一个天仙？"绿发老者恼怒地道，"敢杀赤袍师弟，定要他付出代价。"

"不急，他的实力勉强能媲美大拿，或许有大来头，再看看。"黑风宗主眯着眼，他道魔兼修，不过并没有完全投靠黑暗魔渊，也没投靠道家，而是在混沌三凶之一的浑敦麾下，严格来说算是一个中立势力。

"不过就算来头再大，惠丰大世界终究是山主的地盘，在这里杀我们的人，甬管是谁，都得付出代价。"黑风宗主轻声说道。

"不管是道家、佛门的人还是天庭的人，都没资格在我们惠丰大世界乱蹦跶。"一旁的绿发老者也说道。

忽然，一股恐怖的波动扫过了黑风魔宗，更是波及整个惠丰大世界，整个大世界的时空完全被封禁了。

黑风宗主微微一愣，遥遥看到了那恐怖的大阵，以及大阵下显现的身影。

"出大事了！"黑风宗主吓得将赤袍尊者的死都暂时抛到一边了。

"师尊，怎么了？"绿发老者询问道。

"是吞灵老祖现身，似乎是要追杀秦剑仙。"黑风宗主一边遥遥观看，一边解释道，"吞灵老祖乃大道圆满者，秦剑仙虽然只是一个顶尖大拿，但是有本命先天至宝在手。这两位斗起来，怕是要将惠丰大世界掀翻天了。"

"这两位斗起来了？！"绿发老者不禁颤抖起来。

"这是……"黑风宗主的脸色跟着又变了。

"师尊？"绿发老者唤了一声。

"你先退下。"黑风宗主喝令道。

"是。"绿发老者纳闷，只能乖乖退下。

殿内只剩下黑风宗主一人，他脸色难看，喃喃低语："杀赤袍的那位陌生天仙，竟然就是秦剑仙变化而成的。秦剑仙嫉恶如仇，可是将尉国都城的魔头都除尽了，而尉国魔头的源头就是我黑风魔宗，他会不会杀过来？"

黑风宗主惊惧得很，秦剑仙杀过来？他挡得住吗？

"怎么办，怎么办？

"再看看，吞灵老祖埋伏这秦剑仙，应该是有把握的，希望他能将这秦剑仙给杀了。"

黑风宗主现在不在乎报仇的事了，他在乎的是自己的性命，无比期盼秦云死在吞灵老祖手中。

大阵影响一方大世界，动静太大，立即引起了三界的关注。

吞灵老祖布置大阵，要杀秦云？

一时间，三界各方都有些惊住了。

"这阵法连通黑暗魔渊，将黑暗魔渊的魔力不断引入。如此阵法，只有魔祖亲手炼制，才有如此威力。

"看来这次是魔祖的计划，让蚊道人配合，要一举杀死秦云，夺得秦云的烟雨剑。"祖龙遥遥看着惠丰大世界，瞬间就有了猜测。

他们这些古老的强者一眼就看明白了魔祖的目的，就是为了夺得造化莲子。

"这下秦云危险了。"

"魔祖既然定下计划，恐怕就有大半的把握。"

"这秦云终究只是顶尖大拿散仙，未成大道圆满，弱点不少，魔祖算计他，布置好了大阵，看来他这次想活下来都难了！"一名白袍男子在自己府内，遥遥看着惠丰大世界发生的一切。

"不好，师弟有危险了。"天界中，黎山老母发现了惠丰大世界发生的一切，脸色大变。

黎山老母毫不犹豫地迈步，跨越时空赶往惠丰大世界。

在惠丰大世界外的星空中，黎山老母出现了。

"整个惠丰大世界的时空完全被封禁了，根本无法穿梭空间进去，只能到大世界之外，而后再飞进去。"黎山老母有些焦急，"师弟，你一定得撑住。"

时空封禁，只能飞行。

当然，黎山老母的飞行速度也不慢，一次呼吸就能飞二十万里，可要进入一个大世界，飞到秦云身边，还是要好一会儿的。

"嗡！"

只见庞大无比的惠丰大世界旁边，出现了一道身影。

那道身影十分魁梧，比一般的小世界要大得多，当然，在大世界旁边就显得小了些，约莫是惠丰大世界的十分之一。

他有着青色的皮肤，赤脚站在星空中，四条手臂在结印，汹涌的魔力如同黑雾一般，瞬间便笼罩了整个惠丰大世界的表面，口中喝道："封！"

只见魔力在惠丰大世界外围形成了一个巨大的封印，仿佛一个超大的蛋壳，将惠丰大世界给包裹住了。

魔祖毁灭身站在星空中，目光一扫周围，感应着那一个个已经潜到近处的强者，开口道："谁都别想进入惠丰大世界。"

"糟了，时空被封禁了！如今魔祖毁灭身又从外界封锁，飞都没办法飞进去。"黎山老母急了。

内外双重封锁，显然是让秦云陷入孤立无援之境。

"秦兄危险了！"灌江口，杨戬遥遥观看着惠丰大世界那片区域所发生的事。

秦云对杨戬有救命之恩，杨戬自然想要帮秦云，可他帮不了！

"魔祖都动手了？"

三界中的一位位强者都关注着惠丰大世界。

惠丰大世界内。

青霜还处在震撼中，震撼于她的师尊竟然是传说中的秦剑仙。

"魔祖已经出手，封住了整个惠丰大世界。"吞灵老祖看了一眼星空之外，露出了笑容，"秦云再无机会了。"

"缠！"

吞灵老祖大喝一声，上方的暗红色阵法内，立即有无数暗红丝线飞下，形成了万里范围大的"茧"，这"茧"完全困住了秦云和青霜所在的这片空间，并且在急剧缩小。

"师尊。"青霜说道。

"有点意思。"秦云看着急剧缩小的"茧",一拂袖,烟雨剑飞出,一分为三,三柄飞剑悬浮在他左右。

"哗哗哗——"

蒙蒙细雨飘洒,每一滴雨都仿佛大山般沉重,当这些细雨洒在暗红丝线上时,整个"茧"立即遭到了细雨的冲击。一时间,"茧"不仅无法缩小,还被冲击得扩大了。

本命飞剑之烟雨领域。

"不可能。"原本自信满满的吞灵老祖见状,惊愕万分,"这是魔祖亲手炼制的阵法,即便是我要抵挡,实力也会被削弱三四成。按照计划,这秦云得靠本命先天至宝的烟雨阵才能有望抵挡,怎么可能仅仅靠一个领域,就挡住了?大道圆满强者的领域都不可能这么强!"

"不对劲。"在星空当中,亲自从外界封住整个惠丰大世界的魔祖毁灭身也时刻关注着这一战。他看到秦云仅仅靠领域就抵挡住了阵法侵蚀,隐隐觉得不妙。

"哈哈哈——"

伴随着笑声,一位身材魁梧,不亚于魔祖毁灭身的身穿道袍的黑发老者从半空中走出。同时,四柄百万里长的神剑出现在了惠丰大世界外围,一张巨大无比的阵图出现在了惠丰大世界的下方,一个恐怖阵法已经布置完成,正是让天道境的强者们都忌惮的诛仙阵。

"诛仙阵?"魔祖毁灭身见状,眉头一皱,喝道,"灵宝,我破不了你的诛仙阵,但在我的阻挡下,大道圆满强者也不可能进入惠丰大世界,更不可能救走你的徒弟!"

"救我徒弟?"灵宝道祖笑吟吟地站在那儿,此时诛仙阵的威势迅速笼罩了四周,"你是不是弄错了?"

"弄错了？"魔祖毁灭身陡然变了脸色，"不好！"

"去！"秦云放出烟雨剑，仅仅烟雨领域就抵挡住了那边的阵法之威。

随后，烟雨剑所化的三柄飞剑陡然朝四面八方飞出，这飞剑之快，让吞灵老祖都变了脸色："这飞剑怎么这么快？本命先天至宝，有这么快吗？"

是的，太快了！

大道圆满强者一次呼吸就能飞出数十万里，若是以先天至宝杀敌，还得快上十倍。可秦云的飞剑，比这还要更快。在三界的大道圆满强者当中，论法宝速度之快，秦云都是排在最前面的几位。

一眨眼，三柄飞剑便分散开来，遍布百万里范围的三个方位。

"轰。"

三柄剑同出一源。

随着秦云的一个念头，烟雨阵被激发了。一时间，这百万里空间陷入了一方广阔世界，这方世界内天、地、人分化，更有阴阳、生命、无极、毁灭种种力量显现。

显然，秦云达到了大道圆满后，烟雨剑的威力也完全发挥出来了。

如此恐怖的阵法一出，吞灵老祖完全呆滞了。面对阵法世界的自然衍变，他不由得有种战栗感。

"这、这……"吞灵老祖完全蒙了，他也是从混沌中诞生并活到如今的，见识也够广。如今这烟雨阵的威势，和秦云当初用来和混沌三凶梼杌凶分身一战时相比，简直强了十倍，这已经是质变了，是正常大道圆满强者都需要畏惧的力量——无可争议的半步天道境力量。

"这是半步天道境的实力。"吞灵老祖不敢相信，"他怎么会这么强？这、这……"

他感觉自己很冤枉，明明是自己布下陷阱要杀秦云的，怎么自己反过来被这烟雨阵困住了？而且这烟雨阵的威势让他很畏惧。

"蚊道人，我突破到大道圆满不久，一直没有对手好好切磋。"秦云笑道，声音回荡在天地间，"今日倒是巧得很，你来对付我。我总算碰到一个好对手了，你可千万别让我失望了。"

"你突破到大道圆满了？！"吞灵老祖的红色眉毛拧在了一起。

剑仙，是出了名的一剑破万法。

大道圆满的剑仙？之前可从未有过，而且还有本命先天至宝在手！

"那你还偷偷摸摸，混淆天机，隐藏身份，行走在大世界之中？"吞灵老祖沙哑地道，"你是故意的？"

"对，我就是故意的。我若是早早公开实力，你会自投罗网？"秦云眼中有着寒意，"蚊道人，你这吞灵一道吞吃无数生灵，罪孽滔天。这次，你死定了！整个三界谁都救不了你。你也别急，我先将魔祖的阵法给拔除掉，再来杀你。"

一道道烟雨剑光当即便在惠丰大世界纵横，摧毁魔祖阵法的每一处节点。

如今蚊道人被困，在完全没有人阻挡的情况下，以秦云的实力，要破开这阵法很容易。

这一幕场景让惠丰大世界内部的强者们看得瑟瑟发抖。

"吞灵老祖不是来对付秦云的吗？怎么反被困住了？"黑风宗主惊惧万分，"他杀了吞灵老祖后，会不会顺手来杀我？"

黑风宗主高看自己了，像他这种小角色，秦云没心思分心理会，他如今最重要的是杀死蚊道人。

惠丰大世界的东虓魔山有数座宫殿。

惠丰大世界之主，也是混沌三凶之一的浑敦，便居住于此。

他此刻满头冷汗地看着那发生的一切："这秦云竟是半步天道境的实力，而且还如此恐怖，被他的阵法一困，逃都逃不掉，祝融神王都没他可怕。"

"秦剑仙，恭喜恭喜。"浑敦表面上却客气万分，遥遥传音道，"恭喜秦剑仙跨入大道圆满，这蚊道人当真是不自量力，不知可有需要我出手的地方？若是有什么需要我出手的，尽管开口。"

　　浑敦不惧魔祖，也不惧道祖。因为在大世界，天道境的强者奈何不得他们。

　　反倒是半步天道境，最让混沌三凶忌惮。

　　魔祖完全蒙了，怎么会这样？明明是布局杀秦云的，怎么变成这样了？

　　"里面有我的乖徒儿坐镇，外面有我这当师尊的布阵，如今整个三界谁都救不了那蚊道人，他死定了。"灵宝道祖笑眯眯地道。

第 328 章

惠丰大世界的传说

此时魔祖毁灭身周围荡起一阵阵涟漪，抵挡着诛仙阵的威势。

"灵宝。"魔祖毁灭身看着灵宝道祖，"这次我栽了，不过不是栽在你手里，而是栽在这秦云手里。真没想到短短数千年他就成就了大道圆满。成就大道圆满，足以让任何一个修行者狂喜，一般都会第一时间让法力和元神突破，那动静肯定会惊动三界。可这秦云却按捺住狂喜，布下这局来算计我。"

"哈哈，你输得不冤！"灵宝道祖颇为畅快。

"是，输得心服口服。"魔祖毁灭身眼神冰冷地看了看惠丰大世界内。

实际上，对秦云而言，最大的劫是散仙之劫，渡过了，才能逍遥长生，陪伴家人。

至于成就大道圆满，仅仅是让渡劫有了一线希望。秦云自然想到了让实力再提升，就要让本命飞剑成为功德至宝。先天至宝、功德至宝汇聚一体，烟雨剑的威力才能达到更惊人的地步，用来抵挡散仙之劫的希望才会更大。

他一直在寻找渡劫的希望，所以在突破的一刹那，就想到了布局。

这样算计魔道的机会，可难有第二次了。

惠丰大世界，烟雨阵内完全是一方崭新的广阔世界，世界苍茫，甚至在衍变之中。

"想要杀我？"吞灵老祖看着这烟雨阵，眼中有着疯狂，"我蚊道人修行至今，吞吃过灵宝道祖的弟子，偷吃过佛祖的功德金莲，想要杀我的多了去了，可我一直活到了现在！你一个短命的散仙，还想要杀我？"

兔子急了还咬人，一位大道圆满强者又岂会束手就擒？

"嗡。"吞灵老祖身体一晃，现出原形，变成了一只双翅是半透明的巨大的红色蚊子。只见它双翅一振，便扑向这烟雨阵的世界边缘。

吞灵老祖是混沌中诞生的第一只蚊子，一直很低调，擅长偷袭，经历了一次次大机遇，兼修道、佛、魔，最终开辟了吞灵一道。

随着它飞着扑杀过来，它那由六根细针结合而成的锋利的口器，朝烟雨阵的世界边缘一刺一吸。

"轰隆隆！"烟雨阵的世界边缘立即轰隆作响，剑气澎湃，但是没被刺破。

"嗯？"

一边掌控烟雨阵，一边控制着一道道烟雨剑光去破解魔祖阵法的秦云，感觉到阵内的蚊道人的反扑，不由得眉头一皱。

阵法内的蚊道人现出原形，一次次疯狂地冲击阵法各处，显然是在寻找阵法的弱点。

秦云暗道：不愧是蚊道人，若我还是顶尖大拿散仙，怕是他这一冲击，我的烟雨阵就破了。幸亏我早已突破，烟雨阵可是我耗费心思最多，准备用来抵挡散仙之劫的阵法，就你这点招数还想破我的烟雨阵？

秦云一点都不急，他甚至还期待，通过蚊道人的反扑，来看看自己的阵法还有哪些弱点。

不过就算有弱点，以本命先天至宝布置下的阵法，蚊道人也破不了。

"破！"秦云遥遥看向一处大地，十余道烟雨剑光纵横，终于轰破了大地，将大地深处的阵盘给挖了出来。

秦云在耐心破解魔祖毁灭身阵法一处处节点时，将自己的徒弟青霜暂时送到了尉国都城。

"青霜，为师除掉这蚊道人恐怕要些时间，无法分心照顾你。"秦云传音道。

"师尊，无须管弟子。"青霜连忙道。

她站在尉国都城的上空，这一刻，都有些恍惚。

"青霜妹妹。"一个声音响起，尉冉公主飞到了青霜身边。

"尉冉公主。"青霜说道。

"真没想到，丰道人竟然会是传说中的秦剑仙。"尉冉公主说道，"而且秦剑仙的实力还达到了匪夷所思之境。魔道号称魔中之魔的有两脉，一为血海一脉，一为吞灵一脉。如今吞灵一脉的吞灵老祖竟然被秦剑仙困住了，而且似乎陷入了绝境。"

尉冉公主有大背景，当然对三界各方的大人物也是知晓一些的。

吞灵老祖？那是何等厉害的人物，连太上一脉都对其忌惮无比。

"剑阵一起，便笼罩百万里，更镇压一方大世界。"尉冉公主惊叹道，"真是法力无边。"

青霜听了心中也感到很骄傲，因为秦剑仙就是她的师尊。

"恭喜青霜妹妹，能拜在秦剑仙门下。"尉冉公主笑道，"以后青霜妹妹前途无量了。"

"我也没想到，是师尊当初仁慈，出手救我性命，还传我剑术。"青霜随即转头看向尉冉公主，"尉冉公主，如今师尊他的身份，整个惠丰大世界的大拿们应该都知晓了。尉国的事，师尊定下了，想必就没谁敢来插手了。"

尉冉公主微笑点头。

之前她还担心黑风魔宗，担心其他的魔头势力，如今再无担忧。

秦剑仙的话，威慑力是毋庸置疑的。

片刻间，秦云便将魔祖毁灭身的阵法完全拔除。没了阵法的影响，烟雨领域的威力再无影响，重重束缚在吞灵老祖身上。

"这领域怎么这么强？"吞灵老祖感觉振动双翅都有些吃力，巨大的束缚压制下来，自己的实力只能发挥出一部分，不过他那锋利的口器依旧威力不减，一次次欲刺破这烟雨阵世界。

"蚊道人，让你试了这么久，现在该轮到我出手了。"秦云说道，"风卷。"

"呼——"

烟雨阵世界仿佛进入了末世，无数剑气形成狂风，席卷过这世界的每一处。

同时，这由剑气形成的狂风也卷住了吞灵老祖。

"该死。"吞灵老祖周围自然形成了一个个黑洞旋涡，疯狂吞吸一切绞杀而来的狂风。

可狂风太多了，很快就淹没了黑洞旋涡，绞杀在吞灵老祖的身体上。

"镇！"秦云又施展出烟雨阵的另一招。

只见烟雨阵世界中狂风消散，可天空中却出现了乌云，乌云是亿万剑气汇聚而成的，随即又形成了手掌的模样。

"轰！"

那手掌直接朝下方拍击。天、地、人合一，那是集整个世界的力量于一体的拍击。

吞灵老祖无处可躲，只能迎面而上。

"砰！"

那由亿万剑气形成的乌云手掌拍击下来，吞灵老祖的身体都被拍扁了，一口紫色血液喷出，但是吞灵老祖的身体还在迅速恢复。

"你杀不了我，杀不了我……"吞灵老祖抬头盯着那巨大的手掌。

"七星诛杀！"秦云如今已经将七星大道融入剑道中了。

只见烟雨阵世界中，有七颗星星显现，呈北斗七星状。

"轰轰轰——"

一颗颗星星坠落，砸向吞灵老祖。

第一颗星星的威力，也就相当于之前手掌镇压的三成左右。只是接连七颗星星气机相连，一颗比一颗的威力大。

吞灵老祖被砸得双翅合拢，努力包裹全身，艰难抵挡。

星辰坠落犹如灭世，七颗星星接连砸下，让吞灵老祖又吐了三次血。他眼中满是疯狂之色，抬头发出刺耳的怒吼："秦云，你杀不死我，杀不死我！"

整个三界的各方大拿此时都在看着这一幕。

看着吞灵老祖歇斯底里的模样，不少魔头都有兔死狐悲之感。想到秦云一向嫉恶如仇，将来可能会来对付他们，这些魔头更是畏惧不已。他们心中只能念道："这秦云一定渡不过散仙之劫，他一定会死的。"

秦云若是渡过了散仙之劫，那魔道的日子就更难过了。

"你这身体修炼得够厉害的，七星诛杀都能硬扛。"秦云点头道，"看来还是得动用师尊所炼制的阵法。灭魔阵，起！"

只见整个惠丰大世界天南地北，每一处都在震颤。与此同时，一条条黑色锁链在空中凝聚而成，足足三十六条黑色锁链从惠丰大世界的四面八方延伸而出，贯穿整个苍穹，每一条都缠向了吞灵老祖。

吞灵老祖在烟雨阵内早就被压制得只能勉强抵挡了，此时根本躲不开。

"嗖嗖嗖！"三十六条黑色锁链缠住吞灵老祖，将其紧紧锁住。

被完全锁住的吞灵老祖在竭力挣扎，但一股股力量透过锁链朝他的体内渗透，让他更加痛苦。

"灭！"

七颗星星再度坠落，一颗颗接连砸在吞灵老祖身上。此刻吞灵老祖那半透明的双翅变大了一号，直接包裹住了全身，头也埋在双翅之下。

在被三十六条锁链锁住的情况下，吞灵老祖只能这么硬生生地承受秦云的轰击。

"我竟然沦落到了这种地步。"吞灵老祖虽在默默承受，眼中却有着癫狂，"我修行这么多年，如今却只能挨打？！"

作为大道圆满强者，吞灵老祖从来没想过放弃。

"秦云！"吞灵老祖咆哮道，"我的确没想到，你成了散仙，短短数千年就有了半步天道境的实力。我错估你了，栽得不冤！可你就算是半步天道境，镇压我容易，想要杀我却是做梦！"

"将死的鸭子，嘴巴倒是挺硬。"秦云掌控烟雨阵和灭魔阵，全力施展，星星接连怒砸而下，威势恐怖。

"我的确没有还手之力。"吞灵老祖吼道，"可我的肉身早就修炼得能与先天灵宝媲美了，我这双翅更是修炼得能媲美顶尖先天灵宝，你不可能永远全力以赴地施展阵法吧，你总得修行吧？你只有三千多年的时间，你杀不了我，杀不了我！"

对于吞灵老祖的怒吼，秦云没有理会，只是微微皱眉。

随着一次次施展七星诛杀，秦云也越发清晰地感受到了吞灵老祖肉身的恐怖。

"这蚊道人的肉身还真是强。"秦云暗忖，"吞灵一道的修行者，都会将身体的某一部分修炼得极强，这蚊道人最强的就是他那锋利的口器，都不亚于先天至宝。"

据闻，达到大道圆满的蚊道人，一直想要将身体的其他部分也修炼得能媲美先天至宝。若是全身都能媲美先天至宝，那天道境的强者恐怕也只能镇压他，而杀不了他了。

现在看起来，蚊道人的肉身绝大部分能媲美普通先天灵宝，破坏倒是容易，可那双翅却的确能媲美顶尖先天灵宝，全力护住全身。

我镇压他很轻松，可要杀他，的确难。

每一个大道圆满者，都有各自擅长的方面。

蚊道人除了三界排名第一的牙口，还能将身体的其他部分修炼得极强。只不过，他也就是底蕴浅了些，若是再修炼数百万年，说不定身体的其他部分也能媲美顶尖先天灵宝。那样的话，在天道境以下就堪称是不死之身了。

可即便如今秦云要杀他，也有些麻烦。

"嗯？"

在惠丰大世界外布下诛仙阵的灵宝道祖也注意到了这一点，眉头微皱。

"徒儿，这蚊道人肉身的确修炼得挺强，以你如今的实力，除掉他要多久？"灵宝道祖传音询问。

"师尊，弟子若是全力以赴地施展七星诛杀，再辅以灭魔阵炼化，日夜不停，也需要八百年才能将其灭杀。"秦云传音道。

"八百年？"灵宝道祖皱眉，传音道，"这蚊道人说得也对，你总不能一直全力施展阵法，也需要修行。你离最终的散仙之劫只有三千多年，将八百年耗费在他身上，的确不值。"

"师尊。"秦云也是有了定计，传音道，"弟子为了应对散仙之劫，参悟烟雨阵，花费心思最多的是护身方面，在烟雨阵杀敌方面，耗费的心思并不够多。所以弟子决定，暂且困住这蚊道人，弟子先潜修、参悟烟雨阵的杀敌之法。若是杀敌手段能强上一截，除掉蚊道人的速度就快得多了。"

"而且弟子觉得这些年在杀敌方面所耗费的心思太少，或许并不对。护身、杀敌本是两面，参悟杀敌方面，或许对我护身方面的修行也有帮助。"秦云说道。

"嗯。"灵宝道祖微微点头。

"弟子准备先修行千年，若是千年内，杀敌方面依旧没有大的进步，弟子宁愿耗费八百年，日夜不停轰击他、炼化他。"秦云说道，"灭了这吞灵老祖，除掉三界的一大魔头，这也是莫大的功德。有大功德加身，我的本命飞剑成功德至宝也有望，耗费八百年也是值得的。"

"只是需要师尊一直在惠丰大世界外守着，弟子惭愧。"秦云传音道。

"你自己拿定主意，不用管为师。"灵宝道祖传音道，"一两千年，对为师而言不值一提。"

"是。"秦云已经拿定了主意。

他以灭魔阵锁住蚊道人，布下的烟雨阵却没再轰击，而是盘膝坐在云团上开始潜修。他饮用轮回甘露，参悟烟雨阵杀敌的手段，偶尔试验招数，对蚊道人出手。

除掉一位大道圆满者是很不容易的。蚊道人虽然牙口三界第一，但是好歹耗费时间还能除掉。像血海老祖，因为那无尽血海是黑暗魔渊的一部分，所以他才是真正的不死之身。别说是秦云，连天道境的强者也没办法将其真正灭杀。这就是各有各的优势了。

蚊道人的保命能力看似很强，其实在大道圆满者中只能算是普通的，和混沌三凶等只能算是相当罢了。至于和孔雀大明王、蓐收等比起来，则要差上一大截。

"这秦云一个散仙，距离第十二次散仙之劫只剩下三千多年，我倒要看看，他愿意花费多少年来除掉吞灵老祖。"魔祖毁灭身冷笑道，他依旧留在惠丰大世界外的星空中，目的是为了阻止其他的大道圆满者进入惠丰大世界。

毕竟单靠秦云一人，除掉蚊道人的确要耗费很长时间，可若是再进去个厉害的帮手，那就难说了。

魔祖毁灭身还是想用尽一切办法保住吞灵老祖。

"那也是一方老祖，大道圆满的强者，如今却被锁住、镇压，甚至可能被炼化，真是可怜、可悲、可叹啊！"

　　"这秦云的确厉害，一入大道圆满，就是半步天道境。这让我想到了后羿，后羿也是一入大道圆满，就有半步天道境的实力，如今他的弓箭杀招更是媲美天道境。"

　　旁观的人慨叹不已，感叹秦云的强大，成为天道境以下最强的几位之一。也慨叹蚊道人的可悲，如此身份却被锁住、镇压，甚至离死都不远了。

　　时间一天天地过去。

　　一些古老的强者也都看出来了，秦云仅仅是锁住了蚊道人，并没有全力炼化他，而是在修行。

　　"等吧，等吧，你只有三千多年，等你死在散仙之劫下，我将脱离樊笼，依旧逍遥长生。"被囚禁的吞灵老祖默默地等着。

　　"轰！"天空中，一轮残月出现，锋利无比，切割在吞灵老祖身上。

　　"又来试招数？没用的。"吞灵老祖嗤笑道。

　　被镇压着的他已经开始习惯了，偶尔三五天，或者一两个月，烟雨阵便会降下攻击，显然是秦云在试验招数。

　　惠丰大世界一如既往地运转着，只是惠丰大世界的无数生灵一抬头，就会看到有三十六条锁链横在苍穹中，简直和天空中的太阳、月亮一样熟悉了。

　　甚至一些凡人，一出生就看到了天空中的三十六条锁链，到老死时天空中依旧有那三十六条锁链，导致他们以为这三十六条苍穹锁链，本就是和太阳、月亮一样的存在。

　　转眼，已是秦云镇压吞灵老祖的一百六十年后了。

　　"这三十六条灭魔锁链，乃传说中的秦剑仙所布置，是用来囚禁、镇压一个大魔头的。"一艘仙舟上，有天仙带着一群出去历练的宗派弟子，"这阵法之大，可是遍布整个惠丰大世界，由此可见秦剑仙的法力之强。"

“师叔，秦剑仙为什么不直接杀死那魔头，而是耗费这么大的功夫囚禁、镇压他？”有弟子疑惑地问道。

“那是因为这魔头太强。”那天仙笑着解释道，“你们应该知道，魔道当中，号称魔中之魔的两脉。”

“血海一脉和吞灵一脉。”立即有宗派弟子说道。

“嗯，据说，这被囚禁、镇压的魔头，就是吞灵一脉的开辟者。”天仙说道，“是整个三界中最恐怖的几个大魔头之一，所以才用笼罩一方大世界的阵法囚禁他。我等之所以依旧无法和外界联系，无法离开惠丰大世界，就是因为整个惠丰大世界都被封锁了。”

“封锁一方大世界，就为了镇压这大魔头？”

“我惠丰大世界居然成了困住这大魔头的牢笼？”

一个个宗派弟子都觉得匪夷所思，他们都只是元神境，觉得这样的手段简直太不可思议了。

移山填海，在如此手段面前都不值一提了。

天仙笑道：“而且有传言，说秦剑仙如今就在那大阵当中，一直在炼化那个魔头。”

“秦剑仙就在大阵中？”

“那秦剑仙会不会看到我们？”

一个个宗派弟子都目光炽热地看着那大阵，想象着一位绝世剑仙在阵法中盘坐。

第 329 章

求情

惠丰大世界的半空中。烟雨阵中。

秦云在云团上盘膝而坐，缓缓睁开了眼，看了一眼下方飞过的那艘仙舟，笑了笑。

"一百六十年了。"秦云看向阵法内被镇压着的吞灵老祖，"我参悟烟雨阵杀敌招数，也只是略有寸进，即便全力出手，日夜不停炼化，也只是缩减到了六百年。"

进步虽小，但秦云已经有炼化吞灵老祖的实力，他每提升一点，都能大幅缩减炼化对方所需的时间。

"先散散心，换换心境。"秦云有了静极思动的念头，埋头修炼，进步艰难时，散散心反而有助于修行。

对了，我来惠丰大世界，除了布下陷阱，还要行善积功德。我改变了尉国，这一百多年，尉国境内人们安居乐业，我也有功德加身。当初祸乱尉国的源头是黑风魔宗，可我救的仅仅是尉国，被黑风魔宗影响的其他疆域，我却没有涉及。

治病，要除掉病根，才见效最快。如今我实力都已暴露，做事也就没必要遮遮掩掩，直接除掉这些病根吧。

只要耗费半天时间，就能除掉惠丰大世界的这些病根。正好师尊和我一外一内，封锁整个惠丰大世界，那些魔头这些年逃都没地方逃。

秦云一挥手，便有道道剑光飞出，飞向惠丰大世界各处。

黑风魔宗。

"希望那秦剑仙早点离开惠丰大世界，还有灵宝道祖，也赶紧离去，别再封锁惠丰大世界了。我们想走都没法走。"黑风宗主站在庭院中，自语道。这些年他一直处于不安中，只要一日不脱离这险境，他就没办法安心。

一百六十年，日日夜夜都在惶恐不安中。就怕哪一天，秦云想到他，给他来一剑。

"咻咻咻！"

三道剑光从天外飞来，飞入黑风魔宗阵法的范围。这些年，黑风魔宗阵法一直在激发中，可在这三道剑光面前，黑风魔宗的大阵就仿佛豆腐般轻易被穿透。

"不好！"黑风宗主的脸色陡然变得煞白。

剑光锋利无比。

黑风宗主第一时间感应到，就猜到了出手的是谁。

"秦剑仙饶命，我也是碧游宫一脉啊！"黑风宗主高声喊道。三道剑光已经飞到了近处，悬在黑风宗主的庭院中。

"哦，你也是碧游宫一脉？"在三道剑光旁边，有一道虚幻的身影凝聚，正是秦云的化身，他冷眼看着黑风宗主，"你罪孽缠身，我碧游宫一脉谁会收你？"

黑风宗主见状，恭敬地行礼道："晚辈知道自己罪孽深重，自从秦剑仙在尉国出手后，我就明白了自己的罪孽。所以在这一百六十年中，我一直在行善积德，甚至连宗派内修魔道的天魔们，我都杀了个干净。我黑风宗如今是道家宗派，一个天魔都没有。"

"哦？"秦云的化身眉头一皱。他这些年一门心思在修行，还真没关注过黑风魔宗的情况。

"我黑风宗如今宗派规矩森严，我更是下令，让整个宗派都行善积德，让凡人过上好日子。"黑风宗主说道，"因为我悔改了，所以金光师尊才愿意收我为门下弟子。"黑风宗主虽然被困在惠丰大世界，但是作为大拿也是有化身在外界的，于是便想办法拜在了金光仙门下。

"金光仙？"秦云的化身哼了一声，"我说呢，你有大罪孽在身，碧游宫一脉谁会收你为徒，原来是金光仙。"

天界，雷啸山。

"秦师兄，秦师兄。"一位金发道人飞到雷啸山，高声喊道，笑容满面，十分亲切。

"止步。"

雷啸山周围环绕着雾气，有雾气凝聚成了一名护法神将。

护法神将冷冷地道："我家主人如今正在对付吞灵老祖，化身也在闭关，不容打扰，概不见客。"

"秦师兄，我知道你听得见。"金发道人喊道，"还请给我点薄面，给我那徒儿黑风一个悔过的机会。"

"还请秦师伯饶我一命。我知错了，我一定悔改。"黑风宗主跪在地上，不住求饶。

秦云的化身看着黑风宗主，冷冷地道："师伯？我可不是你师伯。那金光仙是佛门中人，可不是我碧游宫一脉的。况且我碧游宫一脉也不可能收你这等有大罪孽之辈入门下。"

"我以后定会行善积德。"黑风宗主喊道，"再也不为恶，还请给我一个活命机会！"

"你为祸漫长岁月，那些因你而死的生灵也想有活命的机会，可他们没机会了，你还想要机会？"秦云的化身话音刚落，三道剑光就落下。

"不。"

黑风宗主一张嘴，就有黑风吹出，欲抵挡。

"噗噗噗！"

一切都是徒劳，三道剑光穿过黑风，刺中黑风宗主的身体，令他化作飞灰。

秦云的化身冷眼看着这一幕。

黑风魔宗门下的弟子四处为祸，罪孽一般都是算在做恶事的弟子身上，每次算在宗主身上的罪孽倒是极少。

实际上，一个宗派如何行事，都是由宗主决定的，门下弟子作恶，即便每次只有极少的罪孽算在宗主身上，可漫长岁月下来，黑风宗主身上累积的罪孽依旧惊人。

"善恶终有报，在我这儿，你逃不掉。"秦云的化身说道，随即便消散了，那三道剑光也迅速破空离去。

"什么？黑风道友死了？"

"黑风宗主死了？"

"那秦剑仙要对我惠丰大世界大开杀戒了？"

在惠丰大世界，有大罪孽缠身的大拿可不止黑风宗主一个，其他的大拿不禁有些惧怕，可他们遇到了同样的问题——惠丰大世界内外封锁，根本没办法逃走。

得知黑风宗主被杀，他们的确是吓坏了。

天界，雷啸山。

碧游宫的大拿们来到了这里。

"烦请传话，杨芸特来拜见秦师兄。"

"我等也是来拜见秦师兄的。"

护法神将看着眼前这群大拿，照旧不讲情面，严肃地道："主人说了，如今在对付吞灵老祖，他的化身也在闭关，不容打扰，概不见客。"

"我们这位秦师兄，可不会给我们面子。"金光仙撇嘴道。

"金光，你也喊秦师兄？我记得碧游宫同门中可没你啊！"一旁的虬首仙嗤笑道，"当初我再三劝你回碧游宫，你都不回来。"

"金光道友，你是佛门中人，我们是道家碧游宫弟子，我们可当不起你的师兄弟。"旁边也有大拿们开口。

金光仙闻言，哼了一声，便立即离开了。

曾经道家三脉争斗，他被慈航道人给捉了去当坐骑，而后又一同入了佛门。

后来发生了道魔之争，道家三脉也就和解了，道家、佛门也是联手对付魔道。那些被抓去的碧游宫弟子也放了回来，比如虬首仙等一个个都回了碧游宫，不再当坐骑了。

可是有少数却不再回来，比如金光仙。

因为他追随的观世音是四大菩萨之首，唯一的大道圆满强者，在佛门地位极高。能追随大道圆满强者是一件喜事，毕竟也是一座大靠山。

在大世界，大道圆满强者才是最厉害的。而且佛门的底蕴极深，连当初碧游宫的大师兄多宝道人都入了佛门修行，论底蕴，论声势，佛门比碧游宫一脉的确要强不少。

碧游宫一脉之前就孤零零一个黎山老母是大道圆满者，声势差多了。

金光仙也就没回来，碧游宫的大拿们自然有傲气，那些脾气好的，还愿意给点面子，脾气不好的，根本懒得理这金光仙。

"哼，得意什么？碧游宫一脉过去只有一个黎山老母，如今倒是多了一个半步天道境的秦剑仙，看似了得，可这秦剑仙又能活多久？"金光仙暗暗嗤笑，随即离开了。

雷啸山，秦云化身还是现身了，毕竟外面同门的确不少。

"秦师兄。"同门们都热情得很。

虹首仙更是喊道："秦师兄，你出手镇压了那吞灵老祖，真是让我等同门都感到痛快啊！对了，还得恭贺秦师兄跨入大道圆满。"

"恭贺秦师兄跨入大道圆满。"诸同门都恭贺道，脸上满是喜色。

宗派弟子同气连枝，一荣俱荣。多了一个半步天道境强者，碧游宫一脉的声势也就不同了。

"诸位来我这里，是为了惠丰大世界的那些大拿吗？"秦云的化身笑着道。

"秦师兄，惠丰大世界的那些大拿求到了我们这里，他们中有些罪孽并不是太深重。"

"他们也愿意投靠我们碧游宫。"

他们接连说道。

秦云的化身微笑道："诸位，惠丰大世界除了大世界之主外，共有七位大拿，他们平常肆意妄为，其中真正罪孽深重的有三位，这三位我必杀之。其他四位，我并不会斩杀，我也不是那等滥杀之人。"

"七个，杀三个？近一半？"

"秦师兄真如传闻中一般嫉恶如仇啊！"这些同门都暗道。秦云的化身说得如此果决，他们也不好多说。

"诸位师弟师妹，我继续闭关，就不陪诸位了。"秦云的化身说道。

"秦师兄无须管我等。"

"秦师兄之事更重要。"

一个个都热情说道。

秦云化身点了点头，便回了雷啸山继续闭关。

惠丰大世界的东虢魔山，是混沌三凶之一的浑敦的居处。

"浑敦大哥，救救我等。"

"浑敦大哥，你可不能见死不救。"

"这秦云已经杀了黑风，恐怕就要对我们出手了。浑敦大哥，你定要救救我等。"数位大拿化身在宫殿外求救，个个都惶恐不安。他们想尽办法活命，求了那些碧游宫的大拿，又求到他们这一势力的首领这儿来了。

可任凭他们如何求救，浑敦就是闭门不见。

忽然，这些大拿化身微微一愣，他们得到了消息。

"秦云说了，惠丰大世界的七个大拿，杀三个。"

"真正罪孽深重的三个……"

这些大拿化身彼此相视，他们愿意投靠在混沌三凶之一的浑敦麾下，要么凶戾桀骜，要么孤傲冷漠。他们中有肆意为恶，罪孽深重的，也有罪孽轻微的。

"包括黑风在内，一共要杀三个？算起来，我的罪孽排不到前三啊！"

"前三？"

"我排在……第三？"

这些大拿化身开始一个一个地排位置，同是惠丰大世界的大拿，他们很清楚彼此身上的功德罪孽，便很轻易就排了出来。

"哈哈哈，逃过一劫，以后定要多多行善积德。"有大拿化身笑着，便立即离去。

"苍丑，你我斗了这么多年，如今你要死了，我还真有些不舍得呢。"也有大拿化身故意说道。

很快，殿外只剩下两位大拿化身，正是除了黑风宗主外，罪孽排在前三的另外两位。

"浑敦大哥，三界未开之时，我苍丑就追随你了，你就眼睁睁地看着那秦云除掉我？不，秦云的剑光已经杀到我洞府了，浑敦大哥！救命！"那个叫苍丑的混沌神魔化身露出惊怒之色，"浑敦，我真是瞎了眼追随你……"

他还在怒骂着，身影便已消散，他的真身已然被杀。

"真是可笑，还混沌三凶，居然被一个后辈吓得躲起来了。"另一位大拿化身嗤笑道，跟着身影也完全消散了。

"他们三个都死了。"

宫殿内，浑敦坐在宝座上，看着那被镇压着的蚊道人。

"三个蠢货，我怎么可能为了你们去招惹那秦云？"浑敦轻声低语道，"秦云面临最终散仙之劫，只剩下三千多年，没必要在这时候和他针锋相对。你们三个，一路好走！"

"咻咻咻！"

惠丰大世界的天际有一道道剑光飞来，落了下去，斩过一个个魔头。

"秦剑仙饶命！"

"秦剑仙，你身为大道圆满者，竟然杀我一个小辈？"

"秦剑仙，你以大欺小！"

那些魔头或是卑微地求饶，或是绝望地怒骂。

天空降下的剑光却毫不留情，将他们一一斩杀。

秦云在斩杀三位罪孽极深的大拿的同时，顺便将惠丰大世界内达到天魔后期的都扫了一遍，然后斩杀了三十七位天魔后期的强者。

天魔境、天仙境后期的强者，大多都在小世界中坐镇一方，在大世界的只是很少一部分。那些在小世界的魔头这些年一直很庆幸，否则被困在大世界就只能任由秦云宰割了，而在小世界，他们便能为所欲为。

秦云也没法子，成了大拿后，他的真身没办法再进入小世界，对小世界内的天魔也奈何不得。

曾经，他在小世界无敌，连续横扫二十六个疆域魔道老巢，让魔祖都无可奈何。

现在他也是一样，对小世界的魔道强者没办法。

烟雨阵内。

秦云盘膝坐在云团上，一直没动，只是放出剑光，将惠丰大世界扫了一遍。

那些活着的强者被吓得纷纷约束麾下势力，不敢再大肆作恶，整个惠丰大世界的风气从此大变。

"有近十位大拿改换门庭？有一位洗心革面，拜入了佛门？还有三位去了黑暗魔渊，干脆入了魔道？"秦云眉头一皱，"这些大拿还真是警觉得很，就怕我离开惠丰大世界后，去其他大世界对付他们。"

按照惠丰大世界黑风宗主他们三位被杀的标准，那些罪孽极深的大拿自然惧怕秦云。

他们会看靠山够不够硬，若是不够硬，就得换门庭。

去黑暗魔渊很安全，在黑暗魔渊，魔祖是无敌的。可从此就永远和魔道绑在一条船上，而魔道在三界是完全处于下风的，所以愿意投身魔道的也只有三位。

去道家？道家三脉对大罪孽者都极为不喜，倒是佛门对满手血腥的魔头留有一线机会，让他们从此洗心革面，一心向善，弥补自身过错。

"能吓住他们，让不少大拿约束手下，从此少作恶，那便很好了。"秦云在心中暗道。

没有谁是无所不能的，就是道祖、佛祖，对黑暗魔渊也没办法。因为黑暗魔渊本就是整个三界的一部分，是三界无数生灵的怨气、罪孽、污秽之气等力量汇聚形成的。

只要生灵不灭，魔道便不灭，黑暗魔渊也永存。

秦云灭不了魔道，只能压制魔道。这也是道家、佛门、天庭各方一起努力去做的事。

秦云令三界的大拿骚动一番后，便又继续潜修，参悟烟雨阵的杀敌招数。

一年年过去。

灵宝道祖、魔祖毁灭身都很有耐心，继续在惠丰大世界外的星空中守着。几千年对他们而言就是打个盹的工夫。

秦云也在继续修行。

吞灵老祖虽被镇压，但也在默默等待着，等待着脱困的那一天。

一转眼，吞灵老祖就被镇压了三百六十三年，三十六条锁链贯穿惠丰大世界的苍穹也有足足三百六十三年了。

烟雨阵内，盘膝坐在云团上的秦云终于睁开了眼睛，他的眼中迸发出了炽热的光芒。

"三才剑道虽然擅长护身，但是同样有杀敌之法，耗费了三百六十年，我终于悟出了三绝七星杀招，应该比之前的七星诛杀要强上许多，除掉蚊道人应该会很快。"秦云看向那被镇压着的吞灵老祖，"先试试这招数的威力。"

秦云念头一动，杀阵起！

被三十六条锁链锁着的吞灵老祖，感应到波动，不由得睁开眼，朝下方看了一眼。只见他的下方有亿万剑气汇聚成庞大的旋涡，这旋涡正在缓缓升起，欲吞掉自己。

"又来试验招数？这秦云试验招数的次数倒是越来越少了，上一次出手试验招数还是两年前。"吞灵老祖早就习惯了，他非常熟练地用双翅护住全身，随后就看这下面的剑气旋涡升起。

剑气旋涡幽深昏暗，缓缓升起。

随着剑气旋涡逐渐地逼近吞灵老祖，他本能地生出一丝不安，隐隐觉得眼前这剑气旋涡和之前的试验招数有所不同。

"哼，到了秦云这个境界，实力想要提升何其难？"

吞灵老祖暗道，他这一次试验招数，也定是白费功夫。

剑气旋涡继续升起，终于将吞灵老祖完全包裹住了。

三股迥异的力量开始渗透到吞灵老祖的体内。

"这，这力量……"吞灵老祖只觉得颇为痛苦，而这时候，剑气旋涡中又出现了七颗星星，只见七颗星星接连砸向吞灵老祖，每一击都无比沉重。

一内一外。

内有三股力量令吞灵老祖痛苦不堪，外有七颗星星接连怒砸。

吞灵老祖再也忍受不住，口中喷出鲜血。

"这威力？！"吞灵老祖眼中露出绝望，"完了，完了！"

第 330 章

三界的未来

"我自混沌中出生，纵横三界至今，畏惧我的不知有多少，恨我的也多得是。道祖心爱的弟子被我吃掉，佛祖的功德金莲被我吃掉部分，可都奈何不得我，谁想……"吞灵老祖渐渐恢复了平静，"谁想我竟小瞧了这秦云，觉得这次十拿九稳，能将其斩杀，大意之下，反倒是栽了！"

吞灵老祖是出了名的狡猾谨慎，不出手则矣，一出手极其狠辣。

一生谨慎，可一次大意，就丢了性命。

"烟雨阵的三绝七星杀招，正如我所料，威力极大，比七星诛杀要强上七八成。"秦云露出喜色，"相信三个月内就可以完全炼化这吞灵老祖。"

压死骆驼的，有时候就是最后一根稻草。

秦云烟雨阵的威力本就让吞灵老祖承受起来很吃力，每提升一成，压力便急剧增加。如今威力提升了七八成，秦云认定三个月内斩杀吞灵老祖，已经很谨慎了。

"秦云！"吞灵老祖庞大的躯体，轰隆作响。

"蚊道人。"秦云看着被锁链囚禁的吞灵老祖。

"我开辟吞灵一脉后，便以为能够永生，三界谁都休想杀我。"吞灵老祖低沉地道，"可没想到我竟栽在你一个散仙手里。我没什么好说的，你成散仙短短数千年就成大道圆满，更有三界唯一的本命先天至宝。死在你手里，我输得不冤。"

"可是秦云，你也别得意得太早。"吞灵老祖目光冷厉地看着秦云，"三千多年后，便是你的第十二次散仙之劫。说不定还会有第十三次、十四次、十五次散仙之劫……老祖我先走一步，相信你也会紧随其后。"

"这就无须你操心了。"秦云笑道，"不管我将来是真栽了，还是渡过散仙之劫，你蚊道人反正是看不到了。"

吞灵老祖冷哼着，不再说话。他以双翅护身，不断地恢复肉身，虽说知道即便再抵抗，也扛不住三个月。

"我吞灵老祖便是死，也不会自尽，撑也得撑到最后一刻，说不定最后一刻就有转机。即便没有转机……"吞灵老祖冷漠地看着主持大阵的秦云，"我也要让这秦云全力出手，日夜不停地炼化。多浪费他几个月，这样他渡劫成功的希望也能小一些。"

吞灵老祖依旧在抵抗，竭力拖延着时间。

可整个三界的各方大拿都能看出来，吞灵老祖再挣扎也拖延不了多久了。秦云和灵宝道祖，一个在大世界内，一个在大世界外，二者联手是根本不会留任何机会的。

"哼。"魔祖毁灭身看到这一幕，终究是死心了。

他瞥了一眼灵宝道祖，一迈步，便消失不见了。

"蚊道人纵横三界这么多年，如今却是真栽了。"

"魔道的三位大道圆满者，如今便要折损一位了。"

"多久了，又有一位大道圆满者将要殒灭。"

三界各处议论纷纷。

大道圆满者地位极高，从混沌初开至今，不管是哪一时期，普通大拿殒灭很常见，可大道圆满者殒灭却十分罕见。

比如妖族如此势力，明面上就白泽妖皇一位达到大道圆满。

陆压道人的存在，三界知晓者都很少。而且妖族遇到麻烦时，陆压道人都不敢现身，因为天道境以下最恐怖的后羿是一直盯着他的。他若是全力帮妖族，反而会让后羿更加针对妖族。

一位大道圆满者，就能影响一族。如祖龙，便令龙族纵横三界。

如今，一位大道圆满者即将殒灭，让三界的大拿们不得不感到震撼，同时也唏嘘不已。

时间一天天过去。

三界各方都在关注着。看着秦云全力维持着烟雨阵三绝七星杀招，日夜不停地炼化；看着那蚊道人伤势越来越重，离死亡也越来越近。

两个月十九天。

"秦云，我等着你。"吞灵老祖盯着秦云，癫狂地笑着，已受重伤的身体无声无息地便崩解了，元神泯灭不存，只剩下一缕真灵进入轮回。

秦云看着眼前半空中飘浮着的那犹如长梭般的口器以及其他一些器物。吞灵老祖的身体被炼化到最后，只剩下那媲美先天至宝的锋利的口器，然而他死了，这些器物在旁人手里的威力却要弱不少。

秦云一挥手，收了这些宝物。

烟雨剑飞入秦云手中，被他收入体内，那灭魔阵也停止运转，三十六条苍穹锁链也终于散去。

"嗯？"

"三十六条苍穹锁链怎么没了？"

"我爷爷出生时就有苍穹锁链了，怎么没了？"

惠丰大世界内，无数生灵都疑惑地抬头看着。

三百多年，白天黑夜，这锁链一直都在。无数生灵早就习惯了，如今锁链突然消失，的确引起了惠丰大世界的震动。

而三界的大拿们则更加震撼，他们明白这一天意味着什么！

"哗哗哗——"

功德无边无际、铺天盖地、涌入秦云体内，令他完全被金光笼罩。

"恭贺秦师兄，除掉吞灵老祖，为三界除掉一大魔头。"

"恭贺秦师兄，斩杀吞灵老祖。"

"恭喜秦剑仙斩杀吞灵老祖，当真功德无量。"

一个个声音在耳边响起。

碧游宫的大拿们个个都恭喜秦云，连黎山老母都传音祝贺。三界中其他势力的不少大拿也一一传音恭贺，特别是和蚊道人有大仇的，都很感激。大道圆满强者，都有来恭喜的。比如人族三皇，还有混沌三凶之一的浑敦等。

他们有的是为秦云高兴，有的则是为了结下一点交情。

毕竟秦云是踩着蚊道人的尸体，向三界证明了自己的实力。他以半步天道境的实力，斩杀一位大道圆满者，足以让各方忌惮。

"去。"

秦云右手伸出，掌心上方有三寸飞剑悬浮，正是烟雨剑。

此刻，海量的功德被秦云转移进这柄本命飞剑中，这些年他获得的功德都是转移到烟雨剑中的。

这一次秦云除掉的蚊道人是魔中之魔吞灵一脉的开辟者，罪孽之深，在三界都排在前三，也就魔祖和血海老祖能和他一比。除掉他，秦云所获得的功德也非常惊人，远超除掉灭星魔头所获得的功德。

秦云前前后后，除掉的大魔头有好些，灭星魔头的罪孽，是前些年来秦云斩杀的人中最深的。直到今天，蚊道人的罪孽超越了灭星魔头。

"除掉蚊道人的功德，是除掉灭星的三倍。当然，还是比横扫二十六个疆域要略少些。"秦云看着手中的烟雨剑，继续将功德转入其中。

自身的功德来源，一是横扫二十六个疆域，二是除掉蚊道人，三是除掉灭星以及其他零零散散魔头的收获。

终于，功德都灌入了其中。

虽然烟雨剑的威力隐隐提升了两三成，但没有质变。

"还是没成功德至宝。"秦云暗暗叹息。

一道身影无声无息地出现在秦云的旁边，是一位黑发老者。

"师尊。"秦云恭敬地行礼，旁边正是灵宝道祖化身。

"依旧没成功德至宝？"灵宝道祖微微皱眉。

"嗯。"秦云点头道，"还不够。"

"走，随我去见女娲。"灵宝道祖说道，"三界当中论功德，女娲当为第一，她一眼就能看出你这烟雨剑离成功德至宝还差多远。"

"女娲娘娘？！"秦云眼睛一亮，"是。"

秦云瞥了一眼尉国都城中正在和尉冉公主交谈的青霜，便离开了惠丰大世界，和灵宝道祖一同前往娲皇宫见女娲娘娘了。

娲皇宫便是女娲娘娘的居处，在三界中名气很大，却又神秘难寻。

"哗——"

灵宝道祖带着秦云破开时空，来到了一处云雾缭绕之地。

"娲皇宫。"秦云看着在云雾中显得模糊的宫殿，有几分紧张，实在是因为女娲娘娘地位太特殊了。她以一己之力补天拯救三界且不说，而且对人族而言，女娲娘娘是完全不同于其他几位天道境强者的。

女娲娘娘，可以说是整个人族的母亲。

秦云也是第一次见女娲娘娘。

"天尊。"宫门外有两位仙子候着，看到灵宝道祖都恭敬地行礼。

"嗯。"灵宝道祖直接领着秦云往里走。

娲皇宫极大，内有宫殿数座，花园更是宛如迷宫。

灵宝道祖带着秦云，来到了一处百花盛开的花园中，一名华袍女子正盘膝坐在花丛中。即便坐着都能看出她身材修长。此刻，她笑盈盈地看着走进来的灵宝道祖、秦云二人，目光更多地落在秦云身上，微微伸手道："灵宝，还有秦师侄，且坐。"

"这就是女娲娘娘？！"秦云第一次见女娲娘娘，即便以他的境界，都觉得女娲娘娘的气息缥缈难测，却有着亲切感。

灵宝道祖点头，笑着盘膝坐下，秦云也跟着在师尊旁边略靠后的位置盘膝坐下。

"这人族的确是一代比一代强，如今更是诞生了第一位半步天道境。"女娲娘娘看秦云的目光很温和，仿佛看着自己的孩子一般，"人族在三界的气运，的确旺盛了。"

人族三皇都很强，某些方面都达到了天道境下的极致。

整个三界被公认的半步天道境强者少得可怜，之前仅有四位，分别是佛门的阿弥陀、龙族的祖龙、大神后羿以及混沌神魔祝融神王，他们都是在战斗中证明过自己的。而如今又多了一位，就是秦云。

作为三界第一剑仙，拥有本命先天至宝的秦云，实力毋庸置疑。在斩灭了吞灵老祖后，他半步天道境的实力也得到了公认。

"人族的确得天独厚。"灵宝道祖笑着称赞道。

"我一直担心。"女娲娘娘笑道，"担心我们几个被迫离开三界后，那些老家伙都跳出来，三界将因此再度变得混乱。不过，如今秦师侄出现，我就放心了几分。秦师侄嫉恶如仇，肯定容不得那些老家伙肆意破坏。"

"我这徒弟的脾气我知道，他容不得那些老家伙胡作非为，可他自己首先得渡过散仙之劫，才能去震慑那些老家伙。"灵宝道祖说道。

"师尊，你们要被迫离开三界？"秦云略显疑惑地问道。

"你不知道？"女娲娘娘看着秦云。

"听师尊提过一次，但不知师尊和女娲娘娘为何要离开三界？"秦云说道，上次师尊阻拦魔祖毁灭身时，他听师尊提到过。

灵宝道祖看了看弟子，说道："这也算不得隐秘，自当初不周天断裂，三界崩裂，女娲即便补天拯救了三界，可三界依旧根基大损。"

一旁的女娲娘娘点头道："盘古开天地，三界那时要比现在兴盛得多，如今却在缓慢地消耗。自共工撞断不周山，三界根基损伤严重，整个三界的天地灵气不断降低。天道运转，这灵气为何降低？就是为了减轻三界承受的负担。"

"三界要承载亿万生灵，负担太大。而我们这几位天道境，每一个对三界的压迫都很大。"女娲娘娘说道，"我等都已经感应到了三界对我们的排斥，虽然目前还能滞留，但是随着这种排斥的增强，要不了多久，我们几个天道境就必须离开。"

秦云了然。三界中环境的变化他是能察觉的。一个个小世界，随着时间的流逝，天地灵气都是在不断地衰减，修行越发困难。这只是一个缩影，整个三界的变化则更深远。

"到时候三界会出现群魔乱舞的现象，一个个蛰伏的老家伙都会冒出来，那时就要靠你们去维持三界秩序了。"女娲娘娘说道。

灵宝道祖点头道："三界会一直演变，天地灵气会越来越弱，修行会更难，直至三界能形成自我循环。这个过程要多久，我等难以预料。"

"说不定什么时候我们也会被排斥。"秦云说道。

"你还早得很，金仙圆满依旧是金仙层次，是在天道境以下，和天道境有质的区别。"灵宝道祖说道，"若是三界的环境变得连金仙都受不了，那时候的三界会是什么模样，我都不敢想象。"

女娲娘娘慨叹道："可以肯定，天地灵气越发稀薄，修行也会越来越难。

天界还好点，大世界会很艰难，那亿万小世界的仙路断绝都很有可能。"

秦云若有所思，仙路断绝吗？

记得自己一梦百年，第二世降临成为孟一秋，那小世界就是仙路断绝，倒是兴起了武者之路。

"徒儿，你如今需要想的是渡劫的事。"灵宝道祖笑道，"我等要离开三界，也是在你渡劫之后了，你离渡劫只剩下三千多年。"

"弟子只能竭尽全力，可第十二散仙之劫到底多强，依旧未知。是否有第十三次、第十四次、第十五次散仙之劫……都难说。"秦云说道。

"散仙之劫，的确难测。"女娲娘娘微微点头。

灵宝道祖道："女娲，这次我们来，就是想让你帮忙瞧瞧，我这徒儿的本命飞剑离成功德至宝还差多少。"

"功德至宝？"女娲娘娘看向秦云。

秦云立即一翻手，掌心浮现一柄三寸飞剑。飞剑虽小，却蕴含着极强的威能，且有大功德在其中。

"你当初横扫二十六个疆域魔道巢穴，令无数小世界脱离魔道的掌控，的确功德不小。"女娲娘娘仔细观看着烟雨剑。

秦云有些紧张。

"你这烟雨剑，离成就功德至宝，还差两成。"女娲娘娘说道。

第331章

实力还不够

秦云心中一惊，自己获取了诸多机缘才积累到如今的功德，现在还差两成，怎么凑？

"还差两成？"灵宝道祖眉头微皱。

"秦师侄能凑足功德至宝的八成功德，已经很了不起了。"女娲娘娘说道，"盘古开天至今，诞生的功德至宝只有寥寥几件，比先天至宝可少多了。"

先天至宝，在混沌中能孕育，消耗罕见先天奇物也有望炼制出来，比如番天印。虽然先天至宝很珍贵，但是天道境强者一般都是有几件在手的，也都有赐给弟子的，比如灵宝道祖的先天至宝数量就不少。

整个三界，先天至宝还是有数十件的。可功德至宝就少了，三界都屈指可数。因为功德至宝只有一个来源，必须是对三界有大功德，才有望成就。

"再杀两个灭星魔头，就够了。"女娲娘娘笑道。

"灭星魔头当初在小世界横行了漫长岁月，罪孽在整个三界中都排在前五。要再找到罪孽赶上灭星魔头的？还要找到两个？"秦云感受到了压力。

斩杀罪孽越深的魔头，所得的功德就越大，反而和其实力关系不大。

像大道圆满强者，好些没有罪孽，反而有功德在身，秦云就算斩杀了，也只会削减自身的功德。

"如今三界当中，罪孽最深的几个，都躲在黑暗魔渊。"灵宝道祖轻轻摇头，"他们都狡猾谨慎，在接下来的三千多年，恐怕不会出来。"

"嗯？"女娲娘娘忽然遥遥看向外界。

"这是……"灵宝道祖也看向外界。

秦云有些疑惑。这里是娲皇宫，以他的实力，还无法破开娲皇宫的阻碍查看外界。

"魔道的十座疆域，有九座疆域的大世界都已经封禁了时空。"灵宝道祖说道，"仅剩的那座没封禁的，是波旬坐镇的大世界。"

"黑莲应该是怕秦云杀进魔道疆域的大世界，从而横扫大世界内的魔头，夺得几方大世界，重归三界天道掌控。"女娲娘娘说道，"如今他们提前封禁时空，让秦师侄进都进不去。"

秦云点头道："我杀了蚊道人，魔道的大道圆满者只剩下血海老祖和波旬，他们想要镇守十座疆域也有些捉襟见肘。因此我本就打算杀入魔道疆域，将几方大世界重新纳入三界天道中，可现在时空被封禁了。虽然维持这时空封禁，负担也挺大，但是封禁数千年，魔道还是能做得到的。"

"唯一没封禁的，显然是个陷阱。"灵宝道祖冷笑道，"就等徒儿你进去呢。"

"弟子有自知之明。"秦云说道，"波旬曾经凭一己之力和佛门斗了那么久，即便蛰伏这么多年，也没有丝毫进步，依旧离半步天道境不远。在他的大世界，在魔道天道的笼罩下，我无法调动天地之力，实力也得下降三成。而且我主动进去，还会陷入魔道布置好的阵法中，实力还得再降，在那等环境下，去和波旬斗？"

秦云不傻，一点胜算都没有，栽跟头的可能性更大，这种事为何要去做？

"黑莲在接下来的数千年，会约束手下。"灵宝道祖皱眉，"想要获得大功德，倒是难了。"

"慢慢积攒吧。"秦云倒是有平常心。

女娲娘娘看到这一幕，悄然传音给灵宝道祖："灵宝，这秦师侄还差两成功德，要凑足可不容易，黑莲也不会给他机会。如今最适合秦师侄的法子，就在三界之外了。三界之外的秘密，你可曾告诉过秦师侄？"

"三界之外？"灵宝道祖思索了一下，便传音道，"还不是时候，先让我这徒儿尽量积攒大功德。若是在三界当中他真的没法成就功德至宝，那时再告诉他三界之外的秘密也不晚。毕竟你也知道，三界之外，有机遇也有大恐怖。"

女娲娘娘微微点头。

他们就是在混沌中出生的，对三界外了解更多。

秦云和师尊离开了娲皇宫。

一出娲皇宫，没了阻碍，秦云便遥遥看见了。

九方魔道大世界的时空被封禁了，要进去也只能从星空中飞进去。可真要飞进去，说不定就会遭到魔祖的截杀。

"接下来徒儿你打算怎么做？"灵宝道祖询问秦云。

"先将三界清扫一遍。"秦云说道。

"清扫？说得好，是时候将这些污浊好好扫一扫了。"灵宝道祖赞许地点头道。

惠丰大世界。

秦云返回了尉国都城，去见自己的徒弟。

"师尊。"青霜欢喜万分，恭敬地行礼。

一旁的尉冉公主有些拘谨，无比恭敬地行礼："拜见秦剑仙。"

　　凭一己之力斩杀蚊道人，太上一脉的弟子尉冉公主很清楚这位秦剑仙是何等厉害。

　　秦云向尉冉公主微微点头，随即看向自己的徒弟："青霜，你是打算在惠丰大世界修行，还是去天界修行？天界雷啸山，我有化身在那里，也可经常指点你。"

　　"弟子愿去天界。"青霜毫不犹豫地道。

　　"好。"秦云点头，随即一拂袖。

　　"哗。"

　　秦云直接将青霜送到了天界雷啸山，这还是自己第一个真正带回去的弟子，毕竟青霜在自己炼化蚊道人的三百多年中已经突破到天仙中期。之前行走三界收的一些弟子，大多实力还弱。对秦云而言，天仙中期的弟子才能算亲传，那些太弱的只能算是记名弟子罢了。

　　安排好了弟子后，秦云遥遥看了一眼魔道疆域的方向。

　　"哼，魔祖，你还是心存侥幸啊！"秦云一迈步，就抵达了一方大世界。

　　"斩。"

　　秦云站在高空，一念便感应到了整个大世界。

　　他一拂袖，便有密密麻麻的剑气穿越遥远的距离，降临在一个个魔头身上。

　　"哈哈哈，借助这万尸洞，我终于修炼成天魔了！"一位身穿黑袍的干瘦老者大笑道。突然一道剑气从虚无中而来，直接穿透了他的眉心。这位身穿黑袍的干瘦老者瞪大眼睛，满心惊恐，跟着身体就完全化作飞灰。

　　"从今天起，你们都是我炼火魔宗弟子。"炼火魔宗的宗主，天魔九重天的强者正坐在宝座上，俯瞰下方一众新入门的弟子，刚说完，便有数十道剑气从虚无中而来，其中一道剑气刺穿了这位炼火魔宗宗主的眉心，他坐在那儿都没来得及反抗，眼中只有绝望和愤怒，跟着就化作飞灰。

一时间，这大殿内，数十道剑气纵横。

殿内的长老们、精英弟子们皆化作飞灰，只剩下一些新拜入宗派的实力弱的小辈们侥幸逃过一劫。

"怎么回事？！"这些新拜入炼火魔宗的弟子们，看着宗门高层被杀，完全蒙了。

这方大世界的每一处，都在发生着类似的事。

一道道剑气突然降临，斩杀了一个个天魔。

不管是坐镇一地，还是背后操纵一国，抑或是隐居潜修，这方大世界的天魔们，全部被横扫一空！甚至连元神境层次的魔神，只要罪孽足够深的，秦云同样"不辞辛苦"地横扫了一遍。

斩杀数百万天魔和数万罪孽极深的魔神境魔头，自然有功德加身。

而且，魔道在这一方大世界的根基，也算是被秦云连根拔起了。没有一个天魔的魔道宗派，恐怕随便来一个天仙都能将其灭掉，因此天魔在这里是根本不可能生存的。

"下一个大世界。"秦云这等大道圆满强者，仅仅数次呼吸的工夫，就横扫了一方大世界的魔头，跟着一迈步就破空前往另一方大世界。

当年，秦云影响了二十六个疆域内的无数小世界，如今他对大世界动手了。他要做的就是，除了魔道十个疆域，其他疆域的任何一个大世界，魔道都别想存在。这么狠狠得罪魔道的事，放眼当下，没几个人敢做。

三界中有实力这么做的，倒是有好几位，可他们要么视凡人如蝼蚁，懒得这么做；要么心有顾忌，比如龙族祖龙虽有实力这么做，但若是这么干，恐怕整个龙族都会遭到魔道的疯狂报复。

秦云修行岁月短，在意的人并不多，而且本身又是散仙天劫在眼前，实力又够强，才有胆量这么干。

"什么？！"

黑暗魔渊深处，魔祖毁灭身脸色大变。

他本就担心秦云会横扫一个个大世界的魔道宗派，因为让祖魔暂时退缩还很容易，可要将一个个大世界的天魔们全部召回，那动作就太大了！而且魔道那么多年的布局，也会一朝崩溃，他宁愿赌一赌。

可秦云还真这么干了。

"一个散仙疯子，还如此以大欺小，连元神境的他都下手？"魔祖毁灭身气得发狂，可依旧只能下令，"传令下去，让诸多大世界的天魔都撤吧。"

虽然有侥幸心理，但是的确有撤退的准备。

只是，无数天魔要撤退，谈何容易？注定会被秦云除掉很多……

这一天，将是整个三界魔道天魔们的一次大劫。

魔祖下令给麾下的大拿们，大拿们又传令下去，经过几层传递，三界的天魔们终于得到了消息。

"原来肆意为恶的暗云楼，背后竟然有如此多天魔。"一位元神三重天的道人，惊怒地看着这殿内的一群天魔。

那高坐在宝座上的首领笑了起来，道："哈哈，曲风，你也算是天资了得，一次次和我暗云楼为敌。你所看到的，只是我暗云楼的很小一部分力量罢了。你一直追查我暗云楼的老巢，以为我等不知道？"

"你潜入这里，我们可都看得一清二楚。"其他天魔也都俯视着这可怜的蝼蚁。

"曲风，你天资不错，我给你个机会，投靠我暗云楼，转修魔道。我可以收你为我弟子，如何？"那首领看着下方的道人，说道。

道人脸色难看："休想，你要杀便杀。"

"何必呢？论修行，我魔道也有万千法门，修行起来更快，以你的境界，十年内就能成就天魔。"首领笑道。

"那是邪道。"道人冷笑道。

"这世界，你的拳头够硬，说话才管用，管他什么邪不邪的……"首领笑着说道。

魔道修行的确更激进，因此提升速度也更快。因为用的都是邪恶的法子，但在魔道修行中想要修成祖魔的难度要高得多，可对大多数修行者而言，他们并不指望修成大拿，所以魔道修行的确有很强的诱惑力。

因此，魔道在三界的传播速度才会那么快。像许多道家无法入门的，转投魔道却能修行功成，这就是魔道的优势所在。

"来吧，来我暗云楼。来这儿，你将得到你想要的。"首领还在继续说着，忽然有一个声音在殿内响起。

"徒儿，你等速速逃出大世界，躲进小世界，快！"

"师尊！"首领一惊。

周围的天魔们都一惊，他们首领的师尊可是一位魔道大拿。

"快，那个秦剑仙已经到你们大世界了！"那个声音有些急切。

"哗哗哗！"

数道剑气出现在这殿内，眨眼间就飞了一圈。只见一个个天魔的身体被刺穿，全部化作飞灰，只剩下那位道人还活着。

"都死了？！"道人愣愣地看着，这些天魔个个比他强大，那个首领更是一根手指头就能碾压他，而如今都死了？

"逃出大世界，躲进小世界？躲进小世界才能活命吗？"道人喃喃低语道，"这位秦剑仙应该是一位大拿吧。"

仅仅元神三重天的他，之前从未听说过秦剑仙。

"快。"

所有天魔都在逃命。

有的在惊恐地疾速飞行："师尊，这秦剑仙要横扫三界天魔，我魔道的诸多大拿就不阻止他吗？"

"阻止不了！"一声叹息在这个天魔的耳边回荡，跟着他师尊便不再理会他了。

短时间内逃不出大世界，注定会被灭杀。

"整个魔道都阻止不了？不是说，魔祖都能和道祖、佛祖匹敌吗？秦剑仙有这么可怕？"逃窜中的天魔疑惑地道。

横扫一个个大世界的天魔，这等事的确会引起魔道的疯狂反扑。

魔道本身就有大道圆满强者，如万魔之王波旬，血海老祖等等。而且魔祖也可以邀请其他一些大道圆满强者帮忙，像混沌三凶、祝融神王等一些古老的强者。可秦云这次动手，魔道是一点法子都没有。

面对一个身为半步天道境，还是一个可能只有数千年好活的半步天道境，魔道自身对付不了，魔祖请其他古老的强者帮忙，也没谁会帮忙。若是惹来秦云的疯狂报复，谁会不头疼？

秦云一个又一个大世界地前去"打扫"，他是想要将三界这间"屋子"扫得干净些。

前两个大世界的天魔们都没得到传令，就被秦云横扫了一遍。从第三个大世界开始，天魔们就开始疯狂逃窜，他们一般都有保命的空间穿梭宝物，不过大多都是较短距离的，瞬间逃遁数万里的较为常见。

想要逃出一个大世界太难了，只有极少数天魔拥有能遁逃出大世界的保命之物。还有更厉害的，自身能施展大挪移，自然能轻易地逃离大世界，进入小世界。

天魔们一进入小世界，秦云也没法子。

虽然秦云不留情，但是天魔逃掉的还是有很多。因为天魔后期普遍能进行较远距离的空间穿梭，而穿梭数次就能逃出大世界。

可论数量，天魔中期、天魔前期才是占据超过九成九的，这些天魔逃掉的就少了。

"哗哗哗——"

一道道剑气降临，斩在一个个天魔身上，无数天魔纷纷消失，即便是有分身之术的，也被秦云全部斩杀了。

"真够狠的，除了魔道疆域外，其他大世界的天魔所剩无几，真是整个三界天魔的一场大浩劫啊！"天庭，两位大拿遥遥观看着三界中发生的一切，闲聊着。

"整个三界有实力这么做的，寥寥无几，敢这么做的，只有秦剑仙一人，不得不说一声佩服！"

"三界有六十个疆域，其中十个疆域被魔道掌控，而且魔道还渗透了另外二十六个疆域。当初秦剑仙在小世界无敌时，就收回了这二十六个疆域的无数小世界。那些小世界的天魔要么去了魔道疆域，要么就去了大世界。如今这二十六个疆域的大世界又被扫了一遍。这二十六个疆域的魔道力量可以说几乎灭绝了，只有极少数天魔苟活罢了。"

"在魔道疆域外，魔道几乎都灭绝了。"

三界中各处观看着这一幕场景的大拿们都赞叹不已，拍手叫好。

"干得好。"

"来来来，喝酒，痛快！"

大拿中也有嫉恶如仇的，也想过大肆灭杀魔头，可是实力不够。就算是一般的大道圆满者也不敢如此得罪魔道。

但秦云做到了。他做得让三界各方瞠目结舌，甭管是哪一方势力，都得承认他这位秦剑仙的强大。

"这秦云实在张狂，太张狂！"

"该杀，该杀。"

"且让他得意，那散仙之劫一次比一次可怕，第十一次散仙之劫就得有大道圆满的实力才能渡过。第十二次散仙之劫，恐怕得是天道境才能抵挡。那秦云到时候一定会身死魂灭。"

"对，渡劫时，他必死无疑。"

一个个魔道祖魔都气得发疯，因为那些天魔都是他们门下的弟子，如今被杀一空，他们这些祖魔却都不敢冒头。

秦云站在半空。

"总算做得差不多了。"秦云停手了，然后源源不断的功德降在他身上。

他遥遥看着这世界，看着人们脱离魔掌后的欢呼庆幸，脸上不由自主地露出了笑容。他做这些，功德还是其次，更重要的是他真的想为无数生灵做些事。他知道，在魔道的肆虐下，凡人是何等可怜，他想要这人间变得更好。

"我想为这世间做更多的事，可是我终究只能做部分罢了。"秦云瞥向魔道的十大疆域，那里是他也没法子插手的，毕竟他的实力还不够。

第 332 章

妖族的改变

"哗。"一道身影从空中走出，正是持着拐杖的黎山老母。

"师姐。"秦云笑道。

"无数魔头盘踞在三界各地，我们都早已经习惯了。"黎山老母笑道，"你如今以一己之力将他们给扫平，可真是将整个三界都吓了一跳。"

秦云笑道："在魔祖成就天道境之前，魔道还不起眼，那时候整个三界都很祥和。我一直觉得，那时候的三界就很好。魔道如此大张旗鼓地肆意传播，让魔头遍布各处，本就不应该。"

黎山老母轻轻点头："当初魔道崛起，魔道在三界传播，引起了三界各方势力联合，欲铲除他们。那次的道魔战争席卷三界……可后来，双方损失惨重，又发现灭不了魔道，也就罢手了。这么多年，也就习惯魔道的存在了。"

"将来，也可以习惯他们不存在。"秦云说道。

黎山老母笑了："这就要看师弟你了，将来天道境强者被迫离开三界，那时候就是大拿们的天下。师弟你修行下去，实力再有突破，逼得魔道退守黑暗魔渊也未尝不可能。"

黑暗魔渊是三界的一部分，不可灭。

让魔道只能躲在黑暗魔渊，这也是极限了。

"我得先渡过散仙之劫。"秦云说道。

"你扫平诸多大世界，所获功德如何？"黎山老母询问道，"能成功德至宝吗？"

秦云微微摇头："我除掉的天魔虽多，但真正厉害的天魔都能空间穿梭，数次穿梭就逃出大世界，躲进小世界了，更厉害的都能大挪移。我扫平的都是些较弱的，估计数百万才抵得上一位祖魔大拿吧。"

"那你除掉的天魔，应该也抵得上十个八个祖魔了。"黎山老母说道。

"可离成功德至宝，还缺大概一成。"秦云说道，"再除掉十个八个祖魔，功德就差不多够了。可哪里还能再找到十个八个祖魔？"

黎山老母看了看秦云，暗暗道："我这师弟，似乎不知道三界之外的事。师尊不告诉他，应该有师尊的道理。再等等，等上一两千年，再去问问师尊。"

天界，妖皇宫。

白泽妖皇正在悠然地画着画，突然一旁有一道虚幻的身影降临，正是九凤。

"白泽。"九凤说道，"出事了。"

"秦云对我妖族动手了？"白泽妖皇仍然在画画。

"对，接连有十六位天妖都被这秦云给杀了，其中有五位都是天妖后期。"九凤说道，"那可是天妖后期的妖王，甚至有两位天妖逃进小世界。秦云都派出天仙极致的护法神将将妖王斩杀，一点都不给我妖族脸面。上次白泽你对他可是礼待有加。"

对妖族，秦云一个个地来，就是逃进小世界，他也要派遣护法神将前去捉拿。

白泽妖皇继续画画，道："如果不是上次结下些交情，秦云会更狠。"

"就任凭他这么动手？"九凤焦急地道，"你可是妖皇。"

白泽妖皇放下笔，冷冷地看了一眼九凤："怎么，现在当我是妖皇了？"

九凤一怔。

"我早就说过，让你们一个个都收敛一些，别肆意为恶。你们又不是修炼魔道，为恶对你们修行没有任何益处，你们为何还如此肆无忌惮？"白泽妖皇有些恼怒，"当年我妖族天庭覆灭，道家、佛门的大拿们抓了我妖族的大拿去当坐骑、当奴仆！为何？就是因为我妖族大拿的罪孽太深，他们一个个乐得对付我们妖族。若是我们都有功德在身，他们岂敢如此欺辱？"

"幸亏魔道崛起，道家、佛门等各方对我妖族才宽容许多。"白泽妖皇冷冷地说道，"在这宽容之下，一些妖族反而更加肆无忌惮。哼，当初妖族天庭覆灭的教训都忘了？就算今天没有秦剑仙，将来也会有其他大拿对付这些罪孽深重者。"

"罪孽在身，本就会受惩。"白泽妖皇说道，"这怪不了谁。"

"这些道理我们都懂，可现在，你得救救他们。"九凤焦急地道。

白泽妖皇冷冷地道："将我妖族天妖后期的后辈中罪孽深重的，全部召来，罚进炼心塔，炼心十万年。"

"炼心塔？！"九凤一愣。

炼心塔，是白泽妖皇曾经为了改变妖族而辛苦布置的，有许多折磨的手段，但也能磨炼心境。他希望能借此改变那些妖族后辈，可是妖族内部对此反应很大。就是白泽妖皇的命令也难以执行，因为桀骜不驯的妖族太多了。

"对，我们先动手，让这些后辈受苦受难十万年，秦云想必也不会再追着来喊打喊杀。"白泽妖皇继续拿起笔，"这是唯一救他们的法子，让他们自己选吧，是选择死，还是选择进炼心塔十万年。"

"秦云或许只能活三千多年，我们罚个四千年就够了吧。"九凤说道。

"当秦云是傻子？"白泽妖皇瞥了九凤一眼，"必须受惩十万年，惩罚得够重，秦云才会放手。而且，这事我会亲自告诉他。"

"这、这……十万年……当年你送进炼心塔的妖族，罪孽深的共有三十九位，说是磨炼万年，可在炼心塔内自尽的就有十二位……"九凤忍不住道。

"这是炼心，他们没那等心性，能怪谁？"白泽妖皇道。

"真没别的法子？"九凤追问。

"能怎么办？动手？我可不是秦云的对手。"白泽妖皇挥挥手，"你赶紧去办吧，这是唯一的法子。"

九凤只能退去。

秦云在一个个大世界继续对付那些大罪孽者，之前是对付魔道，如今是对付人族、妖族。

而妖族那些桀骜不驯的大妖魔，有的宁死也不愿进炼心塔，因此最终死在了秦云手里。妖族的大拿们对此也无话可说。

而更多有罪孽的大妖为了活命，选择进入炼心塔，在炼心塔中开始受苦受难……

当初被罚进入炼心塔修炼万年的大妖，死了三成。如今是十万年，按照白泽妖皇的估计，怕是得殒命一半。

在他看来，能在炼心塔熬过十万年的，一定会洗心革面，且拥有一颗坚如磐石的道心。

"这么多年了，我一直办不成的事，秦云却帮我做到了。"白泽妖皇看着巍峨的炼心塔，虽有数十万大妖在其中受苦受难，凄厉地号叫着，他却露出笑容，"还是要靠外力，才能改变妖族。"

"妖，有一颗万劫不移的道心，将来就能成天道境强者。"白泽妖皇轻声道，"当初我妖族是三界第一大族，将来，也不会比人族差。"

"毕竟只靠我一个人，真的庇护不了妖族太久了。"白泽妖皇感到了一丝疲倦。

转眼已是秦云横扫三界天魔的一百二十年后。

秦云在一座茶楼内喝着茶，听着小曲："我对妖族中大罪孽者下手，白泽妖皇不但不阻止，反而还给了我一份名单，让我去对付更多的妖族，吓得许多大妖主动进炼心塔，去受炼心之苦了。"

秦云虽然下手狠，但都是对付罪孽深重的妖族。

魔道符合秦云条件的有很多，而妖族虽然本性桀骜，但是真的符合秦云的条件的，比例还是比魔道要低很多的。

妖族绝大多数只是本性如此，因为他们生来在山林中就是弱肉强食，所以成妖后，这些都成了本性。

秦云不可能对每一个大妖都调查得很仔细，但是白泽妖皇对妖族的那些大妖却很了解，他给了秦云一些名单，上面都是一些表面上罪孽不算太深，实际上邪恶凶戾的。秦云一看，的确罪孽深重，于是将名单上的大妖除掉了。

秦云的这一做法让整个妖族误以为，拥有这般程度的罪孽的，秦剑仙也杀，顿时吓得众多大妖主动进了炼心塔。

妖族，也从这一天开始逐渐发生改变。

在三界外的混沌中，有一座洞府。

洞府内，一道全身散发着金光的金甲身影遥遥看向三界，脸上露出一丝笑容："这秦云降妖除魔也差不多了，可依旧没有成就功德至宝。他一定想要获得大功德，如今最适合他获得大功德的法子，就在三界之外，在这混沌之中。"

"他一定很心急，嗯，是时候邀请他了。"金甲身影一迈步，离开了洞府，前往三界。

茶楼二楼，秦云喝着茶，吃着点心，听着小曲。

"嗯？"

秦云有所感应，转头看去，只见一道身影出现在茶楼二楼，他身材高大，穿着宽松的金色衣袍，悠然行走在茶楼二楼。二楼有很多客人，但是这些客人根本看不见这个金衣人。

"秦剑仙。"金衣人笑吟吟地站在桌旁看着秦云，"能和你讨杯水酒喝吗？"

"当然可以，只要蓐收道友你不嫌弃这凡俗酒水。"秦云看着对方，便开始帮忙倒酒。

他一眼就认出了对方，对方正是古神蓐收。

三界未开之时，混沌中诞生了五个极为强大的古神，他们分别执掌先天五行，分别是水神共工、火神祝融、木神句芒、土神后土以及金神蓐收。即便是在大道圆满的强者中，这五位也属于极强的。

在三界最早期，是祝融神王和共工神王争霸，最终共工战败，他便一怒之下撞断了不周山，令三界从此大变。

共工身死，祝融以及一群神魔也被女娲娘娘镇压在三刃山，直至前些年才脱困。

至于后土、句芒、蓐收这三位，都不喜争霸。后土娘娘如今执掌山川大地，掌管幽冥，造福三界。句芒和蓐收更是低调神秘，几乎见不到他们。这两位都隐居在三界之外的混沌中，所以他们俩的实力也是个谜。可毫无疑问，他们俩最起码也是接近半步天道境的。

"秦剑仙以一己之力，横扫三界无数天魔，真是让我等钦佩。"蓐收赞叹道，"三界强者中想这么做的有不少，可有实力、有胆色这么做的，唯有秦剑仙。"

"也损伤不了魔道根基，只是斩断些枝枝叶叶，不值一提。"秦云看着蓐收，"蓐收道友，上次我们见面，你还想要夺我的造化莲子，这次却如此客气，是有什么重要的事情吧。有事还请直说。"

蓐收笑了："秦剑仙当真干脆，上次各方都要争造化莲子，我自然也是想争，可惜机缘不在我。这次我找秦剑仙，的确有一件重要事情，希望秦剑仙你帮忙。"

"希望我帮忙？"秦云看着他，"这三界，什么事能难住蓐收道友你？"

秦云心想："蓐收身为古神之一，实力强大，自然交游广阔，有什么事要求到自己这儿？"

"三界之中，难住我的事不多。可三界之外，却有事难住我了。"蓐收说道。

"三界之外？"秦云眉头一皱。

"混沌时空缝隙，秦剑仙可曾听说？"蓐收询问道。

秦云一愣，轻轻摇头："从没听说过。"

蓐收笑着点头："秦剑仙修行时日短暂，灵宝道祖应该是不想影响你修行，没告诉你也很正常。我知道秦剑仙你一直想要大功德，而在这混沌时空缝隙中，秦剑仙你就可以获得大功德。想要多大的功德，都有望。"

"哦？"秦云精神一振。

他的本命飞剑离功德至宝还差一成，虽只是一成，但这一成他如今根本想不到办法来凑齐。

"秦剑仙应该不会认为，茫茫混沌中只有我们三界生灵吧。"蓐收说道，"三界只是盘古开天地所形成的一个庞大世界罢了，是茫茫混沌中不起眼的一个小点。"

"三界外，还有其他生灵？"秦云心中一怔，追问道。

"说起来，像我，还有其他的混沌神魔，都算是三界外的生灵。我们都是自混沌中孕育而生。"蓐收说道，"而我们这片区域，仅仅是茫茫混沌中的一点。盘古能开天辟地，其他强者就不能开天辟地了？像道祖、佛祖他们，也在琢磨开天辟地的法子呢。"

"有其他世界？"秦云追问。

蓐收笑了笑，继续说道："这就得说到混沌时空缝隙了，这是在混沌中出现的时空缝隙，从中进去，就是无边无际的时空潮汐。时空潮汐内有缝隙通往我们三界，自然也有缝隙通往其他区域。

"我们发现了通往其他区域的一处处缝隙，透过缝隙窥视到一些强大的异界生灵。但是，至今但凡进入其他缝隙前往其他区域的，一个都没有回来。"

"一个都没有回来？"秦云追问，"那派遣分身进去呢？"

"一进入时空潮汐，和三界的联系就断绝了，分身和本尊再无任何感应。"蓐收说道，"所以前往探察的分身是生还是死，也都不知。"

秦云点头。

蓐收说的这些，让秦云有些吃惊，但他也能接受。毕竟茫茫混沌无边无际，有其他类似三界的地方也并不奇怪。

"前往其他区域的，从没有能回来的，那蓐收道友你找我，又是为了何事？"秦云追问，"还有，你说获得大功德，从哪里获得？"

"哈哈，我们可不敢透过缝隙进入其他世界。"蓐收笑道，"因为在时空潮汐中盘踞着一些强大的生物。"

"时空潮汐中的生物？！"秦云一惊。

"嗯，他们最喜猎杀我们这些进入时空潮汐中的生命。"蓐收说道，"我们在三界周围一带探察出来的混沌时空缝隙一共有九处。这九处，我们也想办法进去探察过，但在时空潮汐中发现了一些强大的生物。其中有一个是我的目标，我想要请秦剑仙你帮忙，一同去除掉他。"

"就你和我？"秦云问道。

"还有句芒。"蓐收说道，"秦剑仙你的烟雨阵独步三界，护身手段更称得上是大道圆满者中最强的，因此我需要你施展烟雨阵抵挡危险。句芒束缚敌人的手段堪称天道境以下第一，他会束缚敌人，而我则负责出手杀敌。"

秦云微微点头。

蓐收掌握的是先天金行大道，论攻杀手段在大道圆满者中也是排在前几位的。

"怎么获得大功德？"秦云追问。

"到时候我们除掉那异界生物后，宝物归我和句芒，他的尸体归秦剑仙你。"蓐收说道，"只要你将他的尸体带回三界，再献祭给三界，三界自然会降下大功德。"

"尸体献祭给三界，获得大功德？"秦云若有所思。

"这些异界生物格外强大，他们尸体蕴含的力量对三界都是有所助益的。"蓐收说道，"若是能活捉这异界生物，待到了三界内再除掉，那功德就更高了。不过，活捉的难度太大。"

秦云也明白，三界的天地灵气都在不断地下降，若是得到外来的助益，赐下功德也很正常。

"有把握除掉吗？这异界生物的实力如何？"秦云追问。

"那时空潮汐，只有天道境以下的才能进入，在其中遨游。"蓐收说道，"天道境强者根本无法进入时空潮汐，道祖他们早就试过。所以那些盘踞在时空潮汐中的异界生物，都是天道境以下的。"

秦云松了一口气，天道境无法进入？

"他们敢嚣张地盘踞在时空潮汐中猎杀其他强者，自然是有所依仗的。不过三界历史上也有斩杀过异界强者的例子，我们三个联手，肯定有把握。当然，和异界强者生死搏杀，也有可能出现意外。"蓐收看着秦云，"所以秦剑仙你也得考虑清楚，是否愿意和我等一同进去。"

"你要除掉的目标，有详细的情报吗？"秦云问道。

"有情报，不过并不多。"蓐收一翻手，将一块玉牌放在桌上。

秦云接过玉牌："让我想想，三天后给你答复。"

"好。"蓐收笑着起身，"那我就静候佳音了。"

秦云手持着玉牌，探察着玉牌中的讯息，若有所思："时空潮汐中的异界强者？"

第333章

时空潮汐

片刻后，碧游宫。

"师尊。"秦云恭敬地行礼。

灵宝道祖盘膝坐在云床上，缓缓睁开眼，在看到秦云的刹那就明白了："蓐收见过你了？"

"他邀请弟子一同前往混沌时空缝隙，除掉一位异界强者。"秦云恭敬地禀报道。

"你答应了？"灵宝道祖询问。

"弟子还在犹豫。"秦云说道。

灵宝道祖微微点头，一翻手取出一册书，轻轻一抛，那册书便朝秦云飞来："这上面记载的都是混沌时空缝隙的情报，你可以看看再做决定。"

秦云伸手接过书册。

"为师一直没告诉你，就是想你能尽量在三界内凑齐功德。"灵宝道祖说道，"不到最后时刻，最好别去混沌时空缝隙搏命。"

"搏命？"秦云看着师尊，有些不解。

"在三界之内，你能横着走，就连魔祖黑莲想要杀你都没法子。"灵宝道祖郑重地道，"可是一旦进入混沌时空缝隙，就真的难说了。异界强者的手段是难以预料的，他们不是修仙、修佛、修魔，敢盘踞在时空潮汐内猎杀其他强者的，个个都不好惹，说不定就会出现一个比你秦云更强的。"

秦云了然，轻轻点头："弟子明白，弟子会考虑清楚。"

"考虑清楚，你自己做决定。"灵宝道祖说道。

"那弟子告退了。"秦云恭敬地行礼，随即退去。

灵宝道祖看着秦云离去。

只可惜达到天道境后，便无法进入混沌时空缝隙。灵宝道祖暗道，"将来离开三界，我等也只能进入无尽混沌中探寻，也不知是否会迷失，是否还能回来。"

从某种程度上，灵宝道祖有些羡慕小辈们，因为小辈们能进入混沌时空缝隙，前往其他区域，三界也不排斥他们。而天道境却是处处遭到排斥，三界将排斥他们，混沌时空缝隙也排斥他们。

"在我离开之前，希望看到秦云能够渡过散仙之劫。"灵宝道祖慢慢地说道。

天界，雷啸山。

秦云回来陪妻子，也指点儿女、孙女、徒弟的剑术。

"嫉恶如仇的秦剑仙，这些天你既不出去惩恶扬善，也不闭关修炼，就这么一直陪着我？"伊萧笑着坐在对面，倒着茶水，将一杯茶递到秦云面前。

秦云也坐着，喝着茶水，笑看着妻子："我的化身这些年可是一直待在府内，随时听你召唤。"

"那感觉不一样。"伊萧笑道，"你堂堂秦剑仙，真身在这儿陪我，我可是有些受宠若惊呢。"

秦云看着妻子，笑了笑，说道："接下来，我的化身也无法停留在府内了，三界内我所有的化身都将消散。"

"所有的化身都消散？！"伊萧脸色一白，"云哥，你这是？"

化身全部消散，正常情况下就只有一种可能——身死魂灭！

"别担心，三界还没谁能杀我。我这次是打算前往三界之外的混沌中，那里有混沌时空缝隙。"秦云说道，"我受古神蓐收邀请，一同前往混沌时空缝隙，一旦进入，就会和外界断绝一切感应。我的化身和本尊的关联会完全断绝，也将无法维持。"

"什么地方连化身都无法维持？！"伊萧很吃惊，她从未听说过这种地方。

她的丈夫可是大道圆满者，就是在混沌中都能维持三界中的化身。

"这混沌时空缝隙颇为奇特。"秦云说道，"进去后，的确无法和外界联系，所以我和夫人你说一声，你也不用太担心。"

"有危险吗？"伊萧询问。

"有。"秦云点头，"不过危险不是太大，蓐收这活了多少年的古神都敢去，我当然也敢去。"

"必须去吗？"伊萧问道。

"嗯。"秦云点头，"我要获得功德至宝，还缺大功德，那里是最适合我获得大功德的地方。如果我的烟雨剑成了功德至宝，那么渡劫的希望也能增加数倍。"

"要去多久？"伊萧又追问。

"不知道。"秦云说道，"正常的话，百余年便足够了。若是出现些波折，就难说了。"

伊萧低头喝着茶，点头道："我知道了，府内的事你不用担心，你去做你的事吧。"

秦云握住妻子的手："萧萧，若是我能渡过散仙之劫，便不会再让你为我担惊受怕了。"

伊萧看着丈夫，微笑道："这可是云哥你说的。"

当天，秦云也没和儿女们说，就在妻子伊萧的送别下，悄然离开了。

"记住，一切要小心。"伊萧说道。

"等我回来。"秦云点头，随即消失不见了。

伊萧独自默默地站在雷啸山山顶，这一次和过去不一样，秦云的化身也不在了，而且去的地方更是三界外的混沌时空缝隙。

伊萧满心担忧，可她也明白，秦云这也是为了将来渡散仙之劫做准备。

在三界中飞行是永远没有尽头的。

唯有大拿们对时空的掌控够厉害，才能找到三界的边界。

"哗。"深层次的时空边界是一片暗红色，仿佛胎壁般蠕动着，这里便是三界的边界。

"我还是第一次来到三界的边界。"秦云看着无边的三界边界，一迈步便穿过了时空阻碍，来到了外界。

"呼——"

就仿佛凡人，从平地上跳进水里。

环境迥然不同！

在三界内是有着天地灵气的，三界天道也在庇护着。可当穿过三界后，再也没了庇护，只有混沌充斥各处。

"这混沌之力，时时刻刻都在被三界吸收？"秦云看到三界的膜壁在吸收着混沌之力，"可三界依旧在逐渐变得虚弱，难道说混沌之力对三界没有本质的帮助？"

如今秦云的眼光很不一般，他能够隐隐感觉到，三界所吸收的混沌之力，对三界的帮助是很小的。

三界真正的根基力量，是这混沌之力无法弥补的。

若是斩杀那些强大的异界强者献祭给三界，应该能够弥补些许根基力量，所以才会有大功德降临。

也不知当初盘古如何开天辟地，创出这三界的。秦云暗道，"师尊他们一个个即便都达到天道境了，却依旧做不到。"

秦云思考片刻，便继续前进。

在混沌中，他也不担心迷失，因为庞大的三界就像是迷雾中的灯塔指引着他，只要距离三界在一定范围内，都是能够感应到三界的。

秦云在混沌中感应到的时空范围依旧挺大，一迈步就跨过遥远距离，仅仅迈了十几步，就来到了蓐收的洞府前。

"哗。"秦云降落在这座洞府外。

"秦剑仙，你可是最晚的，句芒兄可早到了。"一身金甲的蓐收笑着出来迎接，旁边还有一位青袍老者。

"见过蓐收道友、句芒道友。"秦云也客气地道，接下来去混沌时空缝隙可是要有一场大战的，这两位将是自己的生死同伴。

木神句芒，穿着一身青袍，头发、皮肤都是青色。传说中，他的真身原形就是一株大树。

"秦剑仙。"句芒笑着点头，"我可是早就听闻你的威名，炼化蚊道人，横扫三界天魔。这一桩桩事让我十分钦佩，到今日，总算得以一见。"

"敢这么和魔道对着干，三界谁不钦佩？"蓐收笑道，"我们别站在这儿了，进去坐下说。"

秦云笑着和蓐收、句芒一同入内。

蓐收的洞府因为是在混沌中，颇为冷清，只有少许弟子、仆从。这些弟子、仆从只能在洞府内生活，要去三界都得由蓐收护送。

洞府一院内。

秦云、蓐收、句芒坐了下来，饮酒谈论。

"在混沌中的确感觉不一样。"秦云仰头看着洞府外的无边混沌，感受到的不再是三界，而是更浩瀚的混沌，"难怪蓐收道友、句芒道友你们都隐居在这混沌之中。"

"我俩都是在混沌中出生的，在混沌中修行也更适应。"句芒笑道，"我们也不喜三界内的争斗，所以就长居在混沌中。"

"在混沌中修行悟道，是不一样的。"秦云说道。

"三界就是在混沌中诞生的，混沌运转的规则，比三界天道更浩瀚。"蓐收说道，"像你师尊的诛仙阵所用的四柄神剑，还有三界中的其他先天至宝，比如青萍剑、造化莲子等几乎都是在混沌中孕育而生的。我们这些混沌神魔，也是在混沌中孕育的。"

"一出生，我等就是大道圆满。"蓐收感慨道，"那些先天至宝，一孕育出来，就蕴含完整的圆满大道。连盘古大神，也是混沌中孕育出来的。相比于三界，混沌才更神奇。"

秦云微微点头。

"这些大道，都在混沌中诞生，也都是混沌运转规则的一小部分。"蓐收说道，"在混沌中修行，自然不同。"

"嗯。"秦云抬头看着无边的混沌，"处处皆有规则，黑暗魔渊有魔道天道，三界大多地方也有三界天道，这混沌中也有运转规则。"

"说实话，我刚成散仙的那段时间还想过，三界内有散仙之劫，那三界外会有天劫吗？"秦云笑道，"如今才知道，在哪里都躲不掉。"

"哈哈，在混沌中若是躲得掉，你师尊早就送你出来了，那些曾经修行散仙的混沌神魔也早就出来躲了。"句芒笑道，"在最早期，我等混沌神魔可就是在混沌中修行的，三清他们也是在混沌中参悟道家修行法门的。仙佛诸多法门，都是在混沌中就开始有的。因此散仙之劫，在混沌中自然同样会降临。"

秦云点头道："躲不掉，躲不掉啊！"

"修行本就不易，每进步一点都很艰难。"蓐收也说道，"当然，秦剑仙你的修行突飞猛进，比我们这些老家伙快多了。"

"能渡过散仙之劫再说吧。"秦云说道，"对了，这次前往混沌时空缝隙对付那异界强者，可有什么详细的计划？"

"我们所掌握的那异界强者的情报太少了。"蓐收说道，"只知道他擅长使一锤，力大无穷。这情报我们也不能全信，说不定这是异界强者迷惑外界的手段，而与他的真实手段截然相反。我请秦剑仙来，就是以防万一。"

秦云微微点头。

"不管怎样，时空潮汐中的异界强者再厉害，那也是天道境以下。有秦剑仙在，我们首先就能立于不败之地。"蓐收说道。

"蓐收道友倒是信我。"秦云笑道，"只能说，我会竭尽全力。"

"我当然信秦剑仙，三界公认，在大道圆满者中，论护身手段你排第一。"蓐收说道。

一旁的句芒笑道："哈哈，秦剑仙，我进去倒是不怕死，毕竟我还有分身。本尊战死，分身也能慢慢修炼恢复。蓐收他仅有这么一尊真身，他去混沌时空缝隙是真的要搏命的，他之所以请秦剑仙你来，也是将性命寄托在你身上了。"

秦云道："我此去，同样是搏命。"

他和蓐收都是真身，没有分身的手段。

木神句芒是有分身的，而且他的分身还很奇特，因为他的本体是一株大树，所以只要分出些许枝杈或者根须，就算是分身了。本尊战死，枝杈也能慢慢修行，经过漫长的岁月成为新的木神句芒。这也是木神句芒愿意去混沌时空缝隙的原因之一。

"我们俩都是要拼命的。"蓐收笑道，"一直苟活也没意思，还是得拼一拼，修行路上还是有很多值得我们去拼一拼的。"

　　"我没那么洒脱，若是得了长生逍遥，我可不会这么轻易就进去了。"秦云笑道。

　　"哈哈哈，秦剑仙当真干脆。"蓐收大笑。

　　他们三个闲聊着，聊这次的目标，也谈论一些应对的计划。

　　不同的情况，有不同的计划。

　　他们三个聊了两个多时辰，才将一切安排妥当，然后一同出发。

　　"哗。"

　　他们三位在混沌中赶路，不断跨过遥远的时空，因而离三界也越来越远。

　　秦云对三界的感应也逐渐变弱，若是无法感应到三界，那就有迷失之危了。

　　"前面就是混沌时空缝隙。"蓐收说道。

　　秦云也看到了，一座庞大的阵法笼罩着那里。

　　"阵法是以女娲娘娘为主，三位道祖辅助，联手布置而成的。"蓐收说道，"在我们三界周围区域发现的九处混沌时空缝隙，每一处都有女娲娘娘和道祖他们联手布置的大阵。若是有异界来客从混沌时空缝隙中来到我们这里，就会陷入大阵中。天道境以下的来客，面对女娲娘娘他们联手布置的大阵，一点反抗的余地都没有。"

　　秦云点头，"的确够狠。"天道境以下才能通过混沌时空缝隙，可一过来，面对的就是几位天道境联手布置的大阵。

　　"走，我们进去。"蓐收说道。秦云、句芒也跟着他。

　　庞大的阵法有阵灵，阵灵也知晓蓐收、秦云、句芒他们三位是自家人，自然不会阻挡。

　　"嗖嗖嗖。"进入大阵后，秦云便看到了一条巨大的时空缝隙在混沌中。

秦云、蓐收、句芒相视一眼，一同飞入其中。

秦云施展烟雨领域，时时刻刻笼罩着周围，蓐收、句芒也都各施领域手段，环绕周围。这三重领域手段彼此都不排斥，相互配合，一同护住周围。

"轰隆隆——"

飞入时空缝隙后，进入了一片无边无际的时空潮汐。

"在这里只能慢慢飞，千万不能穿梭时空。"蓐收道，"一穿梭，就会被时空潮汐卷到不知道哪儿去了。"

"按照探察的情报，我们得逆着潮汐的方向，飞行足足六十多年，才能抵达目的地。"句芒说道。

"慢慢飞吧。"秦云笑道。

他们三位有耐心地飞着，因为他们三位境界非凡，所以都不受周围时空潮汐的影响。若是实力弱的，被这时空潮汐一卷，就不知身处何处了。

飞行了数日后。

"看，那里也有一条时空缝隙。"蓐收指着远处道。

秦云远远看去，一条巨大的时空缝隙出现在远处，那缝隙内还散发着紫色的光芒。

"那缝隙或许就连接着一个类似三界的地方。"蓐收笑道，"不过不进去，谁也不清楚里面到底有什么。"

"钻进去，说不定就会陷入异界天道境所布置的陷阱。"秦云说道。

"所以得小心，小心才能活得久。"句芒笑道。

他们一路飞行前进。时空潮汐无边无际，他们仿佛三条鱼儿逆流而上。在耗费了六十八年后，终于抵达了目的地。

第 334 章

动手

秦云是第一次进入时空潮汐，赶路的途中刚开始很新鲜，看着时空潮汐中种种绚丽的场景，也的确大长见识，但渐渐地就变得枯燥了。

秦云、蓐收、句芒心性不凡，一边飞行，一边分心修行，六十八年的时间便不知不觉就过去了。

"终于到了！"秦云、蓐收、句芒有些振奋地看着前方，在无边的时空潮汐中悬浮着一座山，山上能隐约看到数座建筑，那就是他们的目的地。

"我们要对付的那个异界强者，就在那山上。"蓐收看向秦云，"秦剑仙，如此连续赶路，缓慢飞行六十八年，之前应该从未有过吧。"

"我早就拜入碧游宫，前往三界任何一处都能直接抵达，这般飞行六十多年，的确是第一次。"秦云道，同时仔细观察着那座山，山体黝黑，没有任何植物，只是隐隐有些许黑光散开，镇压着周围。

山上建筑的风格也和三界不同，这里的建筑更加古朴。

句芒也盯着那座山："异界强者的手段难测，你们俩都是真身到此，可得小心了。"

"放心吧。"蓐收说道，"走，我们过去。"

"过去。"秦云郑重万分。

三道流光逼近了那座山。

"哈哈哈，我黑水山可是很久没有客人来了，三位贵客，请。"洪大的笑声从山中传出。同时有金光从山的深处散发而出，化作一条金光道路，一直延伸到秦云他们面前。

此外，还有一群妖异的女子飞来，在金光通道两旁恭敬地候着。

秦云他们三个都微微一愣。

这些妖异的女子也是人形，只是个个头上都有两根红色的弯角，背后还有一对红色翅膀，眼眸中带着红光。

"迎接我们？！"秦云、句芒、蓐收彼此相视，都有些惊讶和疑惑。虽然山主人的语言是从未听过的，但是到了他们这一层次，语言中都蕴含着意志，意志碰撞一下就能交流了。

"知道我们是异界来客，还主动邀请我们进去？"秦云传音道。

"他敢邀请，我们当然敢进。"蓐收说道。

"走。"秦云、句芒也点头。

他们三个顺着金光大道，就这么飞了进去。

飞行的同时他们也在观察着一旁妖异的女子们。

"这些妖异的女子看起来形神兼备，其实都是虚幻的，并非真正的生灵。"句芒观察着，传音说道。

"若是真有这么多能在时空潮汐中生存的强者，那也不可能都齐心在此孤零零地守着。"蓐收也道。

秦云则是盯着远处。

看到了！

在山上的一座巍峨宫殿内，有一个黑石宝座，上面坐着一个巨人，他雄壮魁梧，穿着华美的衣袍，正在遥看飞来的秦云他们。

"好强的生命气息。"秦云暗自吃惊，"比我和蓐收的生命气息都要强，和句芒都相当了。句芒可是木神，生命气息在三界大道圆满者中是数一数二的。"

三界中，论生命气息能和木神句芒一比的，只有龙族祖龙。而这个巨人也是这一层次，这让秦云、蓐收、句芒更警惕了。

"三位贵客，请坐。"巨人笑道，"我这地方难得来一位客人，如今一下子来三位，我真的很高兴。"

同时，诸多妖异的女子奉上了酒水美食。

"这些都是我家乡的一些美酒美食，三位贵客可以尝尝。"巨人笑道。

"你的东西，我们可不敢吃。"蓐收仔细看着周围，"我们探察周围，周围竟然没有任何阵法陷阱，你可真是自信。"

"为何要布置陷阱呢？难道有猎物？"巨人笑眯眯的，"我没看到猎物，只看到三位贵客。在这时空潮汐中能遇到异界贵客，这是多么难得的一件事，我们为何要厮杀？坐下来，开心地饮酒，彼此交流，岂不是更好？"

"美酒美食就不必了。"蓐收说道，"彼此交流一番倒是可以。"

秦云、句芒在一旁听着没插话，因为这次行动主要是以蓐收为主，毕竟秦云、句芒都是蓐收邀请来的。

"不吃？"巨人看着美食美酒，诚心地邀请道，"这么美味的食物，你们真的不吃？这可是我从家乡带来的，吃一点就少一点。"

"不必了。"句芒也开口道。

巨人看着眼前这三位的模样，知道再请也无用，当即摇头："不吃可就浪费了。你们可知道，我最讨厌的是什么吗？就是浪费食物，浪费食物的都该死！"

说着，他的眼神变得冷厉起来。

"哗！"

原本大量的妖异女子全部消散了，岛屿上此时有着淅淅沥沥的黑色水滴飘洒而下。

"不吃美食美酒，那就尝尝我黑水山黑水的滋味吧。"巨人冷冷地说道。他表面上很客气，而且岛屿表面也没有任何陷阱，但实际上在美酒、食物里动了手脚，只要异界客人真的自信实力够强，饮下美酒，吃下食物，他就有九成九的把握控制住异界来客。

不吃不喝，那就只能硬来了！

"黑水？"

秦云看着飘洒下来的黑水，连这殿内也有黑色水滴飘落。

秦云一念之间，烟雨领域就开始抵挡这些黑色水滴，只听得"哧哧"作响，黑色水滴和烟雨领域刚碰触就争斗起来了。

秦云以本命先天至宝施展的烟雨领域，在三界的大道圆满者中都是排在前列的。如今那些黑色水滴虽然来势汹汹，但是依旧被抵挡住了，无法逼近秦云他们分毫。

烟雨领域不仅逼退了黑水，还笼罩住了那个巨人。

这时，一滴滴黑水变成了一个个长着翅膀的黑色小人，小人们皆手握长矛。

密密麻麻的黑色小人飞扑向殿内，杀向秦云他们。

秦云心念一动，烟雨领域内飘洒的一滴滴细雨立即化作一柄柄飞剑。无数细雨飞剑迎了上去，和那些黑色小人搏杀起来。

以秦云的剑术造诣，他的每一柄飞剑都能斩杀一个黑色小人，只是黑色小人的剧毒依旧侵蚀着飞剑，一旦被侵蚀三次，飞剑就得崩溃。

幸好维持领域是一件很轻松的事。

"连领域飞剑沾染三次都会崩溃，这黑水之毒可真是可怕。"蓐收说道。

"若是肉身沾上黑水，你和秦剑仙恐怕都扛不住。"句芒也传音道。

另一边，巨人也很惊讶。

"你的领域竟能力压我的黑水。"巨人看着秦云，"我碰到的那么多对手中，论领域你都能排在前五了，还有你们两个……"

话刚说到一半。

蓐收陡然一挥右手，一道金光脱手而出，一闪就到了巨人眼前。

巨人被烟雨领域压制着，速度也慢了些，都来不及施展兵器，只能左手一伸，用巨大的手掌挡在脸前。

"噗。"

金光瞬间刺穿了手掌，刺在巨人的脸上。

此刻，金光才显现出来，那是一柄金色的锋利长梭，它刺穿那巨大的手掌，有部分刺入了巨人的脸部。

"嗯？"蓐收眉头一皱，一招手，那金色的锋利长梭直接散开，一团虚幻的金光飞回蓐收的袖中。

"你竟然伤了我？哈哈哈，有意思，有意思！"巨人大笑着，同时身体疾速膨胀，瞬间将这座大殿撞得粉碎。

他转眼就变成了之前的百倍大，一只脚就有大殿那么大。他一伸手，手中便出现了一柄大锤，大锤上有黑水环绕。

巨人持着一柄大锤，咆哮了起来，咆哮声令整座山都在震颤。

"来吧。施展出你们的全部手段！

"别一下子被我打死！"

巨人脚下一蹬，直接就冲了过来，同时挥出那柄大锤，仿佛一座大山砸了过来，欲将秦云他们一同砸成齑粉。

"好凶猛的一锤！"秦云、句芒有些惊讶，却都丝毫不慌。他们俩一个剑阵独步三界，另一个也是混沌木神，都能应对这一锤。

蓐收眼中泛起战意，他右手一伸，手中金光化作了一柄金色大斧，迎着那砸下的大锤便劈了过去。两边的体形相差太大，蓐收仅仅比秦云魁梧雄壮些，挥动的金色大斧也仅仅丈许大，和那大锤比起来，简直不值一提。

"砰！"

然而，双方碰撞之下，却是产生了肉眼可见的波纹，而这波纹横扫四方。

蓐收被震得往后倒飞了一截，那巨人也被震得踉跄了一下，他瞪大眼睛看着蓐收："好大的力气！"

"硬碰硬，我还从来没怕过谁。"蓐收抬头看着巨人，冷笑道，"蠢货，变这么大，只会让弱点更明显！"

"嗖！"

蓐收化作一道金色残影，瞬时冲到那巨人的头颈处，他手中握着的一柄金色弯刀直接横着切过去。

巨人勉强一转头，避开了这一刀。

"嗖！"

蓐收又是一闪，一柄剑从那巨人的头顶上方刺下，巨人连忙用手掌挡住。

"噗"的一声，那剑便刺入了巨人手掌，不过手掌变大后变得更厚了，防御也变强了，所以那剑仅仅刺破了巨人手掌的皮肤表层而已。

"嗖！嗖！嗖！"

蓐收速度超绝，近身搏杀的手段变化莫测，手中的兵器也不断变化。

或是大斧、大锤等重兵器，或是长枪、棍棒，或是暗器……

作为和祝融、共工、后土娘娘以及句芒齐名的金神蓐收，执掌先天至宝金虎爪，参悟的是先天金行大道，他的手段是出了名的至阳至刚、锋利无比。

蓐收的先天至宝金虎爪能变成任何一种兵器，而且他能将任何一种兵器的威力完美地发挥出来。

"轰！"蓐收悬浮在半空中，手持金色弓箭，一箭射出，箭极快，那巨人来不及挥动兵器阻挡，只能勉强一侧身，他的肩头被射中，可对巨人庞大的身体而言，这伤依旧不起眼。

"变。"蓐收眼睛一亮，那箭立即化作了一柄柄小剑，沿着巨人的伤口朝其体内钻。

然而，巨人肩头的伤口在迅速愈合，不断抵抗着一柄柄小剑的渗透。

"他的肉身也太强了，比秦剑仙你杀的蚊道人肉身还要更强。"蓐收传音道，"整个三界，也就龙族那老家伙能压他一头。"

"很好，你的兵器很厉害，能千变万化，你的力量也只是比我略小些。"巨人大笑起来，似乎很满意蓐收的实力。

"句芒，要你帮忙了。"蓐收传音道。

"好。"句芒点头。他站在原地，身上生出了一条条藤蔓，数十条藤蔓瞬间就变得极长，疯狂地缠绕向那个巨人。

巨人脸色一变，连连挥舞大锤砸、劈、扫……种种手段，扫过四面八方，可是这些藤蔓至阴至柔，任凭大锤怎么砸，依旧弯曲着缠绕了上去。

只见这些藤蔓缠绕在巨人的腿上、手臂上、腰上、喉咙上……

巨人缩小身体，藤蔓跟着缩小；巨人闪躲，藤蔓笼罩各处。巨人抓住一条藤蔓，猛然用力扯断，其他的藤蔓依旧缠绕过来，而断裂的藤蔓又迅速连接。

总之，巨人不管如何挣扎，依旧被重重束缚着。

"不，不！"

巨人被束缚着挣扎不开，终于不由自主地倒地，"轰"的一声砸在大地上，压坏了不少建筑，他的大锤也跌落在一旁的地面上。

他竭力挣扎着，令藤蔓都出现了裂痕，但是藤蔓蕴含着无尽生机，裂痕瞬间又愈合了。

"他的力量比我强，肉身也强健。可惜一物降一物，遇到句芒兄，他再挣扎都是无用。"蓐收笑道。

句芒也笑道："他还在挣扎，看来我还得再加些力气才能困死他。"

此刻句芒身上又有三条藤蔓长出，缠绕在巨人的身上，巨人顿时再也反抗不得，足足四十三根藤蔓将他重重束缚。他再怎么怒吼、嚎叫，再怎么挣扎都是徒劳。

"看来没我什么事了。"秦云笑看着这一幕，"句芒兄轻轻松松就能擒拿下他。"

"我也只是刚好克制住他。"句芒说道，"不过他的反抗也很强。蓐收，我已经困死他，他无法反抗，你速速杀了他。总不能回去的六十八年，我也一直这么困着他吧，这可是很累的。"

"好。"

蓐收点头，一伸手，手掌上方出现了无数的金色沙粒，这金色沙粒瞬间朝着巨人飞去。

句芒向秦云介绍道："蓐收这先天至宝金虎爪可千变万化，此刻化成的这些金色沙粒，最擅长消磨，即使肉身再强，也会被磨碎。"

"哧哧。"

金沙先是沿着巨人的鼻孔往里钻，但是很快就被阻挡了。

"他能控制肉身内部的变化，完全阻塞鼻孔。"蓐收笑道，"但是没用的，滴水穿石，金沙消磨，定能进入他体内，将其灭杀。"

金沙沿着巨人的胸口往里钻，很快就钻出个窟窿，只是巨人的身体变大后，胸口的筋肉很厚。虽然金沙不断钻着，但巨人的筋肉也在不断恢复，挤压着这些金沙。

"这、这……"蓐收露出惊愕之色，"他被捆着无法反抗，我竟然无法钻透他的身体？！"

"哈哈哈，这是我的本命第一天赋。"巨人被捆着，依旧大笑道，"巨型化后，我的肉身防御比平常强十倍都不止，你们是能活捉我，却休想杀死我。

还有你这个擅长束缚的，你需要一直消耗力量来压制我，当你的力量消耗殆尽时，我就能脱困了。"

"怎么办？"蓐收看向句芒和秦云。

"你都杀不了他，我也不行，我杀蚊道人都得耗费数月的工夫，他可比蚊道人的肉身要强得多。"秦云摇头。

句芒也无奈地道："既然杀不了，就只能一路束缚着带走了！六十八年，所需消耗的法力，我还是承受得起的。"

"只能辛苦句芒兄了。"蓐收说道。

"就这么结束了？！"秦云既惊讶，又感到一丝轻松。这次的确轻松，仅仅施展了烟雨领域，帮忙抵挡黑水，句芒就活捉了敌人。

而被束缚的巨人虽然表面上还在怒吼，还在挣扎，但是实际上他一直观察着秦云他们三个："这三个猎物，和我近身搏杀的，肉身很强，只比我略逊一些；而这个困住我、束缚我的，本体应该是一株植物，其生命力不亚于我，最是难缠；倒是那个擅长领域的，似乎是神魂之体，是三个中身体最脆弱的一个，这次战斗他也躲在最远处，应该是最容易击杀的一个。"

第335章

陷阱

句芒体表延伸而出的四十三根藤蔓困着那个巨人。

"他还一直在挣扎。"句芒有些无奈，问道，"蓐收，差不多该回去了吧？"

"等下。"蓐收仔细地看着这座山，若有所思地道，"这座山能够在时空潮汐中安然存在，定是一件异宝，等我将这座山收起，我们就返回。"

"那就赶紧收吧！"秦云催促道。

"收走这座山？！"被束缚的巨人心中一惊，"一旦他尝试收走这座山，就会发现山中的秘密。嗯，现在就动手！"

"嗯？"

秦云、句芒、蓐收脸色一变，他们都看到原本在挣扎的巨人的气息迅速衰弱下去。

"他的气息在衰弱。"

"已经成一具尸体了！"

秦云他们惊愕地看着巨人的尸体，这巨人肉身强壮，让他们杀，他们都杀不死，如今却突然变成了一具尸体。这让秦云他们很不安，心中的戒备提升到了极点。

在巨人成为尸体的刹那，这座山深处的不同区域，有三股强大的气息升腾。

这三股气息，一个桀骜癫狂，一个虚无幽暗，最后一个则是无尽冰寒。

"小心。"秦云、蓐收、句芒脸色郑重。

蓐收道："还有其他的异界强者。"

"嗖！嗖！嗖！"

三道身影从山的地底飞出，飞到了半空。

那拥有桀骜癫狂气息的是一个人形魁梧生物，他有四条手臂，肩上有九个狰狞的龙头，中央的头最大，而其他八个头要小一号。这龙头和三界的神龙不同，是狰狞邪恶的，四只手掌是锋利无比的爪子。

那股释放着虚无幽暗的气息的，是披着黑袍的人形雾气，这人形雾气也看着秦云他们三个。

而那拥有无尽冰寒气息的却是一名银发银眸的女子，她站在那儿，仿佛这片天地的主宰，俯视着秦云他们三个。

他们三位，银发银眸的女子站在中央，另外两位站在一旁，银发银眸的女子似乎地位要高一些。

"我就猜到，胆敢在时空潮汐中长期盘踞，狩猎各方强者，肯定没那么好对付。"蓐收见状，传音给秦云他们俩，"虽然我们擒下了那个巨人，但是我依旧觉得不安，猜测这里还藏着什么陷阱。若是有陷阱，应该就在山的内部，所以试上一试，还真试出来了。"

"我情愿试不出来。"句芒郑重万分地传音道，"刚才是一个，现在冒出来三个。"

"句芒兄，继续束缚住那个巨人，巨人的突然死亡有些诡异，说不定又会复活。"秦云传音道。

"放心。"句芒应道。

此时，半空中，那三道身影中的银发银眸的女子，冷冷地道："能逼得我苏醒，你们三个也算有些实力，不过，也就到此为止了！"

银发银眸女子双手伸开，只见无数冰晶在她周围凝聚，瞬间就凝聚成了一片片寒冰光轮，足足有十八片，散发着恐怖的气息。

"灭！"银发银眸女子双手一挥，只见十八片寒冰光轮迅速飞出。

秦云的烟雨领域连忙竭力阻挡，更是分化出大量的细雨飞剑前去阻挡，可每一片寒冰光轮都锋利无比，轻易地切开了细雨飞剑，直接杀到了秦云、蓐收、句芒他们三个面前。

句芒则是立即又延伸出一条条新的藤蔓，长长的藤蔓纵横交错，在半空中阻拦着那些寒冰光轮。

"噗！"

虽然藤蔓有些坚韧，但是寒冰光轮只略微停滞了一下，便切断了一条藤蔓。一眨眼的工夫，十八条藤蔓都被切断了，这让句芒都吃惊万分："怎么可能？！"

"好可怕的力量！"秦云暗惊，"那寒冰光轮是对时空更深层次的运用，应该是时空大道达到极深的地步才能施展的，一旦切割过来，连时空都能一起切割，简直无物不破。我烟雨领域的阻碍，也不值一提，连木神句芒都阻拦不住。"

"噗噗噗噗——"

那些寒冰光轮迅速切割着一条条藤蔓，切向句芒。

对方显然是打算要先解决掉句芒！

"别挣扎了，再挣扎也没用。"九首强者一闪，带着熊熊燃烧的火焰便扑向了金神蓐收，他一爪子怒劈而来，"裂！"

蓐收连忙挥出先天至宝金虎爪进行抵挡。

"当——"硬碰硬的一击。

蓐收踉跄后退，九首强者却越发强势，四条手臂施展着秘术，再度攻过来。

"他近战搏杀在我之上！"蓐收吃惊地道。

"呼！"

那披着黑袍的人形雾气是和九首强者一同扑来的，九首强者扑向蓐收，而人形雾气却是扑向了秦云。

"你的身体是你们当中最弱的，杀你也是最容易的。"披着黑袍的人形雾气扑杀过来，声音也在此时响起，"来吧，进入我的幽暗神海，成为我的一部分吧。"

"杀我是最容易的？"

秦云心念一动，只见大量的细雨剑光在周围旋转，构成了剑阵。

披着黑袍的人形雾气撞击在那剑光阵法上，虽被阻拦了一下，但是他仍不断侵蚀着剑光阵法，眼看着剑光阵法撑不了多久。

"虽然不是用本命先天至宝布的阵，仅仅是以剑光布阵，一般的大道圆满强者也能阻上一阻，但是这异界强者，似乎整个身体就是一个诡异的世界，在不断地侵蚀吞吃我的剑光。"秦云在心中暗道。

"别反抗了，他们两个没什么用，都得死。可你的束缚招数还是很厉害的，我不会杀你，只会活捉你。"远处，银发银眸的女子看着句芒。那十八片寒冰光轮不断地切割着，藤蔓断裂后依旧在翻滚着抵挡，断裂处也会愈合，可愈合速度却及不上切割速度。

句芒传音道："蓐收兄，秦剑仙，那异界强者说了，你们俩没什么用，准备杀了你们。我有大用处，所以要活捉我。看来我比你们俩强啊！哈哈哈！"

"秦剑仙，快动手，我快撑不住了。"蓐收狼狈地传音道。

他和九首强者近身搏杀，二者都擅长近身搏杀，可是这九首强者明显更强一筹，处处克制他，蓐收怕是撑不住几次呼吸就要被拿下了。

"我比他好点，但也撑不了多久，这异界女子在时空方面的造诣真是厉害。"句芒也传音道，"秦剑仙，赶紧出手吧。"

"好。"秦云心念一动，剑光阵法顿时抵挡不住披着黑袍的人形雾气。

"哈哈哈，受死吧。"披着黑袍的人形雾气大笑道，迅速扑向秦云。

秦云看着他一笑，一挥手。

那披着黑袍的人形雾气一愣，心中隐隐觉得不妙。

只见一柄烟雨飞剑从秦云的手指尖飞出，一飞出，便一化为三。

三柄剑，定天、地、人三才。

"哗哗哗！"

淅淅沥沥的小雨飘洒着，笼罩着周围的区域，将近身搏杀的九首强者、披着黑袍的人形雾气强者都笼罩在其中。但是不断切割藤蔓的那十八片寒冰光轮被阻挡在了秦云的阵法外，远处的银发银眸的女子自然也是在阵法之外了。

三界大道圆满第一护身大阵——烟雨阵，出！

阵法一出，九首强者、披着黑袍的人形雾气在阵内，银发银眸女子在阵外，他们被分隔开了。

"收！"句芒原本纵横在长空的一条条藤蔓迅速被收回，烟雨阵根本不去阻挡，任由这些藤蔓收回到阵法内。

"阵法？给我破！"十八片寒冰光轮紧跟着而来，接连切割在烟雨阵的蒙蒙光芒上，只是烟雨阵坚韧无比，比句芒的藤蔓可强太多了。

秦云的三才大道本就最适合防守，他为了渡散仙之劫，更是将大多心思都用在了护身阵法上。

以本命先天至宝布置出来，烟雨阵在护身上更是强得恐怖。

十八片寒冰光轮不断切割，却根本撼动不了烟雨阵。

"不好！"九首强者、披着黑袍的人形雾气都觉得不妙，同时转身朝外面冲去。

"先杀了他们俩，再慢慢对付那异界女子。"秦云说道。

"破！"

"开！"

九首强者一爪爪挥出，欲撕裂开阵法，而披着黑袍的人形雾气则是扑在阵法上，努力地侵蚀、破坏着。

同时，阵外的银发银眸的女子施展着十八片寒冰光轮，也倾尽全力，欲破开烟雨阵。

烟雨阵微微荡漾着，将一切冲击都卸去了。

"我这烟雨阵最擅长护身，困敌要弱些。"秦云暗道，"从内部往外攻，更容易冲破烟雨阵。他们三个中那女子的攻击手段最可怕，若是将他们三个都困在阵内，三个联手往外攻，还是有大半的可能冲出去。可现在仅仅困住他们俩，而他们俩一个擅长近战，一个身体诡异，则根本一点希望都没有。"

若那银发银眸的女子在阵内，对秦云还有些威胁。在阵外，从外面攻打烟雨阵？她的手段还差得远。

"三绝七星，起！"秦云继续施展着。

只见烟雨阵内有亿万剑气汇聚，形成了庞大的剑气旋涡，席卷了那个九首强者和披着黑袍的人形雾气。

"不好。"被剑气旋涡包裹后，九首强者、披着黑袍的人形雾气都受到重重束缚。这可比单纯的烟雨领域压制要可怕得多，二者的实力立即变弱了八九分。

"嗖嗖嗖！"句芒立即分出一条条新的藤蔓，数十条藤蔓迅速缠绕向了九首强者和披着黑袍的人形雾气。

他们俩在烟雨阵的三绝七星的压制下，实力大损，一时间都无法抵挡句芒的这一条条藤蔓。

一条条藤蔓缠绕上了他们的身体。

九首强者被束缚起来，披着黑袍的人形雾气同样被束缚了，他看似身体虚幻，可句芒的藤蔓却是玄妙无比，连时空都能困住，更别说这雾气形态了。

"赶紧杀了他们。"秦云传音催促。

"住手！我可以放你们离去！"银发银眸女子、被束缚的九首强者、披着黑袍的人形雾气同时发出怒喝。

"放我们离去？口气还挺大！"句芒哈哈笑道。

"杀！"

蓐收一挥手，一缕金光从手中飞出，迅速钻进了九首强者的体内。

九首强者虽然近战厉害，但是论生命力和肉身强壮程度，远不及之前的巨人，便是和蚁道人的肉身比起来，也要差上一截。

在毫无反抗之力的情况下，九首强者的生机迅速灭绝，变成了一具尸体。

"嗖。"

那一缕金光飞出九首强者的身体，又钻进了被困着的披着黑袍的人形雾气体内。

先天金行大道配合先天至宝，破坏性极强，便是那身体是一片浩瀚的神海也转瞬被斩灭了生机，那具披着黑袍的人形雾气躯体也终于凝聚成形，露出了一具青黑色的尸体。

两位强者，都被蓐收斩杀了。

"死了？这么快就被杀了？"银发银眸女子看着这一幕，到了他们这一层次，交手极快，转瞬两位同伴就死了，这让她又急又怒。

"都是因为这座剑阵。"

银发银眸女子很清楚，正是这座剑阵，将他们三个分在了阵内和阵外，甚至他们合力都撼动不了。

"我看走眼了，他们三个当中，那个擅长领域的，才是最强的一个。"银发银眸的女子此刻才完全明白，原本最低调的秦云终于露出了实力，烟雨阵让他们犹如面对一个巨大的牢笼。

在外面的，进不来，在里面的逃不掉。

"能这么快杀死两位异界强者，你蓐收总算挽回了点颜面，否则这一战就完全靠我和秦剑仙了。"句芒笑呵呵地传音道。

"你比我好多少？刚才被打得求救，这么快就忘了？这一战我们靠的是秦剑仙，若不是秦剑仙，我俩真的就栽了。"蓐收传音道。

"是你栽了，不是我，我在三界可还是有分身的。"句芒揶揄道。

蓐收、句芒心情大好，他们俩从混沌时期就是好友了，拌拌嘴也是常有的事。

"两位，我们先想办法除掉那异界女子吧。"秦云传音道，"她可比刚才除掉的两位强多了。"

"异界女子是更强。"

"我们联手上。"

蓐收、句芒也都充满了干劲。

现在敌人只剩最后一个，而且有秦云在，完全立于不败之地，他们当然都轻松得很。

"嗖。"

蓐收一挥手，那一缕金光再度射出，飞向那银发银眸的女子，同时传音道："攻她肉身。依我看，她的肉身恐怕远不及之前的巨人。"

"对，攻她肉身。"句芒也立即分出数十条长长的藤蔓，藤蔓划过长空，也笼罩向那个异界女子，同时句芒传音道，"秦剑仙，按照规矩，这次猎杀的异界强者的尸体归你，宝物归我和蓐收，尸体你还是赶紧收起来吧。"

"好。"秦云一挥手，波动笼罩了之前的三具尸体，这异界强者的尸体他可是打算献祭给三界的，每一具强者的尸体都拥有三界所需要的力量。

在秦云收尸体时，九首强者、披着黑袍的人形雾气强者的尸体都被收起来了，但唯有那巨人的尸体发起了无形的抵抗。

"他还没死！"秦云脸色一变。

巨人的眼睛睁开了，他原本看似尸体，此刻气息却迅速升腾，只是他体表依旧有藤蔓束缚着，即便苏醒过来，也难以逃离。

"刚才谁都没动他，他就突然死了，死得太诡异。所以我没敢大意，一直束缚着他，还真是假死。"句芒冷笑道。

"假死的招数，竟然连我们都看不出破绽，还挺擅长装死的。"蓐收嗤笑道，盯着那被束缚着的巨人。

巨人没理会蓐收和句芒，只是盯着秦云，低沉地道："这一次我看走眼了，你不是三个中最弱的，而是最强的一个。你的剑阵，是我在时空潮汐中所遇到的众多异界强者中，阵法最强的一个。"

"你装死的本事，我们也挺钦佩的。"秦云也说道。

"噗噗噗！"

外面，一缕金光疯狂地闪烁着，一次次尝试袭向银发银眸的女子。

一条条藤蔓也疯狂地缠绕过来，欲贴近银发银眸的女子。可有十片寒冰光轮环绕在银发银眸的女子周围，隔绝了时空，她所处的时空都被完全保护起来。任凭藤蔓再诡异，任凭蓐收的招数再狠辣，都休想近那银发银眸女子的身。

在完全护身的情况下，那女子还有八片寒冰光轮一次次切割过那些藤蔓。

以一敌二，银发银眸的女子依旧占据上风。只是秦云的烟雨阵笼罩在那里，她却一点法子都没有。

她的目光落在阵法内的秦云身上。

"你的实力很强。"银发银眸的女子、被束缚的巨人同时开口，说的内容一模一样，语气也一样。

这让秦云、句芒、蓐收都心中一惊。

"所以，我不会杀你。"银发银眸的女子、巨人继续同时说道，"而是会活捉你，让你成为我的一部分。为了活捉你，值得我完全苏醒。"

顿时，在这座山地底深处的一处处区域，都有一股股强大的气息升腾，且每一股气息都是大道圆满层次的。

同时，一道道身影从山的深处飞出，一时间，半空中足足有三十一道身影，且每一道身影都散发着恐怖的气息。他们似乎来自不同的族群，不同的修行体系，可此刻眼神都一模一样，都盯着秦云他们三个。

秦云、句芒、蓐收的脸色顿时都白了。

第 336 章

逃命

"快走！"蓐收、句芒急忙道。

他们俩可没法逃，还得靠烟雨阵护身才能逃。

秦云也是毫不犹豫，一边维持着烟雨阵护住周围，一边带着句芒、蓐收迅速遁逃。

眼前的情况完全出乎了他们的意料，敌方竟然冒出来三十一位大道圆满层次的强者，单单这数量就将秦云他们震住了。

就连对烟雨阵充满信心的秦云，此刻也信心不足了。加上之前那女子，一共有三十二位强者联手围攻，自己的烟雨阵能挡住吗？那个银发银眸的女子的手段可是极强的，若是再来一两个手段相当的……

"句芒道友，你看准了，只要有谁胆敢靠近烟雨阵，就直接拽进来。"秦云传音道，"拽进来一个，我们三个联手，将之灭杀。"

"好。"句芒点头。

在秦云他们遁逃的时候，那三十二道身影同时开口："逃得掉吗？"

一时间，足有十七道身影同时扑向烟雨阵，另外十五道身影也施展各自的手段，远距离出招。

"拖进来一个。"蓐收眼中有着凶光。

"嗖嗖嗖。"

句芒一边分出四十三条藤蔓继续困着那个巨人，一边放出数十条藤蔓，延伸出了烟雨阵。

烟雨阵微微荡漾，根本不阻拦这些藤蔓。数十条藤蔓欲缠绕向一个火焰岩石生物，可那火焰岩石生物双手一伸，便分别抓住了两条藤蔓。

那些扑杀而来的强者形态各异，有异兽模样的，有球体模样的，有类人模样的，总之个个都擅长近战。只见他们相互配合，接连出手，竟然将句芒伸出来的藤蔓一下子就抓住了大半。

"出来！"

"出来！"

这些强者怒喝道，拽着藤蔓，想要将句芒拽出来。

"轰——"

十余个强者合力一拽，就算句芒力大无比，陡然一受力也是不由得被拽得飞起。他连忙一个念头，那些被抓住的藤蔓便主动断裂开来，方才稳住身形。

"十七个大道圆满强者都擅长近战，我没法拽进来啊！"句芒朝秦云、蓐收苦笑道，"我自问论力气都能和半步天道境的祖龙比一比，可被十七个强者联手一拽，我发现还差得远。"

"数量太多了，怎么会这么多？"蓐收也有些焦急。

秦云的神色却是十分郑重。

"轰隆隆！"

外界，那十五个异界强者纷纷施展远距离招数，一时间，或是寒冰光轮飞来，或是一道星光划过长空，或是一颗颗珠子如星辰般砸来……

近战的十七个强者，也是手段各异。有常见的近距离轰击；也有身形陡然变大的，比烟雨阵还大，而后双手合力砸在烟雨阵上；还有树人长出无数枝叶藤蔓，缠绕在烟雨阵上，不断地束缚用力。

一时间，对方诸多手段合力，使烟雨阵的荡漾都变得剧烈起来，表面起伏的波峰有丈许高度，不断在卸去冲击力。

"秦剑仙，你还撑得住吗？"蓐收问道，看到烟雨阵剧烈地震荡，他也有些慌了。

"短时间还行。"秦云点头，"刚才的银发女子，是攻击力最强的一个。其他三十一个异界强者的手段虽然也挺厉害，但是都要稍逊一筹。还好这三十二个异界强者中，只有那银发银眸女子勉强算是半步天道境，其他都是普通大道圆满层次。"

银发银眸女子的确厉害，攻杀手段能碾压句芒、蓐收，护身手段也很强。

"其他三十一个加起来，也就相当于两三个银发银眸女子的威胁。"秦云说道，"烟雨阵每时每刻的消耗都很大，以我的法力持续消耗的话，只能支撑三个时辰，加上我带的补充法力的丹药，最多只能坚持一天时间。"

到了秦云这一层次，虽法力极其强大，但要补充他一身法力也很难。即便这次准备很充分，秦云最多也只能维持一天。

"我也准备了一些仙丹。"蓐收说道，"估计够你支持两天。"

"我也带了些仙丹，能支撑你两天。"句芒也道。

"那就是五天了。"秦云说道，"只要他们的攻击手段不变得更强，五天时间我能撑得住，过了五天，法力消耗殆尽，那就完了。"

而另一边，那位神秘的强者同样震惊万分："竟然破不开？！我不惜神魂受损，唤醒所有分身，同时控制所有分身，合力之下，竟然都破不开这剑阵？这剑阵也太厉害了。若是我能活捉了对方，让他也成为我的一个分身，那我就将拥有这剑阵了。

"到时候，我的护身手段将更强，实力还能强上许多。

"这样，我在时空潮汐中就能狩猎更多强者，掌握更多的力量。"

秦云他们三个在烟雨阵的保护下，早就飞出了原本的山，以最快的速度在时空潮汐中逃遁着。

三十二个强者则是一路追着，不断狂攻。

茫茫时空潮汐，一方追，一方逃。

"何必逃呢？成为我的一部分，你依旧能活着。"三十二道身影在追击，同时也在劝说。

"我们杀了两位，活捉了一位，加上如今这三十二位，你竟然有足足三十五个大道圆满层次的分身，真是令人佩服。"秦云说道。

"他们都是我的使者，也是能保持自己的理智的。"那个声音依旧在响起，"你也可以加入其中，到时候我们就是同伴了。"

"那就不必了。"秦云继续道，"一开始你只让那巨人和我们交手，后来失败了，也只是派遣三位使者对付我们。一直等到那两位使者被灭杀后，才让所有的使者现身。你如果不是蠢货，故意派使者送死，就是同时掌控如此多使者的身体，对你而言应该是要付出巨大的代价的。"

"若是轻轻松松，恐怕巨人一失败，你就立即让三十多位使者一同动手了。"秦云边逃边说，"同时维持这么多使者进行围攻，你又能撑多久？"

秦云是推测，也是故意诈对方。

"你猜猜，我能撑多久？"三十二位强者同时开口，"你这么拼命支撑阵法，你的力量又能撑多久？"

"你也猜猜。"秦云笑道。

双方一追一逃……

秦云他们三个也没别的法子，只能硬撑。

那位神秘的强者也眼馋秦云的力量，对于一个强者而言，护身力量是非常重要的。先活命，其次才能杀敌。在他看来，秦云的重要性比他曾经最大的收获——那个银发银眸的女子更加重要。

拼着受重伤，拼着神魂根基受损，要很久才能恢复的风险，他也要追杀秦云！

"不惜一切代价，一定要捉住他，他是我的。"神秘的强者不愿意放弃。

一个时辰，两个时辰，三个时辰……

那三十二位强者依旧在追着，其实到了大道圆满层次，为了达成目的，耗费万年，甚至百万年都很正常。

他们会追多久？蓐收看着追击的异界强者们，心里有些没底，又看了看一旁维持烟雨阵的秦云，幸好这次请了秦剑仙过来。

蓐收的确有些后怕，这次的敌人实在太强了，也就是秦云的烟雨阵独步三界，能够硬扛三十二位大道圆满层次强者的共同围攻。

"他们到底要追多久？"句芒忍不住说道。

"就看我们两边谁更能撑了。"秦云瞥了一眼阵外众多围攻的异界强者。

"秦剑仙，你法力消耗很大，他们的力量就一直能维持？"蓐收也说道。

旁边的句芒则道："异界强者的手段很难说，不过秦剑仙之前说得对，那位神秘的强者同时掌控三十二位使者，其付出的代价一定很大。而且，时间越久，代价肯定越大！"

"我们的丹药能维持五天。"秦云说道，"若是到了最后一天他们还坚持追杀，那就搏命吧！"

"嗯。"句芒、蓐收都点了点头。他们也有诸多计划。

敌人太强，自然选择逃命。若是逃不掉，那就只能搏命。

搏命有搏命的法子，比如烟雨阵陡然扩张，将部分近战的敌人笼罩进来，分隔敌人，进行反攻。可敌人的数量太多，秦云他们三个可能会殒命一两个，甚至可能全部身死。不到无路可走之时，他们不会选择搏命。

终于，耗费了一天又一个时辰后，那位神秘的强者撑不住了。

"有永恒神王提供力量，我的分身们可以一直厮杀，不怕力量消耗过大。可是同时掌控这么多使者的身体，对我的神魂压迫太大，使我燃烧神魂才能勉强支撑。只是，持续得越久，我的神魂就越虚弱，再这样下去，神魂就有破碎的危险。"神秘的强者暗暗叹息。

正常的大道圆满强者，只有一个真身，即便修炼出三五个分身，分身的实力也会差很多。

这位神秘的强者，却能掌控其他强者的身体，且能够让其他的强者完美发挥他们的实力。

这看似很逆天，可每掌控一具身体，神魂的负担就强一倍。掌控三个分身，是正常情况下的极限，对神魂没有任何损伤。若是拼着损伤根基，燃烧神魂，是能够同时掌控三十多个分身的。可燃烧神魂时间越久，神魂的伤势也会越重。

到了一定程度，神魂承受诸多分身的压迫，便会破碎，那就只能陷入漫长的沉睡了。

"撑不住了。这剑阵的力量，终究不属于我。"神秘的强者放弃了，他有感觉，即便不惜一切，两三个时辰内神魂破碎的可能性也不大，可若是再撑上半天，神魂必定会破碎，那样他们三个就会反扑。

"哗。"

秦云他们还在逃遁，忽然发现三十二位异界强者都停手了，同时有一道巨大的虚影出现。

那是一位银发尖耳的老者，他看着秦云他们，声如洪钟，传到秦云他们的耳边："真没想到，我纵横时空潮汐这么久，竟会栽在你手上。使用剑阵的异界强者，可否告诉我你的名字？"

"算不上栽在我手上，你没有输，我们也仅仅是逃命而已。"秦云开口道，"至于名字，你可以称呼我为剑仙！"

秦云没有报真名，因为他知道巫门有一些咒术手段，若知晓一个人的真名就能对其进行咒杀，异界强者的手段令他不能不防。

　　"剑仙？"神秘的强者微笑道，"这个名字我记住了。这次是我输了，我可是损失了三位使者。异界的剑仙，下次我们若是再见面，我一定会赢你，让你成为我的使者。"

　　"下次见面，就是你身死之时。"秦云也说道。

　　神秘的强者笑了笑，便消失不见了。

　　"轰！"

　　一座山浮现，三十二位异界强者纷纷走入其中，这座山便朝其他方向飞去。

　　"终于走了。"蓐收松了一口气。

　　句芒疑惑地看着那座飞走的山："看他们离开的方向，似乎不是回原地。"

　　"实力完全暴露了，怎么还敢回原地？"秦云说道，"若是还敢回原地，我一定邀请后羿他们一同前来，将这个异界强者给斩杀。他竟然奴役诸多强者，手段邪恶。他的宝物也足够多，那些使者大多都有厉害的兵器，光是先天至宝层次的我估摸着就有五六件，这足以请动后羿他们了。"

　　"嗯，若是后羿能来，定能杀了他。"蓐收、句芒都赞同秦云的说法。

　　后羿的箭，即便正常出箭，都是冠绝半步天道境，若是拼命的话，其威力可以媲美天道境。

　　三界谁不惧怕后羿的箭？就是同为半步天道境的秦云，也没底气说烟雨阵一定能挡住后羿的箭。

　　这次秦云成功抵挡了三十二位强者，可这些强者的威力加起来也就相当于三四个银发女子出手的威力，他觉得这些威力离天道境还是有些差距。

　　"有秦剑仙你的剑阵护身，再有后羿的弓箭杀敌，那真是所向无敌了。"

句芒赞叹道。

"后羿要进来，也是真身进来，是要冒生死危险的，请他来可不容易。"蓐收笑看着秦云，"这次能够请秦剑仙来，也是因为秦剑仙有散仙天劫的威胁，为求大功德，才愿意陪我来闯一闯，若是请后羿恐怕要难得多。"

"将这位异界强者的情报告诉他，那么多宝贝，他肯定愿意来。"句芒说道，"可惜，那位异界强者似乎逃到其他地方去了。茫茫时空潮汐，再碰到他也不知是何时了。"

"这名异界强者真够嚣张的。"秦云喃喃低语，"不过的确很强。"

"是很强，三界情报中有过记载的异界强者，这位都算得上数一数二了。"句芒道。

"我选了一位，就选中这么强的，这运气……"蓐收无奈地道，"这次我算是得偿所愿，宝物也到手了，下次我是不会轻易再进来了。当然，若是秦剑仙一同来，我倒是愿意。"

"要不要再来时空潮汐，就看这次献祭三具异界强者的尸体，能够获得多少功德了。"秦云说着，看向那一具被束缚着的巨人尸体，"这巨人没有任何生命气息了，我猜，应该是真死了。"

秦云一挥手，巨人的尸体这一次再无反抗，被收了起来。

"是真死了。"秦云笑道，"走吧，我们回去。"

"回三界。"蓐收、句芒也露出了笑容。

秦云得到了三具异界强者的尸体，蓐收和句芒也能分那些兵器宝物。

"这次完全暴露了。"

时空潮汐中，三十二位异界强者都陷入了沉睡，一位神秘的老者坐在山上一座宫殿的宝座上。

山变幻了模样，成了一座岛屿。

"在时空潮汐中完全暴露，那么离死就不远了。下次那位剑仙很可能会找能够克制我的强者，一同来对付我。"老者做出了决定，"换地方，换一个身份。"

能在时空潮汐中狩猎的，都是非常谨慎的，毕竟不谨慎的早就死了。

"剑仙吗？我记住你了。"老者的身影随即消散，而这座岛也在时空潮汐中继续飞行着。

时间流逝。

来时花了六十八年，返回同样花了六十八年。

秦云他们三个看到那条熟悉的混沌时空缝隙，都有一种看到家乡的感觉，缝隙中透露出另一端的混沌气息。待他们穿过这时空缝隙，便来到三界外的那片混沌中。

来到这里，秦云立即感应到了三界的存在。

"回来了！"秦云松了一口气。

此刻，碧游宫中。

盘坐在云床上的灵宝道祖睁开眼，遥遥看向三界外那一个混沌时空缝隙的方向，露出了笑容："我这徒弟，总算回来了。"

第337章

血脉

秦云他们三位进入混沌时空缝隙，看似悄无声息，实际上三界顶尖层次的强者几乎都知晓了，因为到了他们这一境界，能在冥冥中感应到其他强者是否活着。秦云、蓐收他们俩突兀地消失在所有强者的感应中，自然引起了关注。

如此突兀地消失，略一打听就知道真相了。

像魔祖更是早就感应到了，秦云他们是在混沌时空缝隙处消失的，也早就猜到他们是去了时空潮汐。

整个三界的诸多强者都很关注此事，关注秦云他们是生是死。

"他们三个回来了。"盘膝坐在一座荒凉山顶的魔王波旬遥遥看向三界外，"去了时空潮汐百余年，又活着回来了，可真是了不起。"

"我是不是也得进入混沌时空缝隙，去时空潮汐中闯一闯，或许就能达到天道境了？

"当初三清、如来，可都是去过的。

"和他们相比，我是不是过于谨慎了？"

魔王波旬有些犹豫。作为万魔之王，他是极为自私的，更不会轻易让自己陷入绝境，所以至今他都没去过时空潮汐。

三界历史上进入时空潮汐次数最多的是三清，当初三清联手闯荡时空潮汐，斩杀的异界强者最多。

不过，女娲娘娘、魔祖都没去过时空潮汐，依旧成了天道境，所以三界的大道圆满者们普遍认为，即便不进入混沌时空缝隙，也一样有望成天道境。而且三界中流传的关于时空潮汐异界强者的情报，也有些吓住了他们。

而蓐收，也是请到了秦云才敢去一趟。

灵台方寸山。

方寸山到底在哪里，在三界也是个谜。这里居住着三界一位极神秘的人物——菩提老祖。

"蓐收他们三个都回来了。"菩提老祖睁开眼，身旁香气缭绕，眼中有一丝犹豫，"我修行时空之道十分艰难，或许见识见识异界强者的时空手段对我有帮助。"

时空之道，是一种很特殊的道，四方上下曰宇，往古来今曰宙，时空大道也就是宇宙大道。

菩提老祖认定，若是哪天能将时空大道完全悟出，就能借此成就天道境。

"不过单凭我一己之力，去时空潮汐中面对异界强者还是有些不够。"菩提老祖犹豫了一会儿，轻轻摇头，"不急，我连时空大道中的时光一道都没完全悟透。我能感觉到，若是经历更多的时光，我会参悟得更深。"

活得久，对参悟时光一道是有帮助的。

"等陷入瓶颈，再去时空潮汐也不迟。"菩提老祖定下心来。

这次秦云他们安然归来，的确让一些大道圆满的强者有些跃跃欲试。过去他们犹豫不决，可看到有同层次的强者成功了，自然心痒痒。只是到了他们这一层次，都是定力非凡，谋而后动，不会莽撞前往。

"还是回到三界感到安心。"蓐收笑道。

句芒笑着点头："秦剑仙，蓐收，我们就此分别吧，我府上已经有老友找我，怕是询问此次时空潮汐的事。这次的事，可要保密？"

蓐收看向秦云。

秦云摇头道："没必要，当初三清等前辈闯荡时空潮汐，所得情报也是告知后辈的，我们没必要藏着不说。"

"嗯，让他们知道，时空潮汐的异界强者可不是那么好对付的。"句芒说道。

"别看他们现在一个个跃跃欲试，他们都是一方大世界之主，逍遥自在，最终真的愿意进去的怕是没几个。"蓐收道。

"我们就此分别吧。"秦云微笑道。

"预祝秦剑仙能得功德至宝。"句芒、蓐收都说道。

"承两位道友吉言。"

当即，秦云他们三个在茫茫混沌中便分开了。蓐收、句芒是回各自的洞府，秦云则是前往三界，回天界雷啸山。

天界雷啸山。

伊萧这些年一直牵挂着秦云。

前往时空潮汐，再无任何感应，即便是死在时空潮汐，三界也是不知道的。

"云哥。"伊萧盘膝坐在雷啸山山顶，看着云海翻滚，又闭上眼修行雷法。

在秦云离去的日子里，她唯有长时间修行雷法，才没空去多想。

突然，一道身影无声无息地出现在山顶，站在伊萧的身旁，正是一袭青袍的秦云。

秦云看着修行中的妻子，不由得露出一丝笑容。

"嗯？"伊萧有所感应，睁开眼，便看到了身旁站着的丈夫。

"云哥？"伊萧愣了一下，低头揉了揉眼睛，又抬头看去，她没看错，秦云就在她眼前。

"你没看错，我回来了。"秦云笑道。

"这一百多年，你一点消息都没有，回来也不提前传音说一声。"伊萧站起来，忍不住埋怨道，不过还是牵着秦云的手。

"是我的错，夫人大人大量。"秦云当即赔礼道。

伊萧"扑哧"一声笑了起来。

"走吧，去见见几个孩子，这些年他们也都很担心你。"伊萧说道。

"走。"秦云点头。

此时的雷啸山变得比往昔更热闹了。经过漫长的岁月，秦家的人丁如今也兴旺起来。秦依依和韩林在生了女儿秦玉罗后，又有了一子秦玉乐。

秦玉乐在修行上天赋很一般，但有秦家的资源，又有那样的父亲母亲，刚出生就是元神一重天，如今也才达到元神三重天。他喜欢游玩，四处留情，不少势力知晓他是秦剑仙的外孙，都主动与秦玉乐结下姻缘，让秦家多出了好些血脉来，如今不少都在雷啸山修行。

而今天，秦云回来，雷啸山更是摆宴庆贺。

秦云也有些惊讶。

"我离开三界时，玉乐那小子还没成年吧，这一转眼，他都有了三个儿子，五个女儿？"秦云看着宴席中给自己磕头的小辈们，有些措手不及。

"我看玉乐就很不错，至少我们雷啸山不那般冷清了，热闹多了。"伊萧在一旁笑道。

秦玉乐此刻乖乖地在一旁。在外他是放荡公子，潇洒不羁，可在外公面前，他可一点都不敢失态，毕竟他和这位外公相处得太少，只是一直听着关于外公的传说。

倒是姐姐秦玉罗，在秦云面前却是亲近得很，因为秦云曾经指点过她修行很久，所以彼此亲近、熟悉许多。

"玉乐。"秦云看着唇红齿白的秦玉乐，这个外孙的容貌更偏向伊萧，比秦云帅气多了。

"外公。"秦玉乐有些紧张。

"如今才元神三重天？好好修行，至少得先成就天仙吧。"秦云说道。

"是。"秦玉乐恭敬地应道。

秦云微微点头。自己和妻子伊萧只有一个女儿秦依依，而秦依依之前只有一个女儿秦玉罗，这么多年才多了一个秦玉乐。秦玉乐倒是难得的子嗣颇多，秦云对此还是感到颇为开心的。

自己的另一个孩子孟欢一脉的子嗣倒是极多，只是孟欢修行了三百多年才飞升，而他的孩子孙子都老死了。

等到孟欢有实力回家乡去接引时，后辈已经和他隔着几十代了，自然情感就淡漠许多。只有极优秀的个别后辈，才有希望被接引到雷啸山修行。

一场秦家宴会，让秦云心情极好。

待得第二天。

秦家后山，秦云、伊萧二人并肩站在这里。

"这次离开三界，前往时空潮汐，一共得到了三具异界强者的尸体。"秦云说道，"这三个生前都是大道圆满层次，将他们献祭给三界，也不知能得到多少功德。"

"整个三界才多少个大道圆满强者？献祭三个异界强者的尸体，定是功德极大。"伊萧在一旁说道。

"嗯。"

秦云一挥手，那个九首强者的尸体便浮现了，他有着九个狰狞龙首，此刻被秦云扔出来，便趴在后山的这一片空地上。他的身形也不算大，仅有十丈高，可依旧散发着恐怖的气息，煞气弥漫四周，让伊萧看了都不由得心惊。

若是寻常的天仙、天魔看到这九首强者的尸体，都会被这煞气侵袭，以致元神崩溃而亡。

不过，伊萧站在秦云身边，有秦云帮忙抵挡，这尸体的煞气无法侵袭她。可单单观看尸体蕴含的大道之韵，伊萧依旧心惊肉跳。

"这样的强者得有多厉害？"伊萧暗暗嘀咕。

"灭！"

秦云一挥手，本命飞剑立即分化出道道剑光，飞向那具九首强者的尸体。

剑光凌厉，当钻入这九首强者的尸体时，就开始进行破坏。

"哗。"

这具尸体彻底消散，一切都归于天地。

瞬间，有大量的功德降临，仿佛一层金光笼罩着秦云。秦云在获得功德的同时，毫不犹豫地便将之转移到烟雨剑中。

"我们都是三界生灵。"秦云说道，"是三界孕育了我们，我们修行所耗费的天地灵气，包括我们吃的米饭鱼肉，一切都源自三界。因此，我们死后，生前所拥有的力量也将回归三界。而这异界强者来自外界，他们身死后，被三界所吸收，是三界额外的收获，所以会有大功德降临。"

"自共工撞破不周山，三界根基便受损严重，若是根基稳固，可能不太在意这点献祭。"秦云说着，就发现功德降临已经结束了。

"这可是异界大道圆满层次的强者，献祭他，有多少功德？"伊萧追问。

秦云将所获功德都转移进烟雨剑中，然后眉头微皱："相当于除掉一两个祖魔吧。"

"这么少？！"伊萧忍不住道，"这可是大道圆满层次的强者。"

"除掉三界的大道圆满强者，有可能没功德，还有罪孽呢。"秦云若有所思，说道，"三界时时刻刻都在吞吸外界的混沌力量，所以三界是不在乎一般的献祭的，除非该生命中某种特殊的力量对三界有所补益。听说，将敌人活捉到三界，再斩杀，功德赐予要多得多。估计是献祭元神获得的好处更大。"

"献祭尸体，终究只能得到部分的好处。"秦云也没法子。

这次和那位神秘的强者命运一战，即便真的活捉了对方，对方只要一个念头，放弃三个分身，三个分身就会变成尸体。

"再试试下一个。"伊萧说道。

"嗯。"秦云一挥手，又是一具尸体躺在地面上。

披着黑袍的人形雾气尸体，如今显现出真实的模样，他有着青黑色的皮肤，在观看他尸体的同时，隐约能看到一道浩瀚的神海虚影。

"去。"

秦云再度放出烟雨剑的剑光，开始分解这具尸体。

又是一位异界强者的尸体消散了。

秦云看着这一幕，忽然有些唏嘘。

他也明白，这三个异界强者怕是很久以前就已经死了，就算没死，也犹如傀儡般活着。

尸体泯灭，回归三界，有功德降临。

很快，功德降临就停止了。秦云微微皱眉，因为这位披着黑袍的人形雾气的尸体所获的功德，比之前少。

"怎样？"伊萧追问。

秦云一边将功德转移到烟雨剑之中，一边说道："和之前相当。不过最后一具尸体比较特殊，他肉身极强，生机也强大。"

说着，秦云一挥手。

"轰——"

巨人的尸体最是庞大，使这里的空间都扭曲了，幸好雷啸山这里布置有阵法，方才容得下巨人的尸体。

"这尸体可真大。"伊萧震惊地看着庞大如山的巨人尸体，在尸体面前，她好似一个小不点。

"他肉身之强，还在蚁道人之上。"秦云笑道，"我和句芒、蓐收联手，虽困住了他，却都没法杀死他。当然，他现在已经死了，要破坏他这肉身就容易多了。"

活着，有元神力量掌控肉身，肉身防御也能更强。当元神一散，肉身也会变弱许多。

"献祭这一具肉身，获得的功德应该会大得多。"秦云心意一动，放出一道道剑光，剑光沿着巨人的鼻孔钻进体内，开始破坏。

巨人体内的任何一处，都坚韧无比，剑光竟然切割不开。

"虽然死了，肉身变弱了，但是要摧毁，还是得动用本命飞剑。"秦云感慨道，便直接放出了烟雨剑。

"噗"的一声，烟雨剑直接切割了巨人的皮肤，钻进其体内，开始进行破坏。

只是破坏的速度比较慢。

"尸体太大，内含的生机也太强。"秦云说道，"要完全摧毁，恐怕要一盏茶的工夫。"

"一具尸体，以云哥你的实力，都要一盏茶的工夫？"伊萧道。

"他的生机不亚于木神句芒，肉身强大，近乎媲美顶尖先天灵宝，也就是死后，方才有望被摧毁。"秦云道，"他是第一个和我们交手的，是一个几乎打不死的敌人，估计也是为了试探我们的底细。"

神秘的强者命运的想法，秦云也明白。

先派个打不死的，探察清楚来者的底细。若是敌人很强，那就赶紧逃。若是有把握，就立即从诸多分身中挑选出克制敌人的三个分身，出手击杀。

只是，他和秦云他们交手，显然误判了秦云的实力，吃了些亏。

"嗯？！"

秦云看着眼前的巨人尸体，脸色陡然一变。在巨人尸体的血液中，秦云透过烟雨剑隐隐看到了一道金光，应该是更高层次的力量。

"发生什么事了？"伊萧询问。

"他身体内有一股很特殊的力量。"秦云低语道，"我在破坏他的尸体时，这股特殊的力量就盘踞在尸体的深处，依旧在本能地抵抗我的力量。"

"特殊的力量？"伊萧有些疑惑。

"我先将这股特殊的力量给取出来。"秦云发出的剑光在巨人尸体内追逐着那股力量，每攫取一部分，就放出剑光，裹挟着送出来。

"咻咻咻——"

道道剑光裹挟着那股特殊的力量，从巨人的尸体内飞出来。

那是一条条扭曲的金色丝线。

随着这些金色丝线不断地被取出，巨人的尸体变得越发脆弱，秦云破坏起来也越快了些。原本估计要一盏茶的工夫，可在十条金色丝线力量被取出后，巨人的尸体在一次呼吸的工夫里就完全消散，回归天地了。同时，有大功德不断降临。

"这是什么力量？"秦云仔细看着眼前扭曲的金色丝线。

这时三界降临的大功德，也停止了。

"献祭。"

秦云直接尝试摧毁其中一条金色丝线，这金色丝线充满无尽生机，可此刻无所依靠，还是被烟雨剑摧毁了一条。此时三界也有些许功德降临，功德还不少。

"云哥，你如今功德怎样？"伊萧追问。

"九成五吧，离成功德至宝还缺不少。"秦云说道，"若是献祭这剩下的九股力量，应该能达到九成七。"

伊萧惊讶地道："这神秘的力量，献祭后居然能得到如此多功德！"

秦云仔细观看着这金色丝线，在他的注视下，金色丝线放大了千万倍，化作了无比庞大的金色秘纹图。

金色秘纹图隐隐变幻成一个巨人模样，即便秦云只是遥遥看到，都感到压抑，那是与面对师尊，面对女娲娘娘他们截然不同的感觉。

那巨人应该也是天道境，肉身强到了匪夷所思的地步。

秦云轻声道："我如果没看错，这应该是血脉力量。

"那巨人，应该是一位更强大的强者的血脉后裔。

"他肉身强成那样，不仅和他的修行有关，而且和血脉有关。"

第338章

交易

秦云用玉瓶收起了其他八股金色丝线，然后仔细观察面前悬浮着的仅有的一股金色丝线。天道境是天道万物运转奥妙，秦云既然掌握了其中的三才大道，对其他大道也是能看出些虚实的。

这金色丝线力量中的天然秘纹图虽然玄妙无比，但秦云还是勉强看出部分，比如其中就有三才大道的奥妙。

"真是神奇，拥有这样的血脉。这巨人的始祖，其肉身真是强大得可怕，应该是一位修炼肉身的天道境强者。"秦云心中惊叹，"三界的道祖、佛祖、魔祖他们包括女娲娘娘，都并非修炼肉身的天道境强者。"

肉身成圣一脉，是出了名的难修炼。

一位成天道境的肉身成圣一脉，让秦云钦佩不已。

那个巨人可能是离开家乡，进入时空潮汐闯荡，栽在了那个神秘的强者手里。

秦云暗道，"来头再大也没用，天道境的强者无法进入时空潮汐，连报仇都没法子。"

这血脉很显然源自于异界，可秘纹图中依旧蕴含着种种大道。

显然大道既存在于混沌之中，也存在于其他世界。

而一些小道或许有区别。

比如黑暗魔渊中就会出现一些特殊的规则，一些有大罪孽的可能会成为黑暗魔渊的宠儿。可在三界的规则下，这些有大罪孽的却是要遭到打压的。

一些独特的规则，如功德、罪孽，是属于三界天道的，而在混沌中，功德、罪孽是没用的。

而大道，是混沌中本就存在的，比如混沌中孕育的先天至宝，一孕育成功就是内含一条圆满大道。这一条条混沌中的大道，不但三界内适用，混沌中适用，时空潮汐中适用，就连异界也适用，只是异界的修行体系或许不同。

三界也有许多修行体系，如道家、佛门、魔道、巫门等等，其中剑仙一脉、符箓一脉等等也各有特色。

异界在独特的世界下，产生属于他们的修行体系也很正常，可最终的大道是相通的。

"他山之石，可以攻玉。"秦云越看这秘纹图，越觉得这就是一座宝库，因为这秘纹图的构成也是秦云从未见过的。

"短时间内参悟不了多少，还是得长期参悟。"秦云又取出一个玉瓶收起那一股金色丝线。

伊萧这时候才开口，笑道："云哥，刚才你看这血脉力量，可是看了好久，它对你的修行有帮助吗？"

"有大帮助。"秦云点头，"只是需要好好参悟。"

伊萧随即忍不住道："云哥，你获得的功德，离成功德至宝还有所欠缺，接下来你打算怎么办？"

如今积攒到九成五，就是将这些血脉之力都献祭了，也才九成七。

看似差得不多，可这差的一点点，恐怕也需要再除掉两三位异界的大道圆满强者。

"没别的法子，只能再去一趟时空潮汐。"秦云说道。

伊萧露出担忧之色。

"不过不是现在。"秦云笑道，"别担心，如今欠缺的功德不多，只要再去时空潮汐一次就能凑足了。我准备先好好参悟这血脉中的奥妙，来提升我的剑道。我的实力越强，从时空潮汐中平安归来的把握也就越大。"

"我有感觉……"秦云看着手中的玉瓶，"这血脉之力，会对我的烟雨阵有帮助。"

"你准备什么时候去？"伊萧追问。

"最后一千年吧。"秦云道，"先潜修两千多年，剩下一千年足够了。"

随即，秦云又道："萧萧，这血脉之力非同寻常，我得先去面见师尊。"

伊萧点头，目送秦云破空而去。

碧游宫，主殿。

灵宝道祖盘膝而坐，看着走进来的弟子。

"师尊。"秦云恭敬地行礼，"弟子有一物奉上。"

"哦？"灵宝道祖有些惊讶，笑道，"看来这次前往时空潮汐，你颇有些收获。"

"嗯。"秦云点头，没有多说，直接一翻手，拿出一个玉瓶，玉瓶飞向了灵宝道祖，"师尊请看。"

灵宝道祖也没在意，毕竟他见多识广。更何况当初三清联手也是多次闯荡时空潮汐，斩杀了好些异界强者。也就是后来成了天道境之后，他才没有再进入过时空潮汐。

"咻。"玉瓶内飞出一条金色丝线。

灵宝道祖淡然看去，跟着脸色就变了。

"这是……"灵宝道祖仔细看着，变得郑重起来。

"天道境肉身一脉强者的血脉之力。"灵宝道祖喃喃低语，眼睛都亮了，然后露出了喜色，问道，"你怎么得到的？细细说来。"

秦云恭敬地道："禀告师尊，这次我们前往时空潮汐，是对付那个悬浮在一座山上，使用大锤的异界巨人。"

"是他。"灵宝道祖微微点头。三界对时空潮汐也有探察，也了解到了一些盘踞在时空潮汐中的强者。虽然探察到了，但是三界的强者们也很清楚，那些大摇大摆、光明正大地盘踞一地的异界强者，肯定都是底气十足的。

所以情报大多都只是表面的，大家不敢全信情报。比如秦云他们这次，情报和事实的差距就大得很。

"这次我和蓐收、句芒一同联手，发现那悬浮在山上的真正主人，其实是一位异界强者。"秦云说道，"那位异界强者掌控了三十五位大道圆满层次强者的肉身，能同时操纵一大群异界强者围攻我们，而那个使用大锤的巨人，仅仅是被掌控的三十五位之一。"

"掌控如此多的大道圆满者？"灵宝道祖也有些惊讶，"怕是他家乡的不少大道圆满者都被他奴役了，要在时空潮汐中抓捕三十余位，可能性很小。"

"应该不少都是他家乡的。"秦云也点头赞同，"这些被他掌控的强者，除了一位有半步天道境的实力，其他都是正常大道圆满的实力。除了少数几个手段特殊，其他大多都很平庸，放在三界都是大道圆满者中垫底的。所以弟子的烟雨阵才能挡住他们的围攻，在除掉三位后，侥幸逃了回来。"

灵宝道祖点头："这血脉之力是源自于被你们所除掉的三位之一？"

"嗯，就是那个使用大锤的异界巨人。"秦云说道，"在将他的肉身献祭给三界时，我发现破坏他的肉身颇为吃力，碰巧发现了他体内暗藏的这一缕缕血脉之力。"

灵宝道祖了然："原来如此。"

"徒儿，你运气的确不错，在时空潮汐中还能发现天道境强者的血脉之力。"灵宝道祖笑看着秦云，"为师当初也在时空潮汐中对敌了十余次，可也没这等收获。"

"也是侥幸。"秦云说道，"的确有些运气，其他两位异界强者的尸体献祭了也没发现什么特殊的。"

"肉身成圣一脉，还要成天道境，的确很难。"灵宝道祖说道，"我等知晓的，也只有盘古达到了这一境界，而盘古并没有子女，他是混沌青莲所孕育的，生来就是为了开辟三界的。"

"我等也搜集到了他残留的血脉之力。"灵宝道祖笑道，"虽然各方也参悟、修行过，像八九玄功、十二都天等法门秘术，但都是从盘古的血脉之力中参悟出来的。"

秦云了然。

"如今你又发现了肉身一脉的天道境强者的血脉之力，若是和盘古的血脉之力彼此借鉴，对为师大有帮助。"灵宝道祖说道，"为师和其他天道境强者也都在琢磨修炼肉身之法，毕竟将来闯荡混沌，肉身法门也颇为重要。"

秦云点头。因为他是散仙，乃元神之体，所以就不太适合肉身修炼了。

不过，其中奥妙倒是可以参悟，用来融入自身的剑阵之中。

"你将它献给我，这一股盘古的血脉之力便给你吧。"灵宝道祖笑道，将一个黑色的小瓶扔出，飞到了秦云面前。

"是。"秦云也没拒绝，恭敬地接下。

灵宝道祖嘱托道："你记住，盘古的血脉之力，擅长力大，而你带来的这异界天道境强者的血脉之力，擅长肉身防御。二者方向不同，对你的烟雨阵而言，参悟盘古的血脉之力，对你杀敌或许有帮助。而参悟这异界天道境强者的血脉之力，对你的烟雨阵护身之法或有帮助。"

秦云道："弟子也看过这异界天道境强者的血脉之力，发现其对烟雨阵有帮助。"

"如今你最紧要的是渡劫，所以以参悟这异界天道境强者的血脉之力为主。等将来渡过散仙之劫，再多多参悟盘古的血脉之力。身为剑仙，你的杀敌手段，也得增强。"灵宝道祖说道。

"弟子明白。"秦云恭敬地应道。

"去吧。"灵宝道祖点头。待秦云离去，方才取出那一股金色丝线，仔细参悟起来。

在秦云得到那十股血脉之力时，在遥远的龙族大世界，一条庞大无比的神龙正在沉睡，正是龙族始祖祖龙。

在三界的大道圆满强者中，公认实力最强的有三位，即佛门阿弥陀、后羿以及祖龙。

这三位不相上下，后羿的攻击强得恐怖，祖龙是修炼肉身的半步天道境，佛门阿弥陀乃西方极乐之主，有诸多大神通，是天道境之下速度最快的。

至于祝融神王，是后来才脱困出世的，加上他只是早期在三界纵横了一个时代，如今一出世就被后羿重创了。因此，在三界强者心中，祝融神王的实力比后羿低了一筹，也比祖龙、佛门阿弥陀低了一筹。

秦云是大道圆满的剑仙，有本命先天至宝在手，也是公认的半步天道境。可他修行的岁月终究短暂，依靠手中的兵器才名列半步天道境，且只是护身厉害，杀敌手段要弱些。在三界强者看来，他还是要比后羿、祖龙、佛门阿弥陀要略逊一些。

"嗯？"祖龙睁开了眼，金色的眼眸遥遥看向天界方向。

"我能在冥冥中感应到天机，我的大道机缘，就在那个方向。"祖龙的实力深不可测，却只能勉强窥视到一线机缘。

"哗。"

祖龙化作一个黑袍男子，一迈步就已经抵达了天界。

天界的半空中。

祖龙继续循着冥冥中的一丝感应，不断前进着。

片刻后。

"嗯？"祖龙站在云朵上，看着前方巍峨的高山，眉头皱起，"雷啸山，秦剑仙的雷啸山？我的机缘怎么会在雷啸山？听说这位秦剑仙刚刚从时空潮汐回来，难道他从时空潮汐得到的某物，是我的大道机缘？"

"不过我能感应到，秦剑仙的真身并不在此，留在雷啸山的仅仅只是一具化身。"

祖龙忽然转头看去。

一道流光降临在雷啸山，正是从碧游宫回来的秦云。

"秦道友。"祖龙当即笑着开口，声音传递了进去。

很快，雷啸山山顶的云雾散开，秦云有些惊诧地从中走了出来。

"祖龙来我雷啸山，可真是难得。"秦云笑道，"来来来，还请到我雷啸山小坐，喝杯水酒。"

祖龙微笑着点头："那就叨扰了。"

他们一同入内。在秦府的一处花园中，秦云、祖龙相对而坐，伊萧更是专门来奉上水酒。她的眼睛不禁发亮，她很清楚眼前这位可是整个三界龙族的始祖——祖龙。

伊萧也是龙族，见到祖龙，自然颇为激动。

祖龙朝伊萧笑了笑，伊萧奉上水酒后便退去了。

"秦道友，你夫人也是龙族。如今秦家有三位后辈显现了龙族血脉，你和我龙族还真是有缘。"祖龙笑道。

秦家后辈中若是修炼道家法门，人族血脉占上风的便不会龙化，而龙族血脉占上风的就会龙化。

秦家的确有几位龙化的。

"是很有缘。"秦云端起酒杯，"来，尝尝这酒，或许不及龙族的珍藏，却也是我行走三界时收集的一些美酒。"

"嗯。"

祖龙端起酒杯品了一口，眼睛一亮，"是很独特。"

秦云笑道："我秦云爱好不多，吃喝便是其中之一。对了，祖龙今日来我这里，不知是有何要事？"

"我来此，是有求于秦道友。"祖龙直接说道。

"祖龙请说。"秦云道。

对祖龙，他是很敬重的。祖龙乃修炼肉身的半步天道境，战斗力极惊人，一旦将来道祖、佛祖、魔祖他们一个个被迫离开三界，那么祖龙在三界将堪称无敌。到时候，龙族恐怕都会比如今兴盛得多，毕竟如今还有道祖三清等在上面压着，龙族才仅仅有这般声势。

而且，秦云想到，将来若是自己真的渡劫失败，自己也得为家人安排好后路。因为自己得罪了魔道，能庇护秦家的强者并不多，祖龙便是其中之一。

"我能感应到秦道友身上的一件宝物，是我的大道机缘所在。"祖龙看着秦云，道。

"你的大道机缘？！"秦云一愣，跟着就明白了。

祖龙可是修炼肉身的半步天道境，自己得到的那血脉之力，正是异界肉身一脉的天道境血脉之力。若是论其对三界谁最有帮助，显然就是祖龙。

"事关成道机缘，秦道友还请帮个忙，我定不会让秦道友吃亏。"祖龙说道，很有底气。

"祖龙你说的，应该是此物。"秦云一翻手，拿出一个玉瓶，玉瓶内有一条金色丝线飞出。

看到那一条金色丝线，祖龙双眸一亮，激动得脸上都露出喜色："对对对，就是此物。这是修炼肉身的天道境强者的血脉。没想到除了盘古，还有其他修炼肉身的天道境强者。"

"这是我此次在时空潮汐中偶然得到的。"秦云说道。

"就是异界的天道境了。"祖龙激动地看着那一条金色丝线，"虽然修行法门或许不同，不过大道相通，大道奥妙是共通的。秦道友，这异界天道境强者的血脉之力，还请割爱！需要什么条件，你只管说。"

祖龙是志在必得。这一条金色丝线中藏着的秘密，太过玄妙，他需要日日夜夜去参悟。

像盘古的血脉之力，灵宝道祖也是在得到后参悟了漫长岁月，对他没帮助，才赐给了秦云。而祖龙境界还没到天道境，这一股血脉之力，他怕是成天道境前，都不可能完全悟透。

"祖龙想要？"秦云问道。

"我知道此物珍贵无比，秦道友怎样才愿意给我？尽管直说。"祖龙郑重地道，到了他这一境界，三界能吸引他的东西真的不多了。

就是之前的造化莲子，对祖龙的吸引力，都不如眼前这一股血脉之力。

"条件？"秦云犹豫了一下，如今三界能吸引他的东西也不多。

要知道，盘古的血脉之力，道祖、佛祖他们都有珍藏，可依旧珍贵无比，那毕竟是打开通往肉身一脉天道境的钥匙。

这异界的天道境强者的血脉之力，因为稀少，且是秦云独有的，其珍贵甚过盘古的血脉之力。

"秦道友，还请帮帮忙。"祖龙诚恳地说道。

"这样吧。"秦云说道，"三枚祖龙血晶，并且你再答应我一件事。"

祖龙露出喜色："秦道友需要我做什么事？"

"希望不是请我去时空潮汐。"祖龙暗暗道。

时空潮汐，他是不愿去的。

倒不是他畏惧，而是因为整个龙族都是靠祖龙才有如今的威势。将来，若是道祖他们离开三界，三界将会更混乱。若是龙族没了祖龙，那么龙族恐怕会被三界的诸多强者奴役，当坐骑、当仆从。

他必须活着，所以绝对不会自陷险地。

"我希望祖龙你答应，从此庇护我秦家。"秦云说道，"至少要保我秦云三代内血亲。"

祖龙一听，顿时松了一口气："秦道友只管放心，我得你宝物，便答应你。我定会竭尽全力庇护你秦家，至少秦道友你三代内血亲，我保他们安全。"

秦云点头。

祖龙也只是竭尽全力，能不能真保住，还是两说。因为祖龙需要长期坐镇龙族疆域，距离天界颇为遥远。秦云在渡劫前想要给家人安排后路，祖龙只是其一。因为祖龙实力虽强，但身上担负的太多了。

"这是三枚血晶。"祖龙张嘴一吐，便有三枚紫色血晶飞出，紫色血晶内部隐隐泛着彩光。

"三枚祖龙血晶，天龙服用效果最好。"祖龙说道，"能使人脱胎换骨，让天龙血脉提升到媲美我那几个孩子的程度，实力也能迅速提升到半步大拿的水平。"

秦云点头，挥手便收起了祖龙血晶。

祖龙血晶颇为珍贵，就像天龙血晶之于天龙。

让祖龙拿出三枚祖龙血晶，有些伤其根本，但以祖龙的底蕴，仅仅三枚血晶对实力的影响微乎其微，损伤的根本，多耗费些宝物也能慢慢恢复。若是一次性拿出十枚血晶，祖龙那才是元气大伤，甚至都难以再恢复。

祖龙用玉瓶收起那一股金色丝线，得宝后他颇为开心："此次我是占了秦道友的便宜。今后，秦道友有需要我帮忙的，尽管找我。"

"一定。"秦云点头。

的确是祖龙占了便宜，就算是一缕盘古的血脉之力，换三五枚祖龙血晶都很正常。

秦云独有的异界肉身一脉天道境的血脉之力，又是祖龙急需的，就是提的要求翻倍，祖龙也会答应，可那样的话，祖龙恐怕会心生怨气。

如今，祖龙开心得很，双方的关系自然也亲近了许多。

"我就不在这儿多叨扰了，先告辞。"祖龙起身。

秦云也起身相送。

目送祖龙离去，秦云微微点头："我秦家后代也有龙脉在身，也有显现出龙身的，有祖龙血晶，倒是可以让我秦家后代体内的血脉更强，也算未雨绸缪吧。"

这也是他在渡劫前，为家族做的一个安排。

第 339 章

只剩下一千年

"这是祖龙血晶？"伊萧看着眼前悬浮着的泛着彩光的紫色血晶。这枚血晶仿佛天地间最夺目的存在，让她体内的龙族血脉都沸腾起来了。

这是整个三界一切龙族的源头——祖龙血晶。

"祖龙也是损伤根本，才能凝聚出这一枚血晶。"秦云说道，"天龙若是服用，就能脱胎换骨，天赋资质足以和祖龙九子相媲美，有半步大拿的实力。萧萧，你如今是天龙境，最适合服用这个，赶紧服用吧。"

秦云期待地看着妻子。

"如此珍贵之物，还是在我秦家后辈中选一个天资、悟性高的来服用吧。我的天资、悟性只能算是寻常。"伊萧身为秦云的妻子，也觉得祖龙血晶太过珍贵。

"为了换一缕异界天道境强者的血脉之力，祖龙他付出了三枚祖龙血晶以及一个承诺。"秦云笑道，"你服用了一枚，我秦家还剩下两枚祖龙血晶，以后也可以给秦家优秀的后辈服用。赶紧服下吧，别迟疑了。"

听到一共有三枚，丈夫又催促，伊萧便没再犹豫，伸手捏住那枚紫色血晶，轻轻放入嘴里。

祖龙血晶一入口，便滑入腹内，迅速融入身体。

伊萧忍不住低哼一声。

而后，她全身的皮肤都开始变得有些半透明，急剧地泛红，周围的温度也都在上升。

伊萧的皮肤上开始浮现雪白的龙鳞，她控制不住地开始龙化了。在丈夫面前，她一般都是保持人形的。

"哗——"一条雪白的神龙出现了，在祖龙血晶融入血脉后，伊萧的龙鳞变得更加美丽，每一片龙鳞都仿佛天地间的奇珍，龙鳞上流转着的光芒，更有道蕴暗藏，其体形也在变大。

雪白的神龙强忍着脱胎换骨所带来的痛苦，秦云则在一旁紧张地等待着。

渐渐地，有寒冰的气息降临，周围开始飘起了雪花。而后，更有一丝丝电蛇在周围的空中滋生，然后融入到这雪白的神龙体内。

这脱胎换骨的过程持续了足足三天。结束后，伊萧的气息都变得强大了许多。

雪白的神龙躯体一变，便恢复成了人形。

"云哥。"伊萧的气息发生了变化，变得更加冰冷，也多了些许威压，那是龙威。

毕竟她吸收了祖龙血晶，资质都能媲美祖龙九子了，而且她刚刚突破，因此无法完全收敛威压。

"感觉如何？"秦云问道。

"很神奇。"伊萧点头道，"我吞下了那祖龙血晶，脱胎换骨后，就从血脉中自然地领悟了很多大道奥妙，甚至知晓了一些神通。"

"这就是天赋。"秦云笑道，"那些混沌神魔都是生来强大，祖龙九子也是生来就拥有种种神通。你如今融入一枚祖龙血晶，当然也是一样，会自然而然地掌握很多奥妙、神通。"

伊萧有些期待："我感觉只要巩固一番，好好修行血脉记忆中的一些神通，之后就能达到半步大拿的实力，只是想要成为大拿就难了。"

"如今你的天赋资质都大大提升了，只要好好修行，等到千万年乃至更久，或许就能成就大拿。祖龙九子虽然有依旧停留在天龙境的，但是也有好几位成了大拿的。"秦云说道。

伊萧一笑："真没想到我都能有这样的实力。"

"三界的那些大世界之主，他们的妻子儿女，又有几个弱的？"秦云笑道，"我秦云只能算是寻常。"

像天庭托塔李天王的那几个儿子，像杨戬的亲戚、家人……

类似的情况在三界很常见。

秦云作为半步天道境的强者，即便是散仙，家族在三界中也是顶尖的神仙家族了。

不过，就算是秦云如此不计代价地栽培，也只能栽培几个罢了。像灵宝道祖、元始天尊他们，重点栽培的弟子也就十几个。

而玉虚宫的三代、四代弟子等，得到的资源就差多了。

碧游宫的弟子太多，大拿以下的弟子得到的资源都只能算一般。

秦家，藏宝阁。

秦云、伊萧二人一同入内，将六个玉瓶藏入其中。

"异界肉身一脉天道境强者的血脉之力，我一共得到了十缕，其中一缕尝试着献祭给了天地。"秦云说道，"一缕给了师尊，还有一缕给了祖龙。我也要随身带着一缕，好参悟修行。这剩下的六缕，也算我秦家的一重宝了。若是将来我渡劫失败，萧萧，你可借此请半步天道境强者帮我秦家。"

"云哥，你一定会渡劫成功的。"伊萧道。

"我只是这么一说。"秦云笑道。

这些都是布下的后手。没办法，他得罪了魔道，若是不给家族安排得妥当，他怕自己渡劫失败，一死，秦家将来就被魔道给灭了。

"轰隆隆——"

秦云、伊萧离开藏宝阁，藏宝阁层层大门关闭。

不管是灵宝道祖还是祖龙，对血脉之力都会保密，没有外传。

接下来的日子，秦云也过得很平静。

他开始了漫长的潜修日子。

除了九成九的修行时间外，秦云剩下的时间就是偶尔指点指点后辈，陪妻子在三界中逛一逛，吃吃美食。

时间流逝。

秦云自时空潮汐回来，转眼便已过去了两千余年。

"哥。"

秦依依和孟欢正在下棋，二人都是修剑道的，下棋的风格却是不同，秦依依锋芒毕露，孟欢天马行空。

秦依依一边在棋盘上厮杀，一边说道："哥，爹他应该要渡第十一次散仙之劫了吧？"

"嗯。"孟欢眼中有着一丝紧张，点头道，"应该就是这两天。第十一次散仙之劫，据说威力极强，得有大道圆满的实力才能渡过。"

秦依依说道："爹他有半步天道境的实力，自然能轻松渡过。"

"是。可是下次就是第十二次散仙之劫了。"孟欢说道。

"只剩下一千年了。"秦依依轻声道。

一千年，对整个三界而言真的很短暂，即便是秦依依，一次闭关也可能就是上千年。

而一千年后，他们的父亲，那位以一己之力就吓得整个魔道封禁大世界的三界第一剑仙，整个三界仅有的几位半步天道境之一的秦剑仙，便将面临第十二次散仙之劫。

按照已知的情况，第九次散仙之劫，得大拿实力才能渡过。

第十次散仙之劫，得顶尖大拿的实力才能渡过。

第十一次散仙之劫，得大道圆满者的实力才能渡过。

因此三界的很多强者都推测，第十二次散仙之劫，很可能要天道境实力才能渡过。

秦云能成功渡劫吗？

即便他如此绝世，如此耀眼，可谁都没把握，包括道祖他们都不知道秦云能否渡过。

"轰隆隆——"

远处的大门开启了。

"爹他出关了。"秦依依、孟欢立即放下棋子，赶去迎接。

"依依，欢儿。"秦云看到儿女，心情都好了几分。

秦依依亲昵地抱着秦云的手臂："爹，往常你都是修行些时日就出关了，这次可是连续闭关了足足三百年，是最近两千多年最长的一次闭关了，是不是又有了突破？"

她讨好般地说着，同时也是探一探父亲的口风。

父亲若是有了突破，那么将来渡第十二次散仙之劫的希望就会大几分。

"的确是有了关键性的突破，所以才闭关如此之久。"秦云笑道。

秦依依、孟欢听了，都不由得露出喜色。

"爹，你都是半步天道境了，如今又有突破，说不定什么时候就能达到天道境了。"秦依依说着。

"无知。"秦云轻声呵斥道，"你爹我只是刚成大道圆满不久，而且是仗着先天至宝的本命飞剑才有半步天道境的实力。论境界积累，我是远不如祖龙、阿弥陀他们的。"

秦云很有自知之明。

像祖龙、阿弥陀、后羿他们可都没本命先天至宝，却拥有半步天道境的实力。他们靠的是境界的积累，掌握了不止一条圆满大道。他们三个在境界积累方面都是在秦云之上，秦云在大道圆满者中论境界也只能算是普通的。

秦云的独特，就在于他是剑仙，有本命先天至宝在手。

不过这从侧面也说明，秦云的提升空间更大。若是哪天在境界上也能和阿弥陀、祖龙他们比肩了，那秦云的本命飞剑展露的威力自然会更恐怖。

"嘿嘿。"秦依依嬉笑道，"不管有没有到天道境，爹，你的实力更强了，女儿没说错吧。"

"就会说好听的。"秦云撇嘴。

孟欢道："爹，这第十一次散仙之劫是什么时候？"

"就在明日。"秦云眼中有着一丝期待。

第十一次了。通过这一次，也能估摸出第十二次的威力。

第二天。

伊萧等一大群人，包括许多小辈，其中也有秦云的徒弟，都聚集在雷啸山山顶，看向不远处的半空。

那里，秦云凌空而立，而天空早就变得通红一片，如丝状的暗红劫云从四面八方汇聚而来，令劫云不断变得更大、更幽暗。

第十一次散仙之劫，即将爆发。

"时间过得可真快。"黑暗魔渊深处，魔祖毁灭身遥遥看向天界方向，"不知不觉，这秦云都已经开始渡第十一次散仙之劫了！快了，再过一千年，就是第十二次散仙之劫，他将死在那场散仙之劫中。没了这个疯子阻挠，我才能在三界再掀起一场战争。"

"道祖、佛祖他们几个都在等，等着被迫离开三界，好联手围攻我？"魔祖冷笑，"我会坐以待毙吗？"

"在离开三界之前，我会带来一场比道魔之战更残酷的战争，令魔道渗透更多区域，我也将掌管三界更多区域。

"到时候血雨腥风，死伤无数……

"哈哈哈。就算失败了，死了那么多仙佛神魔，而他们的力量也都回归三界，这样三界所承受的负担也会大大减轻。而逼迫我离开三界的日子，也会大大延迟。"魔祖自语道，"只是发动这场战争前，必须先解决秦云。"

"阿弥陀，波旬可以去抵挡。

"祖龙？为了整个龙族，他不会和我魔道拼命。

"道魔战争最关键的人物，就是秦云，多出这么一个半步天道境，威慑力太大。那些老家伙就算被我收买，也没几个愿意和秦云死拼。

"所以，你还是死在散仙之劫中吧。

"你死了，道魔力量的差距才不会那么大。"

魔祖冷眼看着天界方向。

魔祖他们几位天道境的力量无法进入大世界、小世界，所以战争的关键还是在于无数仙佛神魔的战斗，多一个半步天道境影响太大了，连收买古老强者的难度都将大大提升。

魔道一方因为秦云，封禁了他们所掌控的一个个大世界。在魔道疆域外，几乎看不到魔道的痕迹。

魔道如此蛰伏，如此收敛，就因为那位秦剑仙。

魔道自然恨秦云入骨，期待他早早死去。

当然有恨秦云的，就有希望秦云渡劫成功的。

比如道家三清、佛祖如来等，都是颇为期待秦云能渡劫成功的。

"第十一次散仙之劫了，也不知他能否渡过第十二次。"西方极乐大世界，世界之主阿弥陀盘膝坐在莲花宝座上，身上迸放出无量光，遥遥看着天界。

"还记得第一次看到他，他还只是一个凡俗层次，因为我留下的一物，他一梦百年。"

阿弥陀对秦云的感觉颇为独特，他是看着秦云成长起来的，比灵宝道祖他们观看到要早得多。

"有因便有果，你在三界结了大善因，当有大善果。"阿弥陀轻声道，他期待秦云有个好结果。

这一次秦云的渡劫，的确引起了三界很多强者的关注。因为下次就真的是生死之劫。

第十一次散仙之劫，从混沌初开至今，也仅有白泽的前世渡过。

所以第十一次散仙之劫，想要观看一次，也算是极其难得了。

"轰轰轰——"黑红劫云呈旋涡状，其表面都是黑色的，只有旋涡深处才能看到红光，同时发出声响，显然蕴含的威能极为恐怖。

按照情报，第十二次散仙之劫是风火雷三劫，而第十一次，却是纯粹的火劫。

仅有火劫，却需要大道圆满的实力才能抵挡。

秦云明白这一点。

高空中的黑红劫云正在蓄积威力，还没爆发，劫却已经降临了。

"嗯？"秦云全身的皮肤都发红了，眼中有着疯狂之色。

心火起！

秦云是散仙，乃元神之体，心火一起，自然遍布元神各处。

秦云虽然眼中有着疯狂之色，但是元神非凡，在心火遍布元神各处的情况下，依旧保持着冷静。

这也是大道圆满层次的元神才能这样，若是顶尖大拿的元神，在这心火下恐怕就会变得癫狂，而渡后面的诸多火焰劫数，希望至少少了一半。

秦云的手指尖有一缕烟雨飞出，分化三柄飞剑，悬浮在三个方向，定天、地、人三才。

一时间，烟雨阵已经布下了。

"哧哧——"空中原本肉眼看不见的火焰，在烟雨阵的笼罩下却是显形了，这透明的火焰被烟雨阵轻易给压制了。

"等渡过这第十一次散仙之劫，就该邀请后羿他们陪我再进入混沌时空缝隙了。"秦云暗道，"时空潮汐内的异界强者手段难测，说不定就会碰到个比上次更强的。后羿是我第一个要请的，还需要请其他几位。"

"要请他们的话，我也得展露展露一些实力。

"这次渡散仙之劫，三界观看的强者众多，正是展露实力的好时候。而且，我也能趁机看看，第十二次散仙之劫到底有多强。"秦云暗道。

"去。"秦云一个念头，浩瀚的烟雨阵中有无数剑光飞起，亿万剑光汇聚成一条剑光游龙，直接飞向高空中的黑红劫云。

"什么？！"

"他要直接攻打黑红劫云？"

这一幕让三界的许多强者都有些震惊。

攻打劫云，是让劫云内蓄积的力量一瞬间完全爆发，威力将会比之前大得多。秦云之前这么干就罢了，可这第十一次散仙之劫也这么干，就有些太疯狂了。

"心中火、空中火、石中火、木中火等十九种火焰，我可没时间慢慢来尝试。直接全部爆发吧。全部爆发，勉强能够有第十二次散仙之劫的些许威势吧。"秦云暗道。

他一边施展烟雨阵，守得滴水不漏，一边直接攻打劫云。

第 340 章

又强了

亿万剑光汇聚成一条神龙，在长空中游动，直接冲入那黑红劫云中。

攻打劫云是渡劫最忌讳的事，只有足够自信的渡劫者才敢这么做，这幕场景让三界的许多大拿都屏息看着。

"轰——"

那条由剑光汇聚的游龙冲入黑红劫云后，黑红劫云旋涡中的红光陡然大盛，完全爆发了。

"锁！"秦云遥看上方，喝道。

游龙忽然环绕成一圈，完全封锁住了黑红劫云。黑红劫云虽完全爆发，可爆发的力量却被完全压制住了。

"轰！轰！轰！"

黑红劫云的种种火焰，合力冲击着四面八方。

秦云脸色微变。

游龙勉强支撑一会儿就要崩溃了。

"散。"

秦云一个念头，只见那条游龙立即分散开来，又化作了亿万剑光。零散的亿万剑光迅速飞到了黑红劫云的最下方，又汇聚成了一条游龙。

　　"劫云蕴含的力量太强了，看来我想要正面封锁、压制，还差得远。"秦云暗道。

　　"我这次闭关刚刚悟出的这一招游龙，是烟雨阵最强的杀敌招数，比之前的杀招三绝七星强了近一倍，足以和异界的银发银眸女子相媲美。这一招游龙，无法压制劫云，可若只是抵挡，能挡得住吗？"秦云思索着。他在推测散仙之劫的威力，以及下一次天劫的威力。

　　"轰轰轰——"

　　黑红劫云的火焰熊熊燃烧着，内部也在发生着变化，终于，爆发的黑红劫云开始急剧收缩。

　　渐渐地，黑红劫云收缩成一小团威力恐怖得多的劫云。

　　"轰！"

　　这收缩后的劫云，陡然爆发出一道黑色火焰，直接朝着正下方的秦云轰击而来。

　　"来了。"

　　看着以劫云所有力量汇聚成的黑色火焰冲击而下，那条游龙也是一飞冲天，迎头而上。

　　伴随着一声巨响，黑色火焰撞击在游龙上，游龙游动着，竭力地抵挡，并卸去黑色火焰的冲击力。

　　游龙在努力抵挡，黑色火焰也在不断地轰击，并且附在游龙上灼烧着，令一缕缕剑光不断消失。

　　那条游龙以肉眼可见的速度在缩小。

　　很快，游龙在游动的同时，变得越来越小，直至完全消散。

　　而那黑色火焰在灭掉游龙后，也只剩下零散的火焰，威力已不值一提，它零零散散地冲击而下，还没碰触到烟雨阵，就被淅淅沥沥的细雨完全给浇灭了。

此时天地间恢复了宁静，劫云也没了。

"劫云完全爆发，竟能抵挡我烟雨阵最强的杀招。"秦云抬头看着那一缕缕黑色火焰在烟雨领域中消失，心中颇为沉重。第十一次散仙之劫的劫云瞬间爆发，应该能赶上第十二次散仙之劫的火劫中最强火焰的部分威力。

然而第十二次散仙之劫，有风火雷三大劫，风火二劫是其次，雷劫才是最强的。

刚才黑红劫云爆发的威力就有半步天道境那般，如此推测，第十二次散仙之劫，最恐怖的雷劫，应该有天道境的威力。

"难道真的如自己想的那样，得有天道境的实力才能渡过吗？"秦云心中沉甸甸的。

"也罢，兵来将挡，水来土掩。我秦云将能做的都做了，竭尽全力，若是这样依旧失败，那也无话可说。"

秦云很快就恢复了平静，转头看向雷啸山山顶上自己关心的那群人，露出笑容，一迈步便走了过去。

魔道疆域。

波旬盘膝坐在荒凉的崖顶，看着天界中发生的一切。

"都没用烟雨阵抵挡，仅仅众多剑光汇聚，就破了这黑红劫云？"波旬低语道，"这位秦剑仙的实力又提升了，比除掉蚊道人时，又强了不少。"

他的眼光何等毒辣，一眼就看出了秦云的游龙这一招，比除掉蚊道人的三绝七星招数要强得多。

"之前在几位半步天道境中，他仅仅是护身剑阵厉害，杀敌招数却是垫底的，比祝融和我都弱，更别说和祖龙、后羿他们相比了。如今这剑光游龙的招数，论威力，便不亚于我了。他也弥补了这一短板。"波旬暗暗叹息。

这种成长速度让他感到了压力。

"这位剑仙强得让我魔道都无可奈何，若是任其成长，将来横扫三界魔道也未尝不可能。幸好一千年后，就是一场更恐怖的散仙之劫在等着他。"波旬期待散仙之劫将这位剑仙给带走。

否则这位秦剑仙，定会给魔道带来一场大劫了。

"厉害，剑光杀招就挡住了劫云！"一个白衣男子赞叹道，"这位秦剑仙，越发深不可测了。"

"秦云天资卓绝，奈何却有天劫阻挡。不过，这天劫未尝不是一种磨炼，一次次散仙之劫就是一次次打磨，只要杀不死他，就会令他更强大。"西方极乐大世界之主阿弥陀遥遥看着这一幕，"是劫，也是运吗？"

阿弥陀眼中有着智慧的光芒，有所触动，当即盘膝坐下，闭上了眼睛，陷入深层次的参悟中。

他隔绝了与外界的一切联系，除了佛祖如来能联系他，其他任何修行者都无法打扰他。

整个三界，也就最顶尖的一小部分，才能看明白秦云渡劫时施展的剑招威力。那些古老的强者都明白，这位秦剑仙比除掉蚊道人时更强大了。

"灵宝，你那位徒弟进步神速，若是本命飞剑成就功德至宝，说不定真能渡过最终的散仙之劫。"太上道祖传音道，"我也很想在离开三界前，看一看这散仙之劫是否有尽头。若是真到了尽头，渡过最终之劫，散仙又会发生什么变化？"

"我那徒弟若是都渡不过，恐怕三界再无散仙能成。"灵宝道祖说道。

"灵宝，你这就武断了。未来之事，谁又看得清呢？"太上道祖说道。

"我就是不信三界会有比我徒弟更强的散仙。"灵宝道祖撇嘴。

太上道祖笑笑，没再多说。

秦云渡第十一次散仙之劫的事，已经成为三界许多仙佛神魔的一件谈资。毕竟从古至今，除了白泽前世，也就秦云这次渡过了第十一次散仙之劫。

各方谈论散仙之劫的威力，谈论那位秦剑仙能否渡过第十二次散仙之劫，是终于超脱于散仙之劫，还是身死道消？

一旦身死，魔祖就会在轮回中下黑手，让秦云死得彻底。

"咻！咻！"

一缕异界天道境血脉之力，一缕盘古的血脉之力，分别在静室中游走着。

秦云盘膝而坐，终于睁开了眼。

这已经是渡过第十一次散仙之劫的九个月后了，他闭关消化了一番渡劫的收获。

"收。"两个玉瓶分别收起这两缕血脉之力。

"自从得到这两缕肉身一脉的天道境血脉之力，我就一直用心参悟，主要是参悟这位异界强者的。毕竟这位异界强者更擅长护身，而盘古的血脉之力暂时只是用来借鉴。"秦云暗道，"可即便是借鉴，也让我悟出了游龙这一杀招。若是我全力以赴地参悟盘古的血脉之力，或许能悟出更强的杀招。"

"不过，我的时间浪费不起。若是渡过了最终散仙之劫，得了长生，倒是可以好好地参悟盘古的血脉之力。"

三界有好些法门、阵法、神通，都是和盘古的血脉之力有关的，且都是战力极强的。

而异界强者的血脉之力，秦云参悟了两千多年，收获也很大，连神通、秘术都在偶然间悟出了一些，且都是护身极强的。

"留给我的时间不多了，该去混沌时空缝隙了。"秦云起身，准备出关。

当天，秦云便前往明耀大世界拜访后羿。

这次前往混沌时空缝隙，后羿是他邀请的第一个目标。

明耀大世界。

秦云来到一处半空之中，循着感应便看到山林中有一间木屋，木屋前有一个池塘，一个布衣男子正在池塘前垂钓。

"后羿。"秦云循着因果感应，自然知晓了这个布衣男子就是后羿。

"嗯？他看似在垂钓，可那鱼竿却隐隐渗透向了轮回？"秦云一惊，他也是大道圆满强者，能够感应到那杆鱼竿有力量渗透向那浩瀚的六道轮回。只是六道轮回神秘莫测，秦云也难以窥视其核心。

后羿持着鱼竿，抬头看去，秦云则是降落在木屋前，笑道："后羿道兄果真了得，竟能渗透轮回。"

"秦道友过誉了，我只是尝试一下。"后羿摇头，"六道轮回乃三界运转的关键，三界的无数生灵转世投胎都得靠它。连太乙天尊、后土娘娘也只能辅助六道轮回运转，无法插手改变。我尝试渗透，却也被阻拦在外。"

"后羿道兄都做不到？"秦云惊讶。后羿和自己不同，自己境界积累得还不够，可后羿离天道境只差一点了。

"天道阻止，如何能渗透？即便是道祖、魔祖他们达到了天道境，也只能勉强渗透一丝力量进入轮回深处，勉强能够破坏少许魂魄罢了，影响不了六道轮回的根本。"后羿说道。

秦云点头。

在六道轮回深处，道祖、魔祖他们能做的都有限，勉强渗透一丝力量，破坏少许魂魄就已经是极限了，因此根本做不到完全保护一个魂魄。

破坏和保护，难度本就不同。

"自从魔祖无耻地对三界后辈下手后，三界的大拿再也不敢转世修行了。"秦云说道。

"早期，是有不少大拿主动转世修行。"后羿点头，"像你剑仙一脉能够修本命飞剑，你都修成了本命先天至宝，三界定有不少大拿眼热。若是在三界早期，怕早就有大拿主动转世去修剑仙了。"

秦云点头："很多法门一旦开始修行，就无法改变了。想要换一条路，就只能投胎转世。"

在三界早期，投胎转世的危险，一是未曾觉醒前，太过脆弱；二是即便觉醒了，也难以短时间恢复到前世巅峰的实力，若是被仇家发现，就会有危险。

可三界还是有些大拿选择转世修行的，因为好处也有很多。

"若是没有魔祖，你就算渡劫失败，也能转世修行，就像白泽。"后羿说道，"可惜你没这机会。"

"所以我天生和魔道犯冲。"秦云笑道。

后羿也微微一笑："堂堂秦剑仙，今天来我这里，应该不只是闲聊吧？"

"我来，是想请后羿道兄一同进入混沌时空缝隙。"秦云说道。

"混沌时空缝隙？"后羿眉头微皱，随即一笑，"你该知道，我护身的手段弱些。在时空潮汐中面对异界强者，我能杀敌，但异界敌人手段难测，同样也能杀了我。而且，对我而言，在三界就很好，为什么要去时空潮汐中冒生死危险？"

"我最擅长的就是护身本事，相信定能护后羿道兄周全。"秦云说道。

"我不喜欢将性命交在别人手上。"后羿摇头。

秦云有些犹豫，按照自己了解的情报，后羿在三界早期还是敢斗天斗地的，也曾斩杀过好些魔头，可自从嫦娥的事之后，后羿就变得低调得多，也不插手三界之事。明明是三界公认的明耀大世界的主人，可他也懒得管理明耀大世界，似乎什么都无法引起他的兴趣。

嫦娥是后羿的忌讳，不能提，提了怕是得翻脸。

后羿还在意的，就是和他有杀父之仇的祝融神王。可祝融神王如今也躲起来了，秦云也没法子。

后羿还在意什么？那就只剩下修行了，连刚才垂钓，后羿都是在修行。

"后羿道兄，去时空潮汐能见识到异界强者的手段，对自身修行也有助益。"秦云说道，"而且此次前往，我只需要异界强者的尸体，至于异界强者的宝物我分毫不取，归后羿道兄和其他道友。"

"你还准备请其他道友？"后羿看向秦云。

"是。"秦云点头，"我还准备请天道境以下，最擅长领域的孔宣。一同前往的同伴越强，我等在时空潮汐中的把握就越大。当初，我道家三清还未成天道境时，就是一同联手闯荡时空潮汐，经过多次生死搏杀，后来都成就了天道境。我等几位联手，相信不亚于当初我道家三清。"

后羿微微点头。

道家三清，在成天道境前就很厉害。

秦云护身、后羿杀敌、孔宣领域，一对一单论，不敢说比当初的三清厉害，可若是论配合的话，秦云他们三个的配合的确更好。

"除了你、我、孔宣，我还会请上木神句芒，遇到再难缠的敌人，都可以让句芒去纠缠。"秦云说道。

"嗯，似乎不错。"后羿露出笑容。他的确生出了兴趣，有这样四人配合，的确极强。

"孔宣、句芒的实力我不怀疑，而秦道友你的剑阵是用来护住我等几位周全的，这最为重要。"后羿说道，"我需要看看，你的剑阵到底有多厉害。我会连射九箭，若是你能挡下我九箭，我就答应你一同前往；若是连我的箭都挡不下，那就一切休提。"

秦云战意昂扬，点头："好，我也早就想试试后羿道兄弓箭的威力了。"

秦云飞到半空中，烟雨剑早就飞出一分为三，布下阵法。

一时间，烟雨阵笼罩了周围的天地。

后羿也悬浮在半空，说道："我连射九箭，一箭比一箭强，到第九箭便有媲美天道境的威力，你可得小心了。"

在不施展禁术的情况下，后羿需要连续射出九箭来蓄势，最终第九箭才爆发出媲美天道境的威力。若是施展禁术，就是上次对付祝融神王那般，但代价未免太大。仅仅是比试，连续九箭就已经够狠了。

"来吧。"秦云充满了期待。

天道境以下，他秦云最擅长护身，后羿最擅长攻杀。

"如今自己守，对方攻，会如何？"

后羿站在远处，气势也难得地高昂，他一只手握着一张古朴的大弓，一只手一翻，便取出一支金色箭矢。

"开始了！"后羿说了一句，方才猛然拉弓，弓成满圆，箭矢扣在弓弦上。

"哗！"

箭矢化作流光，一闪而逝。

此时秦云无比郑重，他上次见过后羿出招对付祝融神王。这一次后羿射箭，箭矢动静很小，可依旧很快。

快到极致，躲无可躲！

"噗。"流光撞击在烟雨阵上，并没有引起多大的动静。

实际上，这第一箭就足以媲美那名异界银发银眸女子的全力出招了。当初秦云就能轻易抵挡，而这两千多年来，他参悟那异界天道境强者的血脉之力，收获颇大，烟雨阵的威力也是再度提升了。因此如今抵挡起来，更是不费一点力气。

"根本无法撼动？有意思。"后羿一笑，毫不犹豫地又拉弓射箭。

他射箭很快，一箭又一箭，每一箭的威力都比前一箭强。

第五箭、第六箭、第七箭！

"轰隆隆——"

到了第七箭，箭矢撞击在烟雨阵上，就已经有轰隆的响声，烟雨阵也仿佛幽深的大海，开始泛起波浪，不过整个大阵依旧沉稳，显然还没到极限。

"这第七箭的威力，就已经媲美异界强者掌控三十二位使者的合力出手了。真不愧是后羿！"秦云越发郑重。

远处，后羿已经拉弓射箭，第八道箭矢流光已经袭来。

第 341 章

聚齐

烟雨阵浩瀚幽深，被箭矢射中后，也只是浪涛翻滚发出巨响，阵法本身依旧稳定得很。

"嗯？！"后羿很惊讶，"竟然将第八箭也扛下了，难道这阵法的极限还没到吗？"

后羿虽然惊讶，但还是将手一翻，手中出现了第九支箭矢。

九箭连射，每一箭的威力都在蓄积，到第九箭时威力也蓄积到了最完美的程度，且全部叠加在一起。第九箭的威力比第八箭的提升要明显得多，威力也直接跨越到了天道境层次。

"嗡。"箭矢搭在弓弦上，威力蓄积，便已经令周围的时空战栗。然后后羿的目光落在了秦云身上。

"嗯？"

秦云在冥冥之中感应到了大威胁，他有一种感觉，这第九箭能威胁到他的性命。

毫不犹豫，一瞬间，秦云就燃烧了元神法力。

"轰！"秦云的元神燃烧，法力立即大增。

对一般的天仙天魔而言，燃烧元神会损伤根基，导致记忆残缺，甚至悟性下降。

可若是成为大拿，偶尔燃烧元神，还是能弥补元神损伤的。

而若是大道圆满强者，即便元神伤势再重，只要耗费漫长的岁月，也能慢慢恢复，直至圆满。

比如后羿之前对付祝融神王，就是燃烧元神法力，一次性燃烧了大量的法力，然后灌输在一箭中，才有那般恐怖的威力。

像那个异界强者，也是通过燃烧元神，同时维持三十二个使者分身。异界强者命运燃烧元神可是持续了一天多，直到最后有陷入沉睡的危险才停止。

他之所以能燃烧元神一天多，一是因为他燃烧元神仅仅是为了控制那些使者，消耗量非常少；二是因为境界越高，对元神的掌控也越厉害。

"哗。"

第九箭一闪。

秦云明明看得清清楚楚，却感觉自己动作太慢，根本无法闪躲。他能做的只是用燃烧的元神法力催发烟雨阵，烟雨阵越发幽暗、浩瀚，仿佛无边的星空和混沌。

伴随着一声响动，箭光轰击在烟雨阵上，幽暗的烟雨阵虽然扭曲、凹陷，但是依旧将箭光阻挡在外。

等到箭矢停下，秦云立即停止了燃烧元神法力，若是仅仅燃烧元神法力以维持剑阵，其实消耗并不大，维持一两个时辰都不难。可遭到天道境层次的箭矢攻击，在抵挡的一刹那，法力急剧消耗。

"这种威力的箭矢，我即便燃烧元神，施展烟雨阵，恐怕也只能抵挡八九箭，元神就扛不住了。"秦云明白这一点。

"哈哈哈。"后羿收起弓箭，大笑着走来，"我本以为第七箭的时候，你就要燃烧元神了，没想到达到天道境威力的第九箭，才逼得你燃烧元神。即便是我，若是不经过前面八箭的蓄势，也唯有燃烧元神，才能施展出天道境威力的一箭。"

"我上次在时空潮汐中遭到三十余位异界强者围攻，都没有燃烧元神。"秦云笑道，"回来修行两千余年，自觉实力精进不少，却还是被后羿道兄逼得燃烧元神了。"

"若是真的生死搏杀，怕是早就施展剑光攻击我了。你也不可能傻乎乎地任我攻击，任我一箭箭蓄势。"后羿谦虚地说道。这也是实话，就像他对付祝融神王，也是一来就燃烧元神，射出天道境威力的一箭。因为若是一对一地生死搏杀，敌人是不会让他慢慢蓄势的。

秦云说道："那之前说好的事？"

"哈哈，说好的事，我自当遵守。"后羿看着秦云，"等进入混沌时空缝隙，我后羿这条性命可就要靠秦剑仙你了。"

"我的性命也要交与后羿道兄你。"秦云微笑道。

到时候，便是生死同伴。

"我们现在去请孔宣？"后羿说道。

"走。"秦云也干脆地说道。

孔宣是佛门的孔雀大明王，实力高深莫测，其领域手段更是冠绝三界，便是佛祖如来曾经都一不小心被他拿下过，当然，跟着就立即摆脱了。

可那是佛祖。

若是大道圆满者面对孔宣，弱的会被擒拿，即便手段强的，实力也得被压制大半。

"孔宣境界颇高，喜欢在人间中担任将军，统帅军队。"天界的一座人间城池的将军府外，后羿对身旁的秦云说道。

后羿、秦云他们俩站在人来人往的街道上，看着将军府府门处。

"孔宣来了。"秦云说道。

府门口，一名白衣男子走了过来。他的容貌气质皆是不凡，悠然走出府门，笑看着后羿、秦云，微微拱手道："后羿兄，秦剑仙，你们两位同时来我这儿，我都有点吓到了，快请进。"

即便高傲如孔宣，面对眼前这两位，也颇为谦逊。

"走。"后羿、秦云也并肩进入将军府。

府内。

孔宣、后羿、秦云他们分开坐下，喝着美酒。

然后孔宣笑道："让我猜猜，两位来此，是打算请我一同进入混沌时空缝隙？"

"不愧是善战的将军，猜得真准。"秦云说道。

"秦剑仙，你未成功德至宝，肯定还要再去时空潮汐。如今你又是和后羿兄一同前来，我猜到也不算什么。"孔宣说道。

"那你去吗？"后羿直接问道。

孔宣笑了，笑容灿烂："去，当然去！有秦剑仙，有后羿兄，机会如此难得，当然得去。"

秦云松了一口气，"孔宣倒是挺干脆的。"

"除了我们三位，可还要邀请谁？"孔宣询问道。

"他马上就到。"秦云说道。

孔宣、后羿都生出了感应，看向将军府外远处的高空，那高空的云层中有一道青袍老者的身影出现。

"木神句芒。"孔宣道。

句芒一迈步，便到了府内，到了秦云他们三位旁边，笑道："我可是早就在等秦剑仙的消息了，他一告诉我，我就来了。"

"有后羿杀敌，有秦剑仙护我等周全，有我镇压四方，有木神句芒负责牵制敌人。"孔宣微笑道，"就是碰到天道境强者，恐怕都能斗上数十回合。"

"若是我们再碰到那异界强者命运，那他就死定了。"句芒说道。

"我们什么时候出发？"后羿看向其他三位。

"随时可以。"孔宣说道。

句芒则笑呵呵地道："现在走也行。"

"三天后吧。"秦云说道，"我们也略作准备，定一下计划。"

后羿看向孔宣、句芒，随即道："那就三天后出发！"

这三天除了定计划，秦云还需要恢复元神。

刚刚燃烧元神法力，抵挡后羿的箭，还是有些损伤的，还好只是挡了一箭，三天的时间足以让元神恢复到最佳状态了。

其实，在时空潮汐中赶路的时间会很长，足以恢复元神，可秦云还很谨慎，想让自身保持最好的状态进入时空潮汐。

秦云他们定下了计划，而后各回各处。

三天后。

雷啸山山顶，秦云、伊萧二人并肩在此看着朝阳升起。

"这次进入时空潮汐，短则百余年，长则两三百年就能回来。"秦云对伊萧道，"这次回来后，炼成功德至宝，我就不再去时空潮汐了，我会一心准备渡劫。"

"云哥，你们这次的阵容的确比上次强得多，可异界强者神秘难测，不管何时都不可大意。"伊萧嘱托道。

"嗯。"秦云伸手理顺伊萧耳边的一缕头发，"我走了。"

说完，秦云便一迈步，破空离去。

伊萧在山顶上站了许久，才回去。

在无边的混沌中，句芒的洞府处，后羿是最后一个抵达的，秦云、孔宣都先一步抵达了。

"都到齐了。"句芒笑了起来。

"那便出发吧。"此时后羿眼中有着战意，孔宣、秦云也颇为期待。

他们四位同时破空而去，一次次跨过遥远的空间，直接前往三界周边的其中一个混沌时空缝隙。

他们之所以选择这个混沌时空缝隙，是因为从这里进去后，已探知的异界强者数量最多。

按照计划，他们准备从近到远，一路攻过去！

秦云他们四个飞行在时空潮汐中。

"以我们飞行的速度，估摸着十二年后就能抵达第一个目标。"句芒笑道。

"之前我虽然偷偷摸摸进入过时空潮汐，但是没有好好探寻过，更没有和异界强者交手过。"孔宣颇有些期待，笑看着句芒，"句芒兄，我们几个中，论在时空潮汐中的经验，你是最多的，你可得多帮帮我。"

后羿也点头笑道："也多指点指点我。"

"我也仅仅进来过一次。"秦云也说道。

"你们几个，是故意取笑我吗？我也就仗着分身能进去，所以胆子才大些。"句芒说道，"不过我遇到过的情况是多一些，上次和秦剑仙、蓐收碰到的对手虽然很难缠，但也只是碰到一个对手罢了。在时空潮汐中，什么意外都可能出现。在时空潮汐中，要谨记一条，那就是注意隐藏实力。尽量隐藏实力，关键时刻出其不意，是可以有奇效的。若是实力完全暴露，就很容易被针对。"

"我们虽然很强，但是异界强者说不定有比我们更强的。"句芒提醒。

"实力接近的情况，就得看谋略了。"孔宣微笑道。

生死搏杀，可没法重来，所以必须谨慎又谨慎。

此时，在浩瀚的时空潮汐中，有一艘不起眼的破烂木船在飞行。

破烂的木船有旗杆、有帆布，但都是残缺不堪的。

"呼呼呼——"

灰色的气流充斥在破烂木船的任何一处，甚至木船表面也有灰色气流笼罩。

在灰色气流的笼罩下，破烂的木船没有任何气息，完全消失不见了。

"呼——"

只见灰色气流汇聚，汇聚成一个模糊的女子身影。

半透明的女子身影站在船头，遥遥看着远处，脸上露出一丝笑容："这次又成功杀了一个猎物，这猎物身上的宝贝还不少，特别是那柄凶魔刀，对我帮助都挺大，令我的实力都能增加五成。"

这女子心情极佳。

虽然她长期在时空潮汐中狩猎，但是狩猎得到的宝物，让自身的实力增加五成，这种事却是很难得的。毕竟到了她这般境界，实力想要提升一成都难。因为那柄凶魔刀真是太适合她了。

"嗯？"半透明的女子身影忽然看向前方。

前方有四道身影正在时空潮汐中小心地飞行。

"四个异界生命？"半透明的女子顿时一喜，脸上泛起笑容，"四个一起，一看就是那些很少来时空潮汐的，心中胆怯，不敢单独行动。哈哈，只有弱者才会畏惧，甚至吓得抱团。"

一看四个一起行动，她就认定对方是很少来时空潮汐的。

因为时空潮汐中的狩猎者需要忍受寂寞的煎熬，很少有几位强者联手忍受煎熬，还能彼此信任的。

就像在三界，时空潮汐中都没出现一个狩猎者，更别说出现几个狩猎者了。

而且狩猎者一般都有一个共同点：对自身的保命能力极为自信。即便面对不同来历的异界强者，都有保命的把握。

就像秦云唯一对付过的异界强者，说起来，那一次最终也是秦云他们逃了，除掉的仅仅是异界强者控制的三个使者罢了。

时空潮汐中的每一个狩猎者都极其难缠。

"四个猎物，你们是有多没信心，居然四个联手行动。"半透明的女子嗤笑一声，随即分散为一股灰色气流，融入破烂木船的灰色气流中。

"哗！"

这艘破烂木船正悄无声息地朝秦云他们逼近，速度极快，距离不断在缩小。

秦云他们依旧在赶路，在赶路的同时，秦云也分出了部分心思在参悟烟雨阵法。

在时空潮汐中赶路是很枯燥的，而且他们已经连续赶路八年了，离目的地还有四年之久。

"哗。"

那艘破烂的木船在迅速逼近秦云他们。

秦云、句芒、后羿在赶路时，纷纷各施手段戒备着，可都没察觉到那艘破烂的木船。

"小心，有敌人在靠近。"孔宣面色如常，悄然传音。

"敌人在靠近？！"秦云、句芒、后羿他们三位都一惊。

"敌人的潜藏通行之术极为厉害，三界中怕是绝大多数探查手段都无用。"孔宣传音道，"如果这次没我在，恐怕得等到对方碰到你们的护身阵法，你们三个才能发现。可到了那时候，你们怕是会有些措手不及。"

后羿暗暗吃惊，传音问道："敌人现在在哪儿？他是什么模样？可知道他的底细？"

"是一艘船在靠过来。"孔宣说道，"有一股极其阴暗、邪异的力量盘踞在那艘船上。至于敌人，我也没发现，应该藏身在船上。"

"敌人都没发现？"秦云、句芒、后羿都心中一紧。

"那应付这敌人，就按照原定的计划？"秦云传音道。

"嗯。你和后羿都收敛着点，你们可是我们这边的杀招。先交给我和句芒。"孔宣传音道。如何应对敌人、如何设局等，他们都早有定计。傻乎乎地一来就全力出招，怕是会吓跑对方。

"来了。"孔宣传音道，"他要动手了。"

"嗯。"

秦云的袖子中潜藏着三柄飞剑，烟雨剑早就一分为三，烟雨阵早就布置好了，只是如今威力内敛，仅仅笼罩着周围百丈范围，仿佛寻常的护身手段。

"四个抱团的猎物！"

破烂的木船上回荡着笑声，但外界听不到。

"嗖！"

破烂木船表面的灰色气息的流动速度陡然变快，威势也变得恐怖无比，这爆发的气息秦云他们终于感应到了。

"轰！"

破烂的木船带着恐怖的威势直接朝秦云他们撞击了过去。

秦云他们四个最关键的护身手段是烟雨阵，目前仅仅笼罩百丈。

外面虽然有孔宣、后羿施展的其他护身阵法，笼罩范围足足有万丈远，但是相比烟雨阵要弱多了。

"嗯？！"

秦云他们几个一惊，明明肉眼看不见，甚至诸多手段也探察不到，可忽然就感应到远处有恐怖的气息爆发，跟着就发现最外围的阵法轰隆作响。

这时一艘破烂的大船显现，船身皆由黑色木头制成，看起来像是年久失修。

然而，这艘破烂的木船碾压般地摧毁了秦云他们设在最外围的护身阵法。

秦云连忙扩大了烟雨阵的范围，当扩大到直径八千丈时，烟雨阵和那艘大船撞击在一起，那艘大船这才停下。可烟雨阵也震荡着，一副摇摇晃晃的模样，显然是秦云按照计划，故意隐藏实力。

"哈哈，差点就撞死你们几个？你们可真是够弱的。"破烂的木船上响起了嗤笑声。

秦云他们四个都感觉到那艘破烂的木船散发出的邪恶气息，极其恐怖。

只见那艘破烂的木船上飞出一条条灰色锁链，足足十九条，在空中哗啦啦作响。下一刻，这些灰色锁链袭向了被烟雨阵保护的秦云等四人。

"收！"

孔宣站在那里，五色神光在时空潮汐中一闪。

那艘破烂的木船被五色神光一裹，瞬间就消失不见了。

什么木船，什么灰色锁链，全部消失了！时空潮汐中只剩下一道身影，那是一名白衣女子，她呆滞地站在那儿，一动不动。

"我的九幽船呢？"她有些蒙。

第 342 章

心力

　　九幽船，是由神秘的九幽界变化而成的，是这名白衣女子最重要的一件宝物，她大半的实力都要靠这艘九幽船。而且，经过长期的修行，这艘九幽船几乎已经成为她生命的一部分。今天竟然被夺了！

　　"是你夺走了我的九幽船？"白衣女子在时空潮汐中，盯着秦云他们几个，准确地说是盯着孔宣。

　　"那艘木船，归我了。"孔宣微笑道。

　　"你们四个倒是有些本事，不过，你们很快就会后悔。"白衣女子眼中越发冰冷。

　　孔宣悄然传音道："我刚才施展五色神光，欲将她一举擒获，却只是夺了那艘木船，没能擒拿下她。这异界女子很特殊，她不是血肉之身，也不是元神之体，是我从未见过的一种特殊的存在。"

　　"特殊的生命？！"秦云、后羿、句芒都有些惊讶。

　　"当初佛祖一不小心，都被你擒拿了，而这女子你竟然擒拿不了。"句芒传音道。

"佛祖虽强，但也是有肉身的，而这女子却是超出了我五色神光所能擒拿到的范围。"孔宣传音道。

"不是血肉之身，又不是元神之体，那她是什么？"秦云很好奇。

"真是长见识了。"后羿惊讶地道，同时也郑重了几分。

孔宣虽然夺了九幽船，却一点不敢大意。修行到他这般境界，能逃出他的神通的，真的很少见。

"你们四个，准备受死吧！"白衣女子一翻手，手中出现了一柄黑红色的长刀，长刀散发着凶戾之气，让秦云他们几个都震惊不已。

"哗。"五色神光一闪，白衣女子手中的那柄黑红长刀，也消失了。

"我的刀……"白衣女子愣愣地看着这一幕，一时间，满腔憋屈、愤怒。

最重要的九幽船被夺走了！

这次刚刚得到的一柄凶魔刀，握在手上也被夺走了！

这是对她帮助最大的两件宝贝。

"你可以再试试，再拿第三件，第四件宝物出来，说不定我就夺不走了。"孔宣笑道。

"他夺宝的本事，每天只能施展三次。你再拿出几件宝贝，他就没法施展了。"句芒高声道，"你可以拿几件弱的宝贝试试，我没骗你。"

白衣女子站在时空潮汐中，低声笑了起来："很好，擅长夺宝，你这手段的确很难得。放心，其他三个我会杀死，而你，擅长夺宝的，我不会杀你，我会让你求生不得，求死不能！"

说着，白衣女子陡然一扑，扑向了烟雨阵。

她没有用任何宝物，纯粹是身体扑了上来。在扑过来时，她的身体快速变大，变成数千丈高的灰色气流身影，直接覆盖在了烟雨阵上。

"哧哧。"烟雨阵受到了侵袭。不过烟雨阵一布，天、地、人三才定下，便自成世界，完全隔绝外界。

那灰色气流身影覆盖在烟雨阵上，令烟雨阵摇摇晃晃，不过并没有崩溃。

"她的身体很特殊，和业火有些相似。"秦云传音道，"当然，她比业火更难缠，那种力量笼罩着我的烟雨阵，欲侵蚀、毁灭我的烟雨阵，不过还差得远。"

"有秦剑仙在，我们便无须担心安危。"孔宣一笑。

"比业火更难缠？不用宝物都这么厉害？"句芒则暗暗吃惊，"我先试试她的手段。"

"嗖嗖嗖——"只见一条条藤蔓从句芒的身体表面长出，每一条藤蔓都轻易地延伸出了烟雨阵，烟雨阵也没有阻拦。

十余条藤蔓同时缠绕向那道数千丈高的灰色身影，此时那灰色身影的女子脸上露出一丝讥讽。

那些藤蔓在碰触到那女子身体的刹那，便立即遭到了侵蚀。

"嗯？！"句芒脸色一变。

那一条条藤蔓和那女子接触的地方开始枯萎，虽然句芒传递出了浓郁的生机，欲令枯萎的藤蔓恢复生机，但是枯萎的范围还是越来越大。

"不好，这力量太诡异了。"句芒立即自断部分藤蔓，收回完好的部分，而直接放弃枯萎的部分。

"我的五色神光都擒拿不下，当然不凡。"孔宣也皱眉传音，"我再试试。"

孔宣拿出一个瓶子，放出其中的一道彩光，直扑向那女子。

那道彩光锋利无比，在碰触到女子那数千丈高的躯体时，和灰色的力量发生了碰撞。

"嗯？！"

女子有些惊讶，她念头一动，所有的灰色力量立即变得虚无缥缈。那道彩光便再也碰触不到女子的躯体了。

那道彩光穿透女子的身体，就仿佛穿过虚无，仿佛处在不同的世界。

"我碰不到她，就像我之前用五色神光擒拿不下她，现在都碰不到她了。"孔宣脸色微变，念头一动，那道彩光立即飞回了宝瓶中。

"我来试试。"秦云也有些惊讶，孔宣、句芒的手段可都是极强，竟然都奈何不了对方？

当然，说起来，孔宣还是立了大功的。

那艘大船和那柄黑红长刀，都被夺了，导致这神秘女子只能空手上阵。

伴随着秦云的一个念头，烟雨阵立即引动了亿万剑光。

"哗哗哗——"

一时间，亿万剑光汇聚，形成一条游龙，直接杀向那女子。

这一招，秦云在应对第十一次散仙之劫时曾经施展过，也是他现如今杀敌的最强招数。

那数千丈高的女子仅仅一挥手，便分出一道灰色气流，缠绕向剑光游龙。

可剑光游龙，乃秦剑仙的本命剑阵所施展，是汲取盘古血脉之力中的些许奥妙而成的，简直无物不破。

一交手，那女子便脸色微变，看向秦云，开口道，"没想到你们四个中，还藏了一个半步初始境的强者。"

只见剑光游龙和灰色气流碰撞后，互相消耗，一方锋利无比，无物不破，欲摧毁一切力量；另一方却阴柔至极，欲渗透、毁灭。二者一个至阳至刚，一个至阴至柔，相互破坏。

不过，以肉眼能看出来，这灰色气流的损耗更大。毕竟那女子没任何宝物，只能靠身体硬拼。

"你的招数太蛮横、太粗糙了，我不愿意和你斗。"女子冷笑道。

剑光游龙虽然一次次在灰色气流中游走，却再也碰不到对方，仿佛飞行在虚无中。

"她应该是半步天道境的实力，只是身体很特殊。"秦云收回剑光游龙，同时传音道。

"你伤不了我，而我却可以破坏你的阵法，我能感觉到，你的阵法撑不了多久了。"那女子庞大的身体覆盖在烟雨阵上，她还以为有希望破掉这阵法，然后该杀的杀，该捉的捉。

她一身实力，大半都在九幽船和凶魔刀那两件宝物上面，自然得拿回来。

"后羿兄，我们都没办法了。"孔宣说道，"只有看你的了。"

秦云他们三个都试过了，这是他们从未碰到过，甚至听都没听过的一种力量。

后羿点头道："我的箭，只要射出则必中，我要看看，她能不能躲过我的箭。"

他一翻手，拿出了那张古朴的大弓，另一只手则是持着一支金色箭矢。

"没用的，我不愿意，你都碰不到我。"那女子嗤笑道。

后羿依旧拉开大弓，弓成满圆，一箭便射了出去。

"咻！"

箭矢流光一闪，便射在烟雨阵外的那女子身上，那女子的身体虽然潜藏了起来，但是依旧被一箭射中了。

"嗯？！"女子露出惊愕之色，看向后羿，"你的箭中竟然有和我相似的力量，可惜你的力量太弱，还没刚才施展剑光的那小子强。"

论威力，后羿连续九箭的第一箭的威力和秦云的剑光游龙相当。

可剑光游龙在量上更庞大，能不断纠缠，持久搏杀。而后羿仅仅射出了一箭，显然无法持久地搏杀，对那女子的威胁也小得多。

"第二箭。"后羿一翻手，又拿出一支箭矢。

看到那女子也无法躲避后羿的箭后，秦云就明白：对方死定了！

后羿的连续九箭，第一箭是最弱的，仅仅是为了蓄势罢了，即便是秦云，也是燃烧元神才挡住了后羿的第九箭。

"相似的力量？后羿早就公开说过，他悟出的是一种叫做心力的特殊力量，和肉身、法力不同，入门最是艰难。"秦云暗道。

秦云的时间何等宝贵，连修行剑道都嫌时间不够，自然不会耗费时间去修入门无比艰难的心力了。

心力，是肉身、元神法力之外的另一大体系。

仅仅前期入门，或者说修行到中期，对秦云这等达到大道圆满的强者，都没有什么帮助，因为秦云已经是和后羿实力接近的强者了。

"若是我完全渡过散仙之劫，得了长生，倒是可以试着修行一下心力。"秦云暗道，后羿之所以强大，就是因为在正常的法力修行之外，还修行了心力。只有将心力加持在弓箭上，才能令弓箭威力增大，甚至发挥出天道境的威力。

"不过，听说整个三界，能修行到心力第三境的都不超过十位。而修行到能媲美大道圆满层次的，也就后羿这一位开创者了。"秦云暗道。

心力一脉，太难。

"咻咻——"

一支支金色箭矢划过时空潮汐，每一箭都避无可避。那数千丈高的女子刚开始还有些不屑，可很快就惊恐了。

因为她发现，这箭矢的威力正在急剧地增长！

如果说第一箭对她的损伤微乎其微，那么第二箭的威力增加三成，损伤却高了一倍。而第三箭，对她的伤害更是增加了数倍。因为箭矢的威力逐渐超越了她的承受范围，给她带来的伤害也在暴增。

"如果我的九幽船还在，你根本伤不了我！"这数千丈高的女子愤怒地咆哮一声，毫不犹豫地就化作流光朝远处飞遁了。

她逃了！

"逃得掉吗？"

后羿眼中有着冷意，第五箭射出，箭矢一闪，就已经射在了远处的那名女子身上。

箭太快了！

作为剑仙，秦云的本命飞剑也远不及后羿的箭快，更别说那女子纯粹靠自身飞行了。在后羿的箭面前，她的速度实在是慢得可怜。

"啊——"

第五箭就让那女子的身体震荡，灰色气流黯淡了许多。

这第五箭竟然又强了一大截，让那女子心中有了绝望之念，"他的箭还在变强！难道就没有极限吗？"

即便不再增强，再来两三箭像第五箭那样威力的，也足以灭杀她了。

"饶命。"那女子传音道，"我的宝物都给你们，我还可以告诉你们这时空潮汐中的一些情报，只求你们饶我一命。"

面对无法抵抗的力量，她选择了求饶。

可对于她的求饶，后羿、秦云、孔宣、句芒他们都没理会，后羿依旧射出了更恐怖的第六箭。

耀眼的箭光划过长空，那女子拼命想躲，可刚刚有了躲的念头，但那箭光就射在了她的身上。她一发出凄厉的惨叫后，身体便仿佛泡沫般直接消散，只剩下一些宝物飘浮在时空潮汐中。

"收。"孔宣一挥手，五色神光席卷而过，将那些宝物都收了起来。

"她还求饶。"句芒摇头，"偷袭我等时，毫不留情，如今敌不过了，知道求饶了？晚了！"

孔宣也笑道："还说告诉我们情报？她说的情报，我们怎么敢信？说不定是故意误导我们，算计我们。"

秦云他们也没打算长期盘踞在时空潮汐中，仅仅是逛一圈，对所谓的情报并不信任，也不是很渴求。

"她的尸体呢？"秦云皱眉。

"她没有尸体。"后羿说道，"她的力量和我的心力很像，不过我的心力更纯粹，她的力量更加混乱、邪恶。我猜测，她应该是心灵力量形成的一种奇特的生命，经过漫长的修行才达到如今的境界。她没有肉身，因此死了也没有尸体。"

秦云有些烦恼。

"秦云兄来时空潮汐，为的就是得到异界强者的尸体，好献祭给三界。"孔宣道，"这次却是空忙一场，不过我等也收了她不少宝物，这宝物也可以分给秦云兄一些。"

"分些宝物，弥补秦云兄的损失吧。"后羿也说道。

秦云摇头："不必了。"

如今对他有帮助的宝物是越来越少了。

"这可不行，我们不能白占你好处。"句芒说道。

"一起出来闯荡，公平很重要。"后羿也说道。

"若是发现对我这散仙有帮助的，以及对我渡劫有帮助的，便给我吧。"秦云说道，"其他的就不必了。"

孔宣笑道："先看看她留下的那些宝贝。"

说着，他一翻手，那艘破烂的木船就出现了，木船悬浮在时空潮汐中，看起来十分普通。

可秦云他们都一眼看透了，木船只是外表，实际上内含一个庞大的世界。

"这九幽船内含一个世界。"孔宣说道，"我若是看得不错，这世界内很久以前，应该有无数生灵，如今都回归本源了。这九幽船的力量颇为邪恶，且擅长护身。若是躲在船内，敌人出招，首先得攻破这九幽船的阻挡，才能伤到里面的人。"

后羿点头道：”这九幽船是一件先天至宝，非常适合那女子，若是她有这九幽船在手，我怕是第八箭乃至第九箭才能除掉她。”

"她没了九幽船，没了那柄刀，实力的确损失了大半，估计死时都觉得憋屈得很。"秦云笑道。

"我就这点本事。"孔宣笑道，随即又查看其他宝物，他忽然一愣，跟着看向秦云，"秦云兄，你的运气可真好。"

秦云惊讶地道："我运气好？"

"你看。"孔宣一挥手，一具如同小山般庞大的尸体就出现了，这尸体有着类似山羊的脑袋，红色的眸子，全身长满黑色的鳞甲，散发着凶戾、邪恶的气息。

"这尸体和这柄刀的气息几乎一模一样。"孔宣说着，拿出了那柄黑红长刀，"估计这柄刀本是这人的，被那个女子所杀。这尸体归秦云兄，秦云兄不会拒绝吧？"

"不拒绝不拒绝。"秦云笑得嘴巴都咧开了，开心得很，这具尸体一看就颇为强大。

就在他们四个分宝物的时候，时空潮汐中有三只微小的虫子潜藏着，这虫子和时空潮汐融为一体，不管是秦云、后羿、句芒还是最擅长领域的孔宣，都无法发现这虫子。

三只虫子悄然跟着秦云他们几个。

在时空潮汐的另一处地方，那里飘浮着一座巨大的岛屿，岛屿足有万里范围，堪称一方小世界。

岛屿深处，有一座巍峨的宫殿。

一个银发男子步入殿内，恭敬地行礼："岛主。"

此时殿内最上方的宝座上，出现了一道身影，那是一个穿着宽松衣袍的白发人，他俯瞰着下方。

"岛主，第五尊者她死了。"银发男子恭敬地道。

"我能感应到她已经死了。"白发人微微点头，"她是怎么死的？"

银发男子回道："我的三只时空虫一直跟随着她，她遇到了四位异界强者。那四位异界强者一对一，都不如第五尊者，但他们中有一位擅长夺宝的，实力并不强，可夺宝手段诡异，一瞬间就将第五尊者的九幽船等宝物都夺走了。第五尊者只能空手搏杀，即便空手搏杀，半步初始境的强者，大多都伤不了她。

"这四位异界强者，有三位同样伤不了她。可还有一位使用弓箭的，竟能伤到第五尊者，他连续施展六箭，最终射杀了第五尊者。"

白发人听着这些情报，微微点头："六箭才射杀？不算强，但也有些用处。那擅长夺宝的，倒是颇为独特。四位异界强者，剩下的两位呢？"

"另外两位就有些平庸了，入不得岛主的眼。"银发男子说道。

白发人点头："既然如此，那就安排第三尊者带手下前往，活捉那个擅长夺宝的，以及那个擅长弓箭的。至于其他两个，既然平庸无用，那就除掉吧。"

（本册完）
《飞剑问道13》即将上市，敬请期待！